ENTRE 3 SEGREDOS

Copyright © 2023 Lavínia Rocha
Copyright desta edição © 2023 Editora Gutenberg

Todos os direitos reservados pela Editora Gutenberg. Nenhuma parte desta publicação poderá ser reproduzida, seja por meios mecânicos, eletrônicos, seja via cópia xerográfica, sem autorização prévia da Editora.

EDITORA RESPONSÁVEL
Flavia Lago

EDITORAS ASSISTENTES
Natália Chagas Máximo
Samira Vilela

PREPARAÇÃO DE TEXTO
Vanessa Gonçalves

REVISÃO
Natália Chagas Máximo

CAPA
Diogo Droschi
Mirella Spinelli

DIAGRAMAÇÃO
Waldênia Alvarenga

Dados Internacionais de Catalogação na Publicação (CIP)
Câmara Brasileira do Livro, SP, Brasil

Rocha, Lavínia
  Entre 3 segredos / Lavínia Rocha. -- 1. ed. ; 1. reimp. -- São Paulo : Gutenberg, 2024. -- (Trilogia Entre 3 Mundos ; v. 2)

  ISBN 978-85-8235-690-6

  1. Ficção brasileira I. Título. II. Série.

23-166933   CDD-B869.3

Índices para catálogo sistemático:
1. Ficção : Literatura brasileira B869.3

Eliane de Freitas Leite - Bibliotecária - CRB 8/8415

A **GUTENBERG** É UMA EDITORA DO **GRUPO AUTÊNTICA**

São Paulo
Av. Paulista, 2.073, Conjunto Nacional
Horsa I . Sala 209 . Bela Vista
01311-940 São Paulo . SP
Tel.: (55 11) 3034 4468

Belo Horizonte
Rua Carlos Turner, 420
Silveira . 31140-520
Belo Horizonte . MG
Tel.: (55 31) 3465 4500

www.editoragutenberg.com.br
SAC: atendimentoleitor@grupoautentica.com.br

LAVÍNIA ROCHA

TRILOGIA ENTRE 3 MUNDOS • VOLUME 2

1ª edição
1ª reimpressão

*Para Cecília, amor da minha vida!
A dinda te ama na mesma intensidade das suas
risadas com os ataques de cosquinha.*

PRÓLOGO

Mundo mágico

Ter o livro sobre a aventura de Andora em minhas mãos trouxe para mim a memória da primeira vez que o vi, lá na biblioteca. Era engraçado pensar que aquele objeto, antes tão estranho, já era meu desde bebê. Ele tinha transformado a minha vida de tantas formas. Através deste livro, eu fui enviada para o terceiro mundo – o lugar dos normais –, depois voltei ao mundo mágico e consegui chegar até Denentri, onde descobri sobre a minha origem, e, por fim, se tudo desse certo, seria através dele que voltaria ao Ruit, que fica no mundo meio-mágico.

Não foi fácil aceitar que por tantos anos acreditei em uma mentira da minha família normal e que, na verdade, os meus pais biológicos são os reis do reino mais poderoso do mundo mágico. No entanto, o tempo no castelo me fez entender partes importantes da minha história. No fim das contas, eu olhava para Âmbrida, Honócio e Blenda como se olha uma mãe, um pai e uma irmã.

Na sala do castelo, meus amigos esperavam uma simples atitude minha: abrir o livro e testar se o portal funcionava.

— E se tiver feito algo errado? E se eu for embora e nunca mais conseguir voltar ao mundo mágico?

Agora, meu medo contava com mais um agravante: eu não queria perder meus pais mágicos outra vez.

— Filha, tu és a princesa semelhante a Andora. — Meu coração palpitou ao ouvir aquilo da minha mãe mágica. Todos amavam repetir que eu era igual à rainha mais importante que o mundo mágico já teve, e para mim aquilo funcionava como uma indireta do tipo: "Esperamos que você tome as mesmas atitudes que ela". — Se o portal se fechar, tu o abres de novo.

Âmbrida tocou o meu rosto com uma expressão de confiança muito mais expressiva do que a que havia em mim.

— Mas, mãe... — interrompi a fala após a expressão de susto que surgiu em seu rosto.

Eu levei alguns segundos para entender o motivo: era a primeira vez que a chamava de mãe em voz alta. O engraçado foi ter sido incapaz de perceber logo, porque já havia me habituado a fazer aquilo em minha mente.

— Não tem "mas", filha — ela me encorajou, emocionada. — Eu sei que voltarás.

— Tomara...

— Eu dou um jeito de te buscar, caso não venhas me ver logo! — ela falou de um modo carinhoso. Sorri e a abracei.

No corredor que levava ao salão de refeições do castelo, uma senhora baixinha, de cabelos brancos e longos, se destacou.

— Mestra Louína! — chamei-a. — Acho que consegui criar o portal...

Ela não disse nada, deu alguns passos, esticou os braços e pegou o livro que eu segurava. Por um momento, pensei que ela o abriria, mas Louína apenas colocou a mão na capa e fechou os olhos.

– Não esperava que tu conseguisses tão cedo. – Louína me encarou, séria como sempre.
– Isso quer dizer "parabéns"?

Meus amigos riram da tentativa de ganhar um elogio da minha mestra, mas perdi a esperança quando suas feições permaneceram tão endurecidas quanto antes. Ela se virou para a rainha, ignorando-me:

– Alisa conseguiu criar o terceiro tipo de portal e será capaz de ir e vir quando desejar.

– Obrigada por ajudar a princesa, mestra Louína. – Minha mãe mágica agradeceu, e Louína apenas concordou com a cabeça e se retirou da sala.

– Então acho que agora não há mais impedimentos para que tu venhas ao castelo – disse Honócio, e eu sorri, abraçando-o.

– Tu vais voltar para me contar mais histórias, não é? – Blenda pediu.

– Claro, pequena – respondi, pegando-a no colo.

– Você tá chorando? – perguntei para Clarina, que estava no canto da sala.

– Apesar do pouco tempo, afeiçoei-me a ti, *printese*... – Ela ficou séria de repente e olhou para os reis. – Quero dizer, a vós.

Achei graça da correção de Clarina. No dia em que a conheci, pedi que me tratasse por "tu", mas ela nunca o fazia na frente de outras pessoas, porque o "certo" era tratar a realeza por "vós", o que eu odiava.

– Vou voltar – eu garanti. – E obrigada por tudo.

– Foi e sempre será uma honra servir-vos. – Ela fez uma mesura comedida que fingi não perceber.

Voltei para perto dos meus amigos e pedi que os outros se afastassem por precaução.

– Posso? – perguntei antes de abrir o livro, e todos concordaram contentes.

Olhei para minha família mágica pela última vez e coloquei a mão no coração – o sinal que aprendera, sinal de respeito e carinho entre pais e filhos. Eles repetiram, e eu finalmente abri o livro.

PARTE I

PART I

CAPÍTULO I

Mundo meio-mágico

Por alguns segundos, eu não quis encarar a realidade e abrir meus olhos; tive medo de o portal não ter dado certo, apesar do que a mestra Louína havia dito. Mas, para a minha felicidade, estávamos novamente cercados por aquelas estantes e mesas da biblioteca. Minha boca se abriu em um sorriso, que dividi com meus amigos.

— Você conseguiu! — sorriu Dan, todo orgulhoso, enquanto Sol dava pulinhos contentes e Marco abraçava Nina.

— *Nós* conseguimos — corrigi, sustentando aquele olhar profundo de Dan e sentindo meu coração pulsar mais forte quando surgiram as covinhas que eu tanto amava.

Eu sabia o que ambos queríamos: um beijo. Mas, ao ver que Marco, Sol e Nina estavam ali, ficamos sem graça. Com uma troca de olhares, Dan e eu concordamos em contar a eles mais tarde.

— Vocês apareceram! — Clara, uma colega do nosso ano, ficou surpresa ao nos ver. — Tá todo mundo desesperado atrás dos cinco! Onde vocês estavam?

Clara falava tão alto que atraiu a atenção dos outros alunos.

– São eles! – um aluno falou.

– Pra onde vocês foram?

Quando uma pequena aglomeração se juntou à nossa volta, aguardando uma resposta, eu fiquei sem saber o que fazer.

– Bem... – começou Dan.

– O que tá acontecendo aqui? – a bibliotecária interveio. – Vocês! Alguém chame a diretora Amélia, por favor.

A situação estava saindo do controle. Estivemos tão focados em recriar o portal para voltar ao colégio que nem pensamos em uma história coerente a respeito do nosso desaparecimento. Cada vez mais alunos entravam na biblioteca para saber o que estava acontecendo, então tomei a primeira atitude que me veio à mente.

– O que aconteceu? – perguntou Dan, encarando as pessoas paralisadas ao redor.

– Entrei em pânico – expliquei.

– O QUÊ? – gritou Sol, muito surpresa. – Lisa, você *parou* o tempo? Tipo... de *verdade*?

– Treinei isso com a mestra Louína algumas vezes e foi a primeira coisa que veio na minha cabeça!

– Isso é muito *chocante*! – Sol falava pausadamente e com ênfase em algumas palavras, o que me faria rir não fosse aquela situação.

– Falou a garota que consegue criar duas ilusões ao mesmo tempo... – brincou Marco, fazendo referência a um episódio da nossa aventura no mundo mágico.

Quando estávamos a caminho de Denentri, Sol nos salvou de Denna e das outras princesas mexendo com a cabeça delas. Todo mundo tinha achado o máximo.

– Olha isso! – Sol começou a passar a mão em frente ao rosto de Clara, que permanecia imóvel. – Vamos ter que fazer isso quando estivermos com preguiça de ir à aula! Sol bateu palmas e deu pulinhos.

– Não é uma má ideia... A Lisa para tudo, nós dormimos por mais tempo e ninguém se atrasa pra aula! Plano perfeito, Sol! – Marco se animou e bateu na mão da loirinha, feliz.

– Nada disso, senhores – cortei a onda. – Louína disse que isso é bastante perigoso. Nós continuamos envelhecendo de qualquer forma. Imagina se eu faço isso todos os dias por umas quatro horas... Quando nos formarmos, estaremos "mais velhos" do que deveríamos.

– E a gente vai tipo morrer mais cedo? – Sol se apavorou.

– Se a Lisa pausar o tempo por quatro horas todos os duzentos dias letivos dos três anos de Ensino Médio... vamos ficar... cem dias mais velhos do que deveríamos! – Dan calculou mentalmente, e fiquei mais impressionada com a rapidez do que com o resultado da conta.

– Eu não quero morrer cem dias mais cedo! – exclamou a loirinha ainda mais chocada.

– Fora que parar o tempo traz confusão mental pras pessoas – pontuei. – Sabe quando a gente se esquece de uma palavra ou o que a gente ia falar? Em alguns casos, significa que alguém parou o tempo. E esse é o menor dos problemas! Louína disse que algumas pessoas chegam a desmaiar, a passar mal...

– Então vamos resolver logo o que faremos agora! – propôs Nina.

– Acho que não podemos contar a verdade a ninguém! Eles não podem descobrir que fomos ao mundo mágico, muito menos que nasci lá! – eu opinei.

— Tem razão, não tem como saber o que uma informação como essa pode causar no segundo e no terceiro mundo — concordou Dan. — Pode ser que passem a te idolatrar, como aconteceu em Denentri, mas pode ser que você se torne uma aberração pra eles.

— Imagina o mundo normal sabendo que uma "menina do mundo das trevas" morou até os 6 anos no Norte e continuou passeando por lá durante todo esse tempo! — falou Nina, e eu tive medo só de pensar no ódio que nutririam por mim. — Inclusive seus pais podem se encrencar por terem violado o contrato.

— Então o que vamos fazer? Não consigo pensar em nenhuma boa desculpa pra termos sumido por tantos dias.

— Talvez... você possa apagar a memória de todo mundo e fingimos que a gente nunca sumiu. — Dan se virou para mim, aguardando minha opinião.

— Eu não sei se consigo fazer isso — respondi.

— Você acabou de parar o tempo! — Nina apontou para todos os alunos da biblioteca.

— Eu já tinha treinado isso!

— Nós voltamos ao mundo mágico e pedimos ajuda a Louína, então... — Ela deu a ideia.

— Mas não é simplesmente apagar a memória deles... — começou Dan, e eu fiquei tensa. — Também precisamos mexer nas evidências do nosso desaparecimento, como a lista de presença das aulas, mensagens de celular e ligações que a diretora Amélia possa ter trocado com nossos pais. É um trabalho minucioso.

Dan caminhava pela biblioteca, pensativo. O tom de voz aumentava e diminuía, e parecia que ele conversava mais consigo mesmo do que com a gente.

— Não tem como pensarmos em outra solução? — tentou Marco.

— A gente pode inventar um sequestro, pode falar que fugimos, que simplesmente não sabemos o que aconteceu, mas essas alternativas vão chamar muita atenção. Talvez a diretora Amélia já esteja investigando nosso desaparecimento e continue... Se não criarmos uma mentira bem convincente, eles vão desconfiar! Nosso foco deve ser esconder as informações sobre a Lisa, e não acho que tenha uma maneira melhor de fazer isso do que apagar os últimos dias da memória de todo mundo.

— E vai ser assim? Nós nunca vamos contar pra ninguém sobre o mundo mágico? Vamos morrer com essa informação? E deixar o Norte continuar falando que somos bizarros, horríveis, das trevas ou sei lá mais o quê? Precisam saber que o mundo com o qual temos ligação é bom. Inclusive, melhor que o deles! — disse Nina, o dedo indicador erguido.

— É arriscado, Nina... — explicou Dan. — A gente não sabe as consequências, o que as pessoas vão fazer, como reagirão e principalmente: o que vai acontecer com a Lisa.

— Não podemos deixar que esse segredo fuja do nosso controle — comentou Marco, tocando o ombro de Nina, e ela balançou a cabeça, assentindo.

Não era possível que não existissem alternativas! Nina estava certa, era absurda a ideia de nunca contar a verdade sobre o primeiro mundo. Essa poderia ser a solução para os problemas e as discórdias; o Norte veria que o primeiro mundo era um lugar de pessoas boas, que usam magia de maneira razoável e que não têm nenhuma intenção de prejudicar o mundo normal. Dessa forma, o Sul e o Norte conviveriam de novo, e o Brasil e os outros países voltariam a ser nações unidas.

Desde a divisão entre o mundo normal e o meio-mágico, nós vivíamos uma separação política, social e econômica.

Os governos eram independentes, e o máximo era feito para que não houvesse a quebra do contrato. Comércio e negociações só eram estabelecidos entre pessoas do mesmo mundo. Caso quisesse viajar para outro país, eu só poderia fazê-lo utilizando companhias meio-mágicas e pousando apenas no território Sul do destino. A ONU era responsável por cuidar de qualquer empecilho, mas, de maneira geral, o contrato era muito bem cumprido por todos – ninguém queria uma guerra.

Essa ordem foi a maneira que encontraram para acabar com a discriminação entre as pessoas, já que os conflitos abalavam muito a sociedade. Na aula de Contexto Histórico, a professora Olívia costumava nos explicar como tudo funcionava pouco antes de nascermos – meus amigos e eu fazíamos parte da primeira geração nascida após a divisão. Às vezes, ela tentava comparar a situação com o racismo e outros tipos de preconceitos para que a gente pudesse entender. Os normais matavam os meio-mágicos simplesmente pelo fato de terem nascido assim, o objetivo deles era exterminar os diferentes para que o mundo pudesse ser habitado somente por normais.

Em contrapartida, até os 6 anos, eu cresci ouvindo que os meio-mágicos faziam inúmeras maldades contra os normais e se aproveitavam da vantagem que possuíam por causa dos dons. Vizinhos, amigos, professores e familiares viviam nos alertando sobre o quão ruim eram os sulistas, dizendo que jamais deveríamos quebrar o contrato e nos arriscar a ir lá.

Cada lado tinha a sua própria versão da história, e eu fazia de tudo para não tomar partido, pois conhecia ambos. Também não acreditava que havia certos e errados, apenas preconceituosos. Pessoalmente, não concordava com a divisão. Separar as pessoas não estava na lista de melhores soluções para mim. Sei que inocentes estavam morrendo e que algo precisava ser feito, mas essa atitude só estimulava ainda mais a intolerância. Separar os mundos era radical demais, afinal, continuávamos vivendo no mesmo planeta!

Todas as vezes que conversava sobre isso com alguém, eu nunca era compreendida, ninguém queria voltar a viver misturado como antes. Muitos colegas repetiam o discurso dos pais e davam graças a Deus por não viverem mais com os "nortistas idiotas". Da mesma maneira, minha família elogiava a criação do contrato depois de tanto sofrimento.

– Se a gente contasse a verdade, o segundo e o terceiro mundo poderiam viver juntos de novo... – tentei, sabendo que receberia uma chuva de críticas.

– Oi?! Você ouviu o que disse?! – Sol se escandalizou. – Imagina viver junto com os nortistas!

– Eu vivi por seis anos! – respondi um pouco ofendida.

– Mas eles gostam de você, né? – ela falou em tom óbvio. – Eles pensam que você é normal.

– É isso que eu tô dizendo! Se a gente mostrasse que o primeiro mundo não é trevas nem demônios e que estamos dispostos a viver em paz, talvez tudo ficasse bem.

– Deixa de ser romântica, Lisa – Nina revirou os olhos. – Eles não querem viver com a gente.

– Nem vocês com eles! – falei sem pensar, e me arrependi quando meu tom saiu rude demais.

– "Vocês"? – estranhou Nina.

Desde que fora levada ao Sul, eu tinha me encaixado naquele mundo e sempre falava "nós" para me referir aos meio-mágicos, enquanto usava "eles" para os normais. Naquele momento, eu não havia me incluído nem no Norte nem no Sul e isso a chateara.

– Ah, esqueci que você não é mais daqui, Princesa Alisa – ela ironizou.

— Para, por favor, não é nada disso — tentei argumentar, mas sua expressão era impassível.

Respirei fundo enquanto buscava as melhores palavras para explicar o que gostaria de dizer. Eu não queria magoar nenhum dos meus amigos, no entanto, sentia que precisava expressar a minha opinião.

— Olha, gente, eu vivi tanto no Norte quanto no Sul e acabo de descobrir que não pertenço a nenhum desses lugares. Sabem que eu nunca fui a favor do contrato, que não acho que esse seja o jeito certo de resolver os problemas entre os mundos, mas nunca pude fazer nada quanto a isso. O que descobrimos é grandioso e pode mudar a cabeça de muita gente. Vocês não querem paz? O Norte também.

— Lisa, quando você diz isso, tá pensando nos seus amigos e na sua família. Eu sei que são boas pessoas, mas nem todo nortista é... — disse Dan, tentando ser delicado. — Eles formavam grupos pra matar os meio-mágicos, queriam nos exterminar, você sabe.

— É sempre isso que eu ouço! O Norte apontando o dedo pro Sul e o Sul pro Norte. Cada um fala que deseja o bem, mas que isso não é possível por causa do outro. Onde está o problema então? Se todo mundo quer paz, por que ainda vivemos separados? É sempre a mesma desculpa! Ninguém quer dar a chance real disso acontecer, e a gente só saberá se vai dar certo se tentar!

— Não dá pra você salvar o mundo, Lisa — interveio Marco. — Nem todos querem a paz como você diz. A gente não pode arriscar contar uma coisa dessas e ameaçar a ordem do contrato.

— Isso pode ser perigoso pra você... — disse Dan, baixinho. Suas palavras denunciavam medo, e seu olhar pedia que eu o compreendesse.

Eu não faria com que eles mudassem de opinião ali. Meus amigos cresceram ouvindo falarem mal do Norte, e suas mentes eram preparadas para pensar o pior de uma pessoa de lá. Era irritante ver isso acontecendo, só provava a minha opinião: a separação acabou aumentando a intolerância. O único jeito de alterarem a imagem que tinham era se conhecessem os nortistas; a convivência sadia era a solução.

No fim, acatei a decisão do grupo. Por outro lado, eles também estavam certos; nem todos queriam a paz e, embora fosse uma causa pela qual valesse a pena lutar, não poderia desconsiderar os riscos que enfrentaria por tentar unir dois povos que não queriam se unir.

Mas eu não tinha desistido.

Apenas adiado.

CAPÍTULO 2

Mundo meio-mágico

— **D**estruir as evidências é praticamente impossível! – argumentei quando estávamos traçando os planos. – Não é só a lista de presença, as mensagens ou as memórias, tem muito mais por aí...

— Calma, Lisa. Você paralisou tudo, nós temos tempo para apagar o que for – disse Dan, com uma tranquilidade que me impressionava. Sol fez uma cara feia.

— Não tem problema a gente morrer algumas horas mais cedo, Sol. É por uma boa causa – brincou Marco, adivinhando as preocupações da baixinha.

— Então vamos rápido! – ela suplicou.

— Minha sugestão é: Lisa e eu entramos na sala da diretora Amélia para tentar tirar nossas faltas do sistema – Dan voltou ao plano. – Enquanto isso, Marco, Nina e Sol podem dar uma mexida no dormitório, colocar roupas sujas no cesto, trocar a roupa de cama, coisas que façam parecer que estivemos aqui nessas duas semanas.

— Beleza! – concordamos juntos.

Em todas as áreas da escola havia alunos estáticos e, apesar de eu ser a responsável por aquilo, era difícil acreditar que era real, pois parecia um sonho esquisito e aleatório. Atravessamos alguns corredores até a sala da diretora, um lugar grande com estantes cheias de arquivos. À esquerda, um computador sobre uma mesa branca de frente para um sofá bege de dois lugares. A última vez que eu estivera ali fora depois da Celebração do primeiro ano, quando descobri que não era como meus colegas.

Era tão estranho o quanto as coisas faziam sentido agora; meu livro estava em branco porque a minha história só é escrita no mundo mágico, estava rasgado porque Denna, minha irmã mais velha, quis esconder sua tentativa de se livrar de mim. Além disso, o papel amarelo, onde fica escrito o nome da personagem do aluno, tinha o meu nome, já que sou uma personagem do mundo mágico. Depois de ter encontrado as respostas em Denentri, tudo havia ficado óbvio, mas, naquele dia eu estava tão perdida que até cogitei voltar ao Norte.

— É estranho pensar que há alguns dias, eu tinha começado a me questionar se era do mundo meio-mágico ou do normal e, no fim das contas, não sou de nenhum dos dois.

— Você foi pulando de um mundo pro outro — brincou Dan, e perdi a concentração quando nossos olhares se encontraram. Por um momento, eu fui capaz até de me esquecer do que estávamos fazendo ali.

Ele se aproximou e segurou meu rosto em suas mãos. Não cansava de admirar nossos tons de pele marrom se misturando; o meu, herança da minha família negra de Denentri, o dele, herança de sua família materna indígena, o povo Krenak. Eram marrons diferentes, mas combinavam. Uni nossos lábios sem conseguir esperar que ele o fizesse, e

Dan riu da minha pressa. Algumas horas antes, tínhamos dado nosso primeiro beijo, e eu precisava revisitar aquela sensação especial.

– Nós estamos numa missão importante aqui e você me beijando! – ele disse brincalhão e me fez rir.

Dan segurou a minha cintura e me deu outro beijo. As mãos firmes como no dia da cerimônia em Denentri, quando ele me convidou para dançar e me conduziu de um jeito incrível.

Essa era uma das melhores recordações da nossa aventura no mundo mágico, e eu gostava de relembrá-la várias vezes só para sentir um sorriso nascer em meus lábios. Minha vontade de reviver aquele momento fez com que o ambiente ao nosso redor mudasse, do nada eu tinha feito com que voltássemos à cerimônia em Denentri.

– O que você fez? – perguntou Dan, admirado e olhando ao redor.

Todos os convidados nos encaravam, curiosos, exatamente do jeito que havia acontecido na cena real. Os instrumentos tocavam a mesma música e aquela voz linda da cantora me fez arrepiar mais uma vez, ainda que eu continuasse sem entender a língua.

– Você me fez lembrar da nossa dança no dia da cerimônia, e acho que eu desejei tanto viver esse momento mais uma vez que acabei nos transportando pra cá! – ri.

– Você agora tá dando uma de Sol e criando ilusões? – zombou Dan.

– Acho que isso é como se eu tivesse nos colocado dentro da minha memória.

Ao redor, os rostos de alguns convidados estavam borrados como se eu não "me lembrasse" de suas feições com exatidão.

– Já que estamos aqui... – Dan deu um sorrisinho, afastou-se de mim e me ofereceu a palma esquerda. – Vós me dais a honra de mais uma dança?
– Será um prazer.
Coloquei minha mão direita em cima da dele, e depois Dan segurou a minha cintura.
– Mal posso acreditar que estamos vivendo esse dia de novo – sussurrei em seu ouvido, e ele sorriu.
– Não sabia que tinha gostado tanto da nossa dança – ele comentou. – As coisas ficaram tão confusas depois que achei que você tivesse odiado tudo desse dia.
– Essa é uma das minhas melhores lembranças de Denentri – falei, chocada por ele achar aquilo. – Mas estava mesmo me sentindo meio esquisita. Você roubava a minha atenção a todo momento usando essa roupa.
Dan se afastou um pouco para analisar seu terno preto, que o deixava encantador.
– Eu não conseguia parar de te olhar, Dan. E quando nos deitamos no jardim do castelo, eu quis beijar você, mas tive medo de estragar as coisas entre a gente. E se eu estivesse delirando e acordasse normal no outro dia? Como tudo ficaria entre nós?
Dan gargalhou com as minhas palavras, contagiando-me.
– Então você tá comigo agora por causa de um delírio? – ele disse entre risadas.
Dan manteve aquele sorriso lindo com direito a covinhas e me suspendeu do chão, rodando-me no ar.
– Dan, o que os convidados vão pensar? – brinquei.
– Que eu sou a pessoa mais sortuda dos três mundos? – ele palpitou, colocando-me de volta no chão.
– Não, porque a pessoa mais sortuda sou eu – discordei de brincadeira.

– Quer saber de uma coisa? – perguntou Dan.
– O quê?
– Também não consegui parar de olhar pra você naquela noite. Você ficou fantástica com esse vestido longo vermelho, Lisa – Dan fez uma expressão encantadora ao me observar, e eu sorri imediatamente.
– Obrigada.

Ele pegou a minha mão com muita delicadeza, segurou a minha cintura e saiu me conduzindo pelo salão para aproveitarmos a música que tocava. Não achei suficiente apenas uma música e comecei a repetir a minha memória para que pudéssemos reviver aquela cena mais uma vez. Dan me deu um beijo alegre quando se deu conta do que fiz e, naquele instante, percebi que havia colecionado duas lindas memórias do mesmo lugar, com a mesma roupa e com o mesmo garoto – e seria difícil eleger a melhor.

***

– Se a Sol souber que anda se apropriando das habilidades dela, você tá morta – brincou Dan quando voltamos à sala da diretora, e eu achei graça.
– Nem sei bem como fiz aquilo. Só quis muito reviver aquele momento e, quando dei por mim, nós estávamos lá com a mesma roupa e no mesmo cenário da cerimônia.
– Âmbrida tem razão, você é muito poderosa e precisa ter cuidado – aconselhou Dan, e eu o olhei, intrigada. – Foi superlegal voltar ao dia da cerimônia, mas você ter feito isso sem nem saber como me deixa com certo medo. Você não planejou recriar a nossa dança e aconteceu inesperadamente, isso pode gerar um efeito ruim numa situação diferente. Por exemplo, um dia em que estiver com muita raiva de alguém

e, ainda que sem intenção, acabe machucando essa pessoa com os seus poderes.

– É verdade... Preciso aprender a controlar melhor os meus desejos, eles podem se tornar realidade num piscar de olhos...

– E agora mãos à obra? Já nos divertimos o bastante.

– Dan apontou para o computador e me deu um selinho antes de se sentar na cadeira da diretora Amélia.

Deixei Dan invadindo o sistema e saí da sala para verificar os diários de classe físicos. Virei um corredor e ignorei o aviso "Entre somente com permissão" na porta de vidro que dava para a secretaria. Havia três mesas com computadores e duas portas à esquerda. Tive certeza de que encontraria o que desejava ali ao ler a placa "Arquivo" acima das portas.

Entrei na primeira e comecei a procurar os diários de classe. Concentrei-me para usar magia e tirar a letra "F" (de "falta") escrita na frente dos nossos nomes e repeti o processo nos diários de cada turma que meus amigos e eu frequentávamos.

– Lisa? – Nina abriu a porta, e eu me assustei, derrubando o porta-lápis de vidro que estava em cima da mesa.

– Que susto! – gritei, colocando a mão no coração enquanto me afastava dos cacos. – Com esse tanto de gente parada, já tinha até me acostumado com o silêncio.

Nina se posicionou ao meu lado e começou a me ajudar a recolher os cacos.

– Olha, sobre o que aconteceu... – ela começou. – Me desculpa, eu não quero que você tenha que ficar escolhendo a qual mundo pertence e tudo mais... É só que me doeu um pouquinho ver que "abandonou" a gente. Também não é inveja. Assim, lógico que eu ia amar ser uma princesa. – Minha amiga riu passando as mãos em seus cabelos crespos e volumosos. – Mas o que eu quero dizer é que o único problema aqui é sentir que nós podemos perder você pro mundo mágico a qualquer momento...

— Claro que não, sua boba! — Dei um tapa leve em seu ombro, de brincadeira. — Eu não vou abandonar vocês.

— Sei...

— É claro que agora vou começar a frequentar o castelo também, sabe como é... guarda compartilhada e essas coisas — brinquei, e Nina deu aquele sorriso lindo que eu tanto amava —, mas eu já disse que vou aprender a me dividir entre o Norte, o Sul e o primeiro mundo, juro!

Levantei o dedo mindinho para que ela acreditasse em mim, e Nina uniu seu dedo ao meu, o que significava um trato muito bem selado entre nós duas.

— Espero... — ela disse num tom levemente ameaçador e colocou o resto dos cacos em cima da mesa.

— O que eu vou fazer com isso? — apontei para os pedaços do porta-lápis, irritada por ter sido tão estabanada.

— Consertar, ora! — Ela revirou os olhos para a minha expressão de desentendida. — Lisa, às vezes eu acredito quando fala que não nasceu pra ser princesa. Usa os seus poderes e refaz o porta-lápis! Simples!

Eu não tinha nenhum direito de reclamar com a minha amiga, ela estava certa; eu nunca pensava que usar magia era uma opção e precisava urgentemente me acostumar com isso. Fiquei alguns minutos buscando descobrir como fazer aquilo voltar a ser o que era e suspirei a cada tentativa falha. Os olhos grandes e pretos da minha amiga e seus lábios cerrados esperavam o meu êxito com certa impaciência. Dei de ombros, sinalizando minha dúvida.

— Eu ainda não sei como o Dan pensa que vou ser capaz de apagar a memória de todo mundo se não consigo nem consertar um porta-lápis! — comentei, frustrada.

– Calma. Concentra e imagina sua mestra te pressionando – sugeriu Nina, achando graça da própria piada.

Respirei fundo algumas vezes, tentando bloquear qualquer pensamento, e fechei os olhos para conseguir melhores resultados. Havia sido tão fácil me transportar para dentro da minha memória com o Dan... Eu apenas quis viver aquele dia de novo e, quando dei por mim, estávamos lá. Repeti a receita e desejei ver aquele objeto inteiro. Só abri os olhos quando escutei Nina batendo palmas.

– Boa, garota! Agora apagar a memória da escola inteira, dos nossos pais, da nossa família e de todo mundo que eventualmente ficou sabendo do nosso desaparecimento vai ser fichinha! – ironizou Nina.

– Ai, Antônia, você é tão engraçada! – Fingi rir, e ela me deu um empurrão de brincadeira.

– Lisa? Nina? – Dan entrou na secretaria junto com Sol e Marco. – Nós já terminamos de apagar nossas faltas no sistema, e vocês?

– Tudo certo por aqui! – respondi.

– Ótimo, agora vamos pensar nos próximos passos...
– sugeriu Dan.

Fomos atrás dos cadernos dos nossos colegas mais aplicados e, com os meus poderes mágicos, conseguimos igualar as anotações. E então nos concentramos em sumir com conversas registradas sobre o nosso desaparecimento. Dan invadiu tanto o e-mail pessoal quanto o profissional da diretora Amélia, enquanto eu procurava mensagens no celular dela.

Nina, Sol e Marco decidiram vasculhar a sala em busca de qualquer detalhe que pudesse nos prejudicar. Uma pontinha de mim se sentia mal por fazer aquilo com a diretora, eu gostava bastante dela, mas esse era o jeito de manter nosso segredo seguro.

Nos poucos e-mails que encontramos, descobrimos que nossos pais e a diretora combinaram de não trocar mensagens sobre o assunto para não correrem o risco de vazar para a imprensa e virar notícia que uma nortista viveu no Sul durante todo esse tempo e agora estava desaparecida com mais quatro sulistas. Isso poderia causar um problemão para o Brasil e para o mundo. Era uma quebra profunda no contrato.

– Que situação horrível eles devem ter vivido! Estavam desesperados para nos encontrar, só que não podiam sair por aí espalhando nossas fotos ou divulgando o que aconteceu com medo de descobrirem a minha origem. Precisavam nos procurar, mas não podiam fazer muito alarde. Coitados!

– Devem ter sido semanas horríveis... – comentou Nina.

– Não tem nenhuma mensagem sobre isso no celular dela – falei, mostrando o aparelho.

– Também não encontramos nada aqui – Nina girou o dedo mostrando a sala.

– Se optaram por não utilizar nenhuma comunicação escrita, então nosso trabalho não é tão complicado – comentou Dan.

– Mesmo assim, acho que deveríamos checar os e-mails dos nossos pais, os celulares e as redes sociais também, só por garantia – falei, e meus amigos concordaram.

Dan entregou um papel para cada um anotar as informações dos pais, desse jeito ele invadiria e apagaria qualquer mensagem.

– Precisamos conferir tudo na sala da senhorita Guine também – lembrou Marco, e foi com Sol e Nina concluir mais essa tarefa.

Nosso trabalho era árduo, demorado e minucioso. E, vendo Dan invadir os e-mails, bateu um medo de não conseguir, de deixar algo pra trás e estragar tudo.

— E se não der certo? E se esquecermos alguma coisa? Dan girou a cadeira, que fazia um barulho irritante, e virou-se para mim. Suas mãos tocaram as minhas e, sem que soubesse, sua expressão leve, suas covinhas à mostra por conta de um sorriso e aqueles olhos apertados que zombavam da minha preocupação trouxeram certa paz. Além do dom da inteligência, ele tinha o de causar emoções em mim.

— Se algo sair errado, você para o tempo de novo e nós consertamos — ele falou como alguém que explica quanto são dois mais dois. — E agora fala "peixinho marrom".

Dan quebrou o clima de preocupação que havia se instaurado em mim quando apertou minhas bochechas.

— Fala, Alisa Febrero Guilever. — Ri com a brincadeira dos dois sobrenomes.

— Você não manda em mim — cruzei os braços.

— Por favor...

Ele fez aquela carinha pidona, e eu não resisti. Falei o que tinha me pedido e, quando terminei, Dan selou nossos lábios rapidamente.

Era a primeira vez que essa nossa brincadeira de anos terminava em um beijo. Podia parecer um fato simples e bobo, mas me fez pensar em como tudo havia se transformado.

CAPÍTULO 3

Mundo normal

Com a verificação de tudo o que veio à nossa mente, ficamos com a sensação de dever cumprido. A escola parecia pronta para fingir que estivemos ali nos últimos dias, o que nos levou para a próxima parte da missão: preparar o ambiente dentro das nossas casas. Começamos com a minha e fiquei surpresa com a rapidez com que fui capaz de nos transportar para lá.

A sala estava vazia, mas, quando entrei na cozinha, meu pai colocava uma colher na boca da minha mãe, provavelmente para que ela experimentasse o tempero do jantar que ele preparava. Não consegui avançar mais um passo e por algum tempo permaneci tão imóvel quanto eles. Meus olhos expulsaram algumas lágrimas, e eu senti um misto de mágoa e tristeza.

— Eu não vou conseguir fingir que nada disso aconteceu — falei, assim que me dei conta da situação.

Tudo bem fingir para a diretora, para a supervisora, para os alunos e para o resto do mundo que nada tinha acontecido, tudo bem esconder talvez o maior segredo da humanidade, tudo bem forjar as evidências, mas *não* estava tudo bem esquecer o que meus pais fizeram comigo por anos. *Não* estava tudo bem fingir que não queria explicações deles e da minha família. *Não* estava tudo bem voltar a ser a Alisa Febrero de todos esses anos.

– Ainda que apague a memória deles, eu preciso confrontá-los sobre o que fizeram.

– Vamos pensar em um jeito de você fazer isso. Por enquanto, vamos analisar a sua casa, talvez tenha algo que nos ajude.

Como imaginávamos, nos celulares não existia nenhuma troca de mensagens com a diretora, apenas um SMS com a vovó Angelina no celular da minha mãe no dia em que desaparecemos.

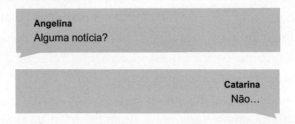

– Não podemos nos esquecer de ir até a casa da minha avó pra apagar a mensagem do celular dela também – falei, e meus amigos concordaram. – É aqui do lado.

O Bê brincava com a Beatrizinha no quarto da minha irmã caçula e voltei a me emocionar quando os vi – estava morrendo de saudade.

O quarto da Bia estava fechado e, quando abri, vi minha irmã deitada na cama escrevendo em um caderno colorido. Aproximei-me para observar melhor e percebi que era um diário.

– Nem sabia que a Bia tinha um diário... – comentei, e retirei o caderno da cama. – Vamos ver se ela escreveu algo sobre o nosso sumiço.

Voltei alguns dias, tomando cuidado para não ser invasiva demais; não queria desrespeitar a minha irmã, mas se ela tivesse escrito algo sobre a gente, seria preciso modificar.

Na primeira semana do nosso desaparecimento, não havia nada que valesse a pena mexer. Ela só contava sobre seus coleguinhas e acontecimentos na escola ou sobre alguma briga com o Bê. A única página que se destacou foi a do último fim de semana.

Querido diário,

A mamãe e o papai tão tristes porque a amiga deles morreu. Eles ficam chorando e as vezes e a Beatrizinha tambem chora quando vê. Eu não sei quem é essa amiga, mas acho que era importante para eles.

A Babi me chamou pra dormir na casa dela amanhã e meus pais deixaram!!! Eu tô feliz, mas queria que a mamãe e o papai tivessem também. ☹

A Lisa não vem pra casa nesse fim de semana porque vai ficar fazendo um trabalho na escola dela com os amigos dela. Eu tô com saudade da Lisa, mas na semana que vem a gente vai se ver.

Eu fiz as pazes com o Bê. Ele é muito chato mas ficou tudo bem porque ele pediu desculpa e a mamãe disse que não é legal a gente ficar brigando.

A vovó Angelina levou a gente pra tomar sorvete ontem. Ela é a melhor avó do mundo!!

É isso querido diário. Depois eu te conto mais sobre a minha vida.

Tchau,
Bia

Não pude deixar de sorrir com aquilo. Era tão engraçado ver a ingenuidade da minha irmã, queria poder voltar no tempo e ter a mesma percepção de vida que ela. Com muito dó, tirei a parte da amiga que havia morrido, uma vez que depois de apagar a memória de todo mundo, meus pais não se lembrariam de ter dado aquela desculpa. Era triste modificar seu diário daquele jeito, mas eu não tinha escolha. Conferi se o Bê também tinha um diário ou algo anotado, mas não consegui encontrar nada no meio das coisas dele.

– Acho que agora tá tudo em ordem – concluí ao dar uma última olhada na minha casa. – Vamos rapidinho na minha avó pra terminar.

Descemos as escadas e atravessamos o jardim. Os quatro observavam tudo ao redor, tentando captar o maior número de informações. Nenhum deles conhecia o mundo normal, e eu sabia que muita coisa ali era diferente.

– A gente tá quebrando o contrato... – Sol riu ao se lembrar.

– Duas vezes – frisou Marco. – Vindo aqui e usando magia no mundo normal.

– A Lisa não tá. – A expressão brincalhona da Nina fez com que eu esperasse sua explicação. O que ela estava dizendo? Se havia uma coisa que eu fazia muito bem era quebrar o contrato. – A lei diz que sulistas não podem invadir e usar magia aqui no Norte, mas a Lisa não é sulista, ela nasceu em Denentri, então, acho que as regras não se aplicam a ela. Se alguém um dia reclamar, Lisa não tá errada.

– A Nina tem razão. – Os olhos de Dan brilharam. – Eles não podem fazer nada com você, já que não é sulista nem nortista.

– Ah, ok, gente! – falei, irônica. – Vou usar esse argumento, e os dois mundos vão querer me expulsar.

– Imagina você não poder mais habitar a Terra? – brincou Sol. – Vai ser a primeira pessoa expulsa do planeta. E também você é a primeira extraterrestre que eu conheci...

O assunto era sério, mas Sol me fez rir.

– Sabe o que isso me fez pensar? Se o mundo mágico não fica na Terra, onde ele fica? – A loirinha quis saber de repente, e todos olhamos para Dan de forma automática. Se alguém ali sabia a resposta, essa pessoa era ele.

– O mundo mágico é uma incógnita pras pessoas no geral, então, ninguém tem certeza de nada... – ele começou, e seu tom de voz denunciava que haveria um "porém". – Mas, eu li em uns livros que ele tá em outra dimensão. E isso explicaria a necessidade de criar um portal...

– Bem que podia existir outra dimensão pros nortistas morarem... – reclamou Sol, e eu suspirei impaciente. Odiava quando meus amigos atacavam o Norte, cheios de preconceito.

– Não deveriam existir três mundos... – desabafei. – A Terra é um mundo, o mundo mágico é outro. Ponto-final. Essa coisa de Norte e Sul é desnecessária, será que ninguém percebe isso?

– Ai, Lisa, não começa com esse seu discurso pacificador... – pediu Nina. – Isso não vai rolar, ok? Ninguém quer viver com os normais.

Era mais do que medo de grupos extremistas. O que eu via no discurso dos meus amigos era ódio. O Sul detestava o Norte e o Norte detestava o Sul apenas por serem diferentes.

E isso me matava.

CAPÍTULO 4

Mundo normal

N a casa da minha avó, eu consegui encontrar o celular dela e apagar a mensagem com facilidade. Procurei mais alguma coisa que devesse ser apagada, mas não achei. Talvez meus pais a tivessem alertado sobre o que a diretora Amélia havia dito no e-mail. Da mesma maneira, nós procuramos provas incriminadoras na casa do Dan, do Marco, da Sol e da Nina. Excluímos mensagens, bilhetes em papéis, contudo, percebi que os pais deles também tinham sido cuidadosos quanto ao nosso desaparecimento. Quando terminamos na casa da Nina, decidimos voltar ao colégio e pensar se tínhamos deixado algo para trás.

— Não temos mais faltas no sistema nem no diário, já colocamos nossos cadernos em dia, conferimos se houve alguma avaliação surpresa ou trabalho... Alguém consegue pensar em mais alguma coisa? — perguntou Dan.

— Estava com um livro emprestado da biblioteca... — Nina se lembrou. — Mas acho que dá menos trabalho pagar a multa do que invadir o computador, né?

– É, talvez seja melhor mesmo – concordou Dan.
– Então tá tudo certo? – questionei. – Podemos voltar para Denentri para pedir ajuda à mestra Louína?
– É a nossa saída – falou Dan.
Peguei o livro de Andora e o abri. Imediatamente, caímos na mesma sala de onde havíamos saído algumas horas atrás. Não tinha ninguém ali, mas sons vinham do salão de refeições. Notei que já era fim de tarde no reino, tínhamos gastado bastante tempo organizando as provas nos outros mundos.
– Mãe! Pai! – chamei assim que os encontrei sentados à mesa e jantando.
– Minha Alisa! – Âmbrida deu um sorriso cheio de dúvida. Ela jamais poderia imaginar que eu atenderia ao seu pedido de "volte logo" tão prontamente.
– Estamos com um problema no nosso mundo... – falei.
– O que houve? – Meu pai mágico se preocupou.
– Precisamos apagar a memória das pessoas para que ninguém descubra nada sobre mim.
– Como? Precisas esconder que és a princesa de Denentri? Não compreendo...
– É um pouco complicado, eu poderia correr sérios perigos... Te explico melhor depois! – eu prometi. – A gente precisa correr agora. O senhor pode mandar chamar a mestra Louína?
E, como se fosse um fantasma, ela surgiu no salão antes mesmo de o rei mover um músculo para chamá-la.
– Já voltaste? – Sua expressão era irônica, e tive que respirar fundo algumas vezes antes de falar.
– Preciso de ajuda para apagar a memória...
– Não precisas repetir – ela me cortou, e eu olhei para minha mãe mágica na esperança de que percebesse a forma

como a mestra Louína me tratava. No entanto, a rainha nem parecia ouvir. Será que todas as mestras eram chatas? — O que fizeste assim que chegaste ao seu mundo?

— Paralisei o tempo — respondi, e Louína semicerrou os olhos.

— O que lhe ensinei sobre paralisar o tempo? — Ela ia se aproximando, e seu tom de voz indicava certa indignação.

— Que é perigoso e deve ser evitado — respondi sem vacilar. Sua tentativa de me fazer temê-la não daria certo daquela vez. Paralisar o tempo era a única saída.

— E por que o fizeste?

— Porque foi necessário — falei firme.

— Tu sabes que a magia exige responsabilidade, Alisa! — Louína quase gritou.

— Eu não a usei de forma irresponsável! Como disse, eu não posso deixar que descubram sobre mim! — Respirei fundo novamente quando percebi que havia respondido no mesmo tom que ela. — Eu preciso que me ensine a apagar a memória das pessoas para que o tempo volte a correr. Nós organizamos tudo. Colocamos presença no sistema do colégio, excluímos qualquer prova do nosso sumiço. Agora só falta terminar o último detalhe.

Louína refletiu por alguns segundos. Minha postura firme a incomodava, e eu estava muito contente com isso.

— Peço licença aos reis para abandonar o mundo glorioso e auxiliar a Princesa Alisa.

Louína se curvou para os meus pais mágicos, que autorizaram a saída dela na mesma hora.

— Abre teu livro. — Ela apontou para o que estava em minha mão.

Nós nos afastamos da minha família mágica e, antes que eu abrisse o livro, meus pais me desejaram sorte.

De volta à escola, Louína iniciou suas instruções:
— O que queres não é tão simples quanto imaginas. Não basta tu desejares que todos se esqueçam e pronto! Vais precisar aprender um feitiço. Tu ainda não treinaste nenhum porque te falta maturidade — ela provocou. Eu tinha a impressão de que Louína se esforçava para encontrar formas de me atingir a todo momento.
— O que devo fazer?
— Traz um papel branco e uma pena.
— Um lápis serve? — Dan entrou na conversa.

Com uma expressão irritada, Louína procurou algum lugar para fazer aquilo. Nós nos sentamos em uma mesa vazia do pátio.

— Desenha dois traços, um em cima do outro — ela instruiu, e obedeci sem entender muito bem como um papel e um lápis seriam responsáveis por resolver o meu problema. — Esta é a linha da realidade unida à da memória das pessoas. Não há como modificares o que aconteceu, não há como mexeres com a realidade.

Olhei aqueles traços pretos riscados no papel e fiquei me perguntando se a minha mestra estava fora de si. Linha da realidade e linha da memória?! Eram dois traços que eu acabara de fazer em um papel qualquer!

— O que foi? — Ela pareceu perceber a minha desconfiança.

— Não tô entendendo nada do que você tá dizendo, são só linhas no papel!

— É isso o que eu disse sobre maturidade. — Ela me encarou, bastante séria. — A magia de um feitiço é construída, Alisa. Tu tens um poder grandioso, precisas crer que podes fazer acontecer o que quiseres. É como uma criança com uma imaginação fértil, tu olhas uma sombra na parede e enxergas apenas uma sombra. Tua irmã Blenda pode ver desenhos, animais e qualquer outra coisa que a cabeça dela permitir. É necessário que olhes para os traços e vejas o que eu digo: a linha da realidade unida à linha da memória. Agora tu deves separá-las. Criar uma bifurcação e continuar as linhas logo em seguida.

Obedeci às instruções, me esforçando para acreditar no que ela dizia.

– Agora tu as unirás novamente, fazendo com que as linhas voltem a estar juntas.

Quando terminei, o desenho do papel ficou parecido com um hexágono.

– Certo. Tu acabaste de criar uma divergência entre a realidade e a memória. Como eu disse, não há como mexer na linha da realidade e, por isso, tu precisaste separá-la. E agora, para que todos se esqueçam de que vós sumistes, deves escrever abaixo da linha da memória: "Excluir desaparecimento de Alisa Guilever"...

– Sou Alisa Febrero aqui – corrigi-a.

– Então coloca teu nome daqui bem como os nomes dos teus amigos – ela instruiu e eu escrevi. – Ótimo.

"Ótimo"? Ela havia dito alguma palavra positiva?! Como assim?

– Agora, no ponto de divergência das linhas, deves colocar a data de quando foram para o mundo glorioso. E, no ponto de convergência, deves acrescentar a data de hoje.

– Pronto? – perguntei, ansiosa. Fazer um desenho no papel e escrever nomes e datas era o bastante para o que eu queria?
– Nesse momento vem a parte em que deves agir como uma criança. É como se tu tivesses acabado de fazer a sombra na parede, ainda falta tu acreditares que isso é verdade. Precisas crer que de fato tu separaste as linhas e que, de agora em diante, ninguém mais se lembrará do desaparecimento. Coloca tua mão no papel, fecha teus olhos e concentra-te.

Inspirei fundo, fechando meus olhos e tentando recuperar a minha criança interior capaz de acreditar naquele feitiço.

– Colocai a mão no papel junto com ela – Louína ordenou aos meus amigos. – Para que vós não vos esqueçais também.

Por um momento, imaginei as memórias de todos sendo apagadas. Imagina se Dan não se lembrasse mais do nosso beijo? Se Marco e Nina se esquecessem de que estavam juntos? Se eu tivesse que contar a eles tudo o que aconteceu no mundo mágico?

Eu me concentrei na separação das linhas, imaginando todos do colégio e das nossas famílias se esquecendo de que havíamos desaparecido.

– Êxito – Louína disse, levemente satisfeita.

Abri os olhos, chocada com o papel brilhando à minha frente. As linhas juntas tinham uma cor dourada, e as separadas estavam pretas. A linha da memória não estava mais inteira, havia uns buracos, como se eu tivesse feito uma linha tracejada, enquanto a da realidade permanecia completa.

– Agora toda vez que alguém tentar se lembrar do que fizeram convosco nos últimos dias, o cérebro bloqueará esse pensamento e automaticamente a pessoa passará a pensar em outra coisa.

– Obrigada, mestra Louína – sorri na doce ilusão de que pudesse receber algum elogio.

— Não penses que podes fazer qualquer coisa, Alisa. Tu deves ser muito cautelosa. Teus treinos deixarão de ser diários, passaremos a fazer em dias alternados.

— Mas eu tenho a escola agora, como vou a Denentri um dia sim e um dia não?

— Tu não vais a Denentri um dia sim e um dia não. Vais todos os dias — ela falou, e eu arregalei os olhos. — Um dia terás aulas de Tranto, Cultura, História e Geografia e, no outro, treinarás como usar teu dom.

— Eu não vou conseguir fazer tudo isso.

— Tu és a princesa de Denentri, é teu dever honrar o teu povo e a tua cultura.

— Antes de ser princesa, eu sou aluna do Ruit — apontei para a porta principal do colégio.

— Não — ela respondeu, firme. — Antes da qualquer coisa, tu és Alisa Guilever, a princesa de Denentri.

— Minha mãe não me disse nada sobre isso... — falei, e logo me arrependi de ter soado como uma criança mimada.

— O que foi que eu disse em tua primeira aula? — Ela aguardou por alguns segundos. — *Eu* sou tua mestra, *eu* mando e *tu* me obedeces. Dou-te a liberdade de escolher o melhor horário, e esse é o fim da nossa conversa. Não acredito que passou pela tua cabeça que pararias de treinar. Um grande poder exige um treino intenso. Aguardo-te amanhã no castelo. Agora abre o livro na minha frente, de modo que apenas eu volte para o mundo glorioso.

Inconformada, fiz o que Louína mandara e fechei o livro quando a mestra sumiu do colégio.

— Que isso, ela é mesmo uma mala! — disse Sol, chocada.

— Eu disse mil vezes. Não sei como aguento essa mulher! Pior: como eu vou aguentar continuar treinando com ela? Pensei que tivesse ficado livre!

– É só não ir! Quem é ela pra mandar em você desse jeito? – Sol usou um tom desaforado que me fez rir.

– Os reis falaram que ela é a única que pode auxiliar a Lisa com seus poderes – lembrou Dan.

– Chata ou não, foi por causa dela que tudo deu certo... Se a Lisa não obedecer, nunca vai conseguir usar seus dons plenamente.

– É verdade... – concordei, mesmo a contragosto.

– Também acho justo você aprender a língua e a cultura do seu povo – completou Nina.

– Quero só ver quando vou arrumar tempo pra ir.

– Você vai ter que assistir apenas às aulas obrigatórias, nada de extras optativas e avançadas. Ou ir à noite... – palpitou Dan. – Pelo menos você ganhou uma vantagem: uniu os fusos horários.

– Uni?

– Quando saímos do mundo mágico, era de manhã, mas aqui era fim de tarde. Como passamos o dia todo resolvendo as coisas aqui, você conseguiu fazer com que o horário de Denentri ficasse junto com o nosso. Agora é fim de tarde nos dois lugares. Pelo menos não vai ficar desorientada em relação ao horário e poderá organizar uma rotina melhor.

– É, isso melhora um pouco as coisas...

– Então agora podemos voltar para o tempo normal? – perguntou Sol, ansiosa.

– Se alguém descobrir algo que possa nos prejudicar, é pra falar pra Lisa imediatamente! – alertou Nina, e todo mundo assentiu.

Voltamos para o mesmo lugar da biblioteca, e eu fiz com que as pessoas voltassem ao normal. Olhei suas feições confusas; elas não conseguiam mais se lembrar do que estavam fazendo ali.

– Que beleza, a biblioteca tá cheia! Vocês querem algum livro específico? – perguntou a bibliotecária.

– Eu vim aqui fazer alguma coisa, mas esqueci! – falou uma das meninas que tinha entrado quando viu a confusão lá dentro.

– Ia falar uma coisa com vocês, mas também esqueci – Clara se dirigiu a mim e aos meus amigos.

– Que memória, hein, gente! – brincou Nina. – Quando lembrar, você fala!

– Uau! – comentei baixinho. – Funcionou mesmo.

– Reunião de quinta daqui a pouco no nosso quarto? – propôs Marco.

Tínhamos o adorável hábito de nos reunir no quarto dos garotos às quintas-feiras. Era proibido frequentar os dormitórios do outro gênero, mas minhas amigas e eu não ligávamos muito para essa regra. Fazíamos isso havia anos e nunca tínhamos sido pegas. Era só esperar o horário em que a senhorita Guine se recolhia e pronto! Pulávamos a janela do nosso quarto, que dava para o estacionamento, e entrávamos pela dos meninos. Fácil e simples.

Dan piscou para mim quando fui com Nina e Sol para o nosso dormitório, e eu sorri. Queria uma despedida melhor, mas ainda não havíamos contado para os três...

***

Mundo meio-mágico

Ao entrar no nosso dormitório, bateu uma saudade enorme. Muita coisa tinha mudado na minha vida desde a última vez que estivera naquele quarto. Quando atravessei a porta, foi como se tudo tivesse voltado ao que era antes, como se eu fosse a Alisa Febrero de sempre e como se essa história de princesa fosse um delírio, um sonho sem sentido.

— Dá pra acreditar em tudo o que a gente viveu? — Nina traduziu meus pensamentos.

— Pois é! Nem lá no mundo mágico estava acreditando... imagina aqui!

— Tipo... você é uma princesa! — Sol sorriu ao falar. — E tá aqui agora, dividindo esse dormitório com mais duas pessoas, e que não tem nem um terço do tamanho do seu quarto no castelo! No castelo!

— Ainda tem a cereja do bolo: de repente, a Lisa, que era a única sem um dom, é mais poderosa do que essa escola inteira!

— É bizarro pensar isso. E amanhã vamos ter que fingir que nada aconteceu, que tá tudo como antes... — Eu me joguei na cama.

— Por falar em tudo como antes... — começou Nina. — Você e o Dan estão bem?

— Aham. Quem vai tomar banho primeiro? — perguntei para desviar o assunto quando Nina estreitou os olhos, desconfiada.

— Pode ir, vou escolher a minha roupa — disse Sol, indo em direção ao seu armário.

Nina continuou em pé, me encarando com um olhar suspeito, e eu fiz cara de desentendida antes de entrar no banheiro.

A reunião de quinta teve um clima diferente. Nós éramos inseparáveis desde muito tempo, mas ali os nossos laços pareciam mais fortes. Tudo o que passamos juntos no mundo mágico serviu para unir o grupo ainda mais.

— Amanhã, quando chegarmos em casa, vamos ter que fingir que vimos nossos pais semana passada... — comentou

Sol, o que fez com que o meu estômago se revirasse. Eu iria olhar nos olhos dos meus pais e não poderia confrontá-los.

– Não sei se tô pronta pra voltar pra casa. Não vou conseguir fingir que tá tudo bem, porque *não* tá! – Deixei uma lágrima escorrer no meu rosto e fiz de tudo para que nenhuma outra intrometida ousasse escapar; não queria chorar naquele momento.

Dan colocou um travesseiro em seu colo e me convidou a deitar. Aceitei imediatamente, pois, além de receber um conforto, sabia que ele iria começar a fazer o melhor cafuné do universo.

– Quer a minha opinião? – perguntou Nina depois de me avaliar com o Dan por alguns segundos.

– Eu sempre quero a sua opinião.

– Acho que você precisa sentar e conversar com seus pais. Claro que se não quiser ir pra casa nesse fim de semana, você pode ir pra minha, mas acredito de verdade que você não deve adiar esse momento.

– Eu também acho, Lisa – concordou Marco. – Você tá se perguntando o que aconteceu desde o momento em que descobriu que era uma princesa, chegou a hora de obter respostas.

– Como vou fazer isso? Entrar em casa e falar: "Por que nunca me contaram que sou adotada?". Eles vão me perguntar como eu descobri.

– Eu acho que esse é o *seu* momento de fazer perguntas, não deles – disse Sol.

– Também não acho que tem problema descobrirem que você é do mundo mágico. Seus pais não representam uma ameaça pra você – completou Dan.

– Talvez tenham razão, eu preciso ouvir o que eles têm a me dizer.

— Se quiser fugir de lá, já sabe como se teletransportar pra minha casa — piscou Nina.

— Vai dar tudo certo, Lisa — Dan me confortou. — Não acho que essa conversa vai ser fácil, mas tenho certeza de que vai encontrar um jeito de perdoar seus pais. — Ele seguia acariciando meus cabelos, e sorri, agradecida por ouvir as palavras de apoio dos quatro.

Eu precisava encarar a verdade.

CAPÍTULO 5

Mundo meio-mágico

A única aula em que houve um probleminha foi a de Contexto Histórico. A professora Olívia tinha reorganizado os lugares da turma e, quando nos sentamos em nossas carteiras habituais, um dos colegas veio nos alertar.

— Vocês esqueceram? A Olívia se irritou com a sala e colocou um lugar fixo pra todo mundo. Não estavam aqui ontem? — Um segundo após fazer uma expressão de que tentava lembrar se estávamos na sala ou não, sua feição mudou, e ele, de repente, falou outra coisa aleatória: — Tem dever pra hoje?

— Não — Outra aluna respondeu.

Olhei para meus amigos sem entender, mas depois me lembrei do que Louína havia dito: toda vez que alguém tentasse recordar algo relacionado a nós nos últimos dias, ficaria com a mente bloqueada.

— O feitiço faz com que a pessoa mude seu pensamento... genial! — eu comentei, e os quatro sorriram em resposta.

– Esqueci onde ela me colocou... – fingiu Dan.
– O mapa da sala tá pregado ali – ele apontou, e fomos até lá.
Não constava os nossos nomes, então dei um jeito de fazer com que surgissem com a mesma letra da professora.
– Boa, Lisa! – Marco comemorou quando deu certo.
O melhor era que eu havia escolhido lugares próximos para a gente. Dan era a minha dupla, Marco e Nina estavam um atrás do outro, e Sol logo atrás de mim.
– Você não presta... – zombou Nina quando percebeu o que eu havia feito. – Olívia vai ficar assim: "Será mesmo que eu coloquei esses cinco tão perto?".
– Tá escrito aqui com a letra dela, né? – eu dei de ombros. – Acho que devemos seguir o mapa de sala...
– Bom dia, turma! – Olívia entrou contente. Ela era a nossa professora mais bonita. Alta, negra de pele escura, usava um *black power* bem volumoso e tinha sempre um batom vermelho na boca. Ah, e um estilo fantástico!
Eu não reparava muito nas roupas dos professores, mas Olívia conseguia me fazer notar cada peça que usava. Com uma troca de olhares, Nina, Sol e eu concordamos que a professora havia se superado naquele dia. Ela estava linda.
Nina era ainda mais fã da Olívia porque ela era a madrinha do movimento negro, e a professora sempre fazia questão de nos convidar para as reuniões. Quando fez o convite do dia, Nina olhou para mim e moveu os lábios dizendo: "Vamos?", e eu comecei a refletir.
Antes da peça de teatro, a qual me fez perceber que eu era, sim, negra, sempre me descrevia como "morena", pois pensava que apenas pessoas com a pele tão escura quanto a de Nina é que eram negras. Isso fez com que eu nunca me imaginasse frequentando o grupo – mesmo que

a Olívia sempre dissesse que qualquer um era bem-vindo para as discussões.

Mas como tudo tinha mudado, e eu estava começando a construir minha identidade negra, um sorriso surgiu em meu rosto e desejei fazer parte do movimento. Sempre admirei as intervenções que eles faziam e queria muito entender ainda mais sobre a luta negra. Fiz que sim para a minha amiga, e ela abriu um sorriso enorme.

– Muito bem, vou passar um trabalho pra vocês! – disse Olívia, e a turma reclamou em coro. – Vou passar o roteiro aqui, mas a ideia é que perguntem a seus avós, pais, tios e vizinhos como era o Brasil antes do contrato.

– Isso até a gente sabe responder: era péssimo! – comentou Felipe.

– Mas eu quero relatos de quem realmente viveu aquela época, ok? Quero que comparem a opinião dos avós com a dos seus pais. Por fim, vai ter um tópico com a opinião de vocês e, nessa parte, peço que tomem muito cuidado com comentários preconceituosos! Não estamos aqui para fazer discurso de ódio! Depois a escola vem atrás de mim falando que criei um grupo de extremistas e aí eu tô ferrada! – Ela riu. – Quero críticas com prós e contras!

– Contras? – ironizou uma aluna.

– Você acha que o contrato foi só positivo? – questionou a professora, e a menina concordou prontamente. – Então, vamos discutir isso depois.

Olhei para os meus amigos, e todos faziam cara de "nem vem". Não sabia que a professora Olívia não era apenas mais uma sulista feliz com o contrato e fiquei muito contente por ver que mais alguém via "contras" nisso tudo.

– A Olívia acaba de ficar ainda mais bonita... – cochichei rindo para o Dan.

– Beleza tem a ver com a opinião política?
– Beleza tem a ver com qualquer opinião. A cada coisa legal que uma pessoa fala, mais bonita ela fica pra mim.
– Então você deve achar que o Marco, a Nina, a Sol e eu somos horríveis por concordar com o contrato.
– Vocês têm outras coisas que compensam. Aliás, eu ainda vou fazer com que mudem de ideia. Na verdade, ainda vou fazer com que o *mundo* mude de ideia.
– Ai, meu Deus, falou a versão feminina do Nelson Mandela.
– É claro que o contrato nem se compara ao horror que foi o *Apartheid*, mas se já tá associando as ideias, é um bom começo pra eu te mostrar que um Brasil dividido não é algo bom. Aliás, nenhum país.
– Gosto da sua determinação – ele falou com aquele olhar intenso e um sorriso marcado por covinhas.
– Mesmo que seja uma determinação pra algo de que discorde?
– Não é bem discordar... o negócio é que eu só conheço um lado.
– Exatamente! É isso que eu tento mostrar. Não é tão difícil ter empatia, é?
– Se fosse fácil, a maioria dos nossos problemas estaria solucionado.
– Você tem razão...
– Vamos pausar nossa conversa filosófica por um segundo? – ele sugeriu depois de se certificar de que ninguém nos ouvia. – Que tal se a gente se encontrasse no estacionamento na hora do recreio?
– Eu acho uma excelente ideia... – respondi sorrindo.
– No corredor do gás.
– Fechado.

Assim que tocou o sinal, nos separamos para que não ficasse tão óbvio. Dan deu a desculpa de que iria olhar como andavam os projetos avançados, e eu falei que cancelaria as minhas matrículas nas aulas extras optativas – as quais eu nem tinha feito.

Dei uma passadinha no banheiro para checar o espelho. Sabia que Dan tinha acabado de me ver com aquela cara de sono e aquele cabelo bagunçado, mas agora era meio que um encontro, eu precisava melhorar o visual. Ajeitei meus cachos com um pouco de água e creme para diminuir o volume, mas infelizmente com as olheiras não tinha nada para fazer.

Dan sorriu quando nossos olhares se cruzaram, sua mão direita trouxe meu queixo para mais perto dele, e meus braços circularam seu pescoço. Quando nossos lábios se encontraram outra vez, meu coração deu um pulo.

– Eu não sei por que a gente tá fazendo isso escondido, só sei que é muito bom – ri brincalhona. Ficar escondido no corredor do gás era a melhor coisa do mundo. Aquele medinho leve de ser descoberta trazia uma emoção a mais. – Mas você sabe que cada segundo sem contar para os três é uma vingança a mais que sofreremos depois, né?

– Aham! Conhece gente mais vingativa do que eles? – brincou Dan.

– Quando vamos contar? – perguntei.

– Que tal segunda? – ele propôs.

– E se eles matarem a gente?

– Isso é um jogo só de perguntas? – zombou Dan. – O que acha de pararmos de nos preocupar com os três e focarmos mais na gente agora?

– Será que existe alguma ideia melhor?

Voltamos a nos beijar e, como sempre, Dan conseguiu me transportar para outro mundo – aquele quarto que ele sempre criava – e fazer com que eu me esquecesse de qualquer problema.

Seu coração batia em um ritmo acelerado, e eu sentia que o mesmo acontecia com o meu. Além de toda a adrenalina de estarmos escondidos, havia aquele nervosismo próprio da situação. Anos juntos fizeram com que criássemos uma intimidade própria de dois melhores amigos, mas ali havia mais. O sentimento tinha se transformado, agora eu queria estar perto do Dan o tempo inteiro.

Sempre fomos melhores amigos, sempre pedimos conselhos e colo um ao outro e sempre gostamos da companhia um do outro, só que agora era diferente. Eu finalmente tinha entendido o que era apaixonar-se de verdade. Não era só passar tempo juntos conversando e trocando risadas, eu me pegava desejando um beijo no meio da aula, ou uma frase carinhosa, e pode parecer a maior bobagem do mundo, mas adorava me imaginar andando pela escola de mãos dadas com Dan. Eram vontades inexplicáveis e que surgiam de repente...

— Eu não queria ter que dizer isso, mas... a gente precisa ir — ele falou depois de algum tempo que, embora parecessem alguns segundos, tinham sido vários minutos, de acordo com o relógio.

— Por que é tão difícil se despedir? — Fiz beicinho enquanto passava a mão naquele cabelo lindo e bagunçado.

— Porque quando estamos perto da pessoa por quem somos apaixonados, são liberados hormônios tão viciantes quanto algumas drogas. E ficar longe é como entrar em abstinência — ele respondeu num tom sério. Comecei a rir quando percebi que Dan tinha respondido minha pergunta de forma literal. — Por que você tá rindo? É sério!

— Eu não duvido — falei entre mais risadas. — Só tô achando graça de como você mudou a nossa conversa de fofa pra científica.

– Quebrei o clima? – ele perguntou, realmente preocupado quando entendeu o porquê das minhas risadas.

– Um pouco. – Fechei os lábios para me forçar a parar de rir, mas acho que devo ter feito uma careta, pois Dan começou a achar graça de mim.

– Pensei que você já estivesse vacinada contra as minhas nerdices...

– Você faz isso de um jeito tão ingênuo e imprevisível que sou incapaz de me acostumar.

– Vou prestar mais atenção – ele prometeu.

– Não! Eu adoro isso – falei, colocando as minhas mãos em sua bochecha e puxando-o para um selinho final.

– Por que é tão difícil se despedir? – ele repetiu a pergunta.

– Porque ficar com você é a melhor forma de passar o tempo – respondi e quase podia sentir o mel escorrendo de mim.

– Então era assim que eu deveria ter respondido. Ótimo, anotado – ele zombou enquanto corrigia os óculos.

– Não erre na próxima vez.

– Sim, senhora – Dan bateu continência bem na hora em que o sinal anunciou o fim do recreio e o início do quarto horário.

Fizemos uma cara triste por termos que sair dali, mas principalmente porque não tínhamos mais aulas juntos naquele dia.

– Eu te vejo no 10A das 14 horas? – Dan mostrou as covinhas unidas a um sorriso encantador.

Nós costumávamos voltar para casa no ônibus que saía às 14 horas, e era uma tradição de anos nos sentarmos juntos nos assentos 10A e 10B. Uma das exceções fora na última vez que voltamos para casa antes da aventura no mundo mágico, quando Dan e eu havíamos brigado.

– Com certeza.

– Então fala – ele apertou minhas bochechas no tradicional biquinho.

– Peixinho marrom – falei, e ele me beijou mais uma vez.

CAPÍTULO 6

Mundo meio-mágico

— Eu preciso ir a Denentri antes de voltar pra casa... — comentei com meus amigos na mesa do almoço. — E também preciso negociar alguma folga no sábado e no domingo.

— Você tem que explicar pra eles que tem uma família no Norte também e que só consegue vê-la aos fins de semana — disse Sol.

— Também preciso que Louína me ensine a fazer com que a memória dos meus pais volte ao normal. Vocês viram hoje o Felipe na aula de Contexto Histórico? Ele ia tentar lembrar se estávamos ou não na aula ontem, mas seu cérebro foi bloqueado. Quero confrontar meus pais e contar toda a verdade sobre mim e sobre o que aconteceu nas últimas semanas sem que a mente deles os faça pensar em outra coisa.

— E você vai pra Denentri agora? — indagou Nina, e eu fiz que sim com a cabeça. — Então não vai pegar o ônibus das 14 horas?

Conferi o relógio e eram 12h43. Se eu conseguisse fazer com que o meu treino durasse apenas uma hora, daria tempo.

— Vou tentar voltar o mais rápido possível, mas vocês não precisam me esperar!

— Quando chegar no Norte, vai nos atualizando sobre tudo — Sol apontou para o celular.

— Tudo bem... Vou arrumar as minhas coisas e ir pro castelo, volto mais tarde.

Quando entrei no quarto, peguei a mochila que sempre levava para casa e comecei a colocar algumas roupas dentro. Apesar de também ter um armário em casa, minhas roupas favoritas ficavam no colégio — e eu não era como a Sol, que às vezes comprava duas peças iguais só para ter uma em cada armário.

Peguei o livro da minha própria história, que conseguira unir em uma parte só, e percebi que aquilo seria uma confusão de palavras. Minha vida só era descrita quando eu estava no mundo mágico, de modo que minha história vivida no segundo ou no terceiro mundo não estava eternizada ali. O livro não faria muito sentido no fim das contas, a menos que eu pudesse reverter a situação. E se desejasse que a minha vida nos três mundos estivesse no livro? Afinal, o título que tinha escolhido era *Entre três mundos*, nada mais justo do que conter informações dos três, certo?

Fixei o meu olhar na capa e o segurei firme. Estava decidida a conseguir o que queria. Dei um sorriso vitorioso quando abri o livro e percebi que o volume ia aumentando a cada segundo. Abri em uma página aleatória, que tinha uma ilustração de quando conheci Nina. Sorri ao reviver aquele momento.

No entanto, a felicidade por conseguir aquilo logo foi embora; bastava voltar algumas páginas para que eu entendesse parte da minha história. O esclarecimento que tanto queria sobre a minha adoção seria facilmente sanado.

Eu tinha a chance de saber tudo, mas não conseguia. No fundo, torcia para que meus pais tivessem uma superexplicação que me fizesse perdoá-los no mesmo segundo, e então tudo voltaria ao normal. Isso seria possível? Eu conseguiria me esquecer de que passei anos da minha vida sendo enganada pela minha família?

Fechei o livro num ato repentino, e ele se transformou em um volume fino novamente. Guardei-o na mochila.

Abri o portal e caí no salão de refeições. Eram 13h07 em Denentri e 13h04 no colégio. Ótimo, os mundos tinham apenas três minutos de diferença. Como Dan havia dito, seria mais fácil criar uma rotina.

— Olá, Princesa Alisa. — Uma das senhoras que trabalhava na cozinha me reverenciou.

— Olá, Quena... — falei com certa dúvida. — É esse o seu nome, né?

— Sim, Alteza — os olhos dela pareciam brilhar, e a boca escancarou um sorriso enorme. Quena aparentou estar feliz pelo simples fato de eu ter acertado seu nome.

— Sabe onde tá a mestra Louína? — perguntei.

— Mandarei chamá-la. Com a vossa licença. — Ela se curvou novamente.

— Querida! — Âmbrida parou de andar quando me viu e beijou o alto da minha testa. — Estou amando teus aparecimentos repentinos! Não estás com mais problemas, certo?

— Não, tá tudo bem agora. Só vim pro meu treinamento.

— Ah, sim! Louína me contou mesmo sobre isso... Inclusive já separei os teus educadores. Preferes estudar ou treinar hoje?

— Treinar — respondi.

— Ótimo, então amanhã tu estudas.

– Bem, sobre isso… gostaria de saber se não poderia ficar de folga no sábado e no domingo. São os únicos dias em que consigo ver a minha família normal.

Tomei cuidado ao dizer aquelas palavras, pois não sabia qual seria a reação de Âmbrida ao perceber que eu deixaria de ir ao castelo para ficar com meus outros pais e irmãos.

– O que é sábado e… domingo…? – ela me olhou, intrigada.

– São dias… Que dia é hoje no mundo mágico? Quero dizer, mundo glorioso? – corrigi assim que me lembrei de que o primeiro mundo usava o termo "glorioso" para eles e "comum" para o outro lado do portal.

– Vieridinis – ela respondeu. Suspirei fundo quando percebi que precisaria decorar os dias da semana do mundo mágico. – Não importa o reino, todos usamos os mesmos nomes. A semana começa no domidinis, depois ludinis, maridinis, mieridinis, juvidinis, vieridinis e, por último, sabidinis.

– O que significa "dinis"? – perguntei curiosa.

– É o sobrenome de um pesquisador que desenvolveu a contagem do tempo.

– Ah, entendi. Tudo bem, preciso de folga aos sabidinis e domidinis – expliquei depois de traduzir os dias. Não seria tão difícil decorar; os dias da semana tinham o início do nome parecido com as palavras em espanhol.

– De jeito nenhum – mestra Louína se intrometeu. Tentei fazer com que meu autocontrole não se afetasse antes de me virar para ela.

– Eu preciso ficar com a minha família normal.

– Tu podes parar uma hora, no mínimo, para vir treinar.

– Eu tenho apenas dois dias pra ficar com eles, então eu *não* posso fazer isso.

— Escuta bem: tu deves estar aqui todos os dias. — Ela me encarou de um jeito tão intimidador que tive medo de contra-argumentar.

— Seis dias na semana não são suficientes para a Princesa Alisa? Talvez ela possa ter uma folga aos sabidinis ou aos domidinis — propôs minha mãe.

— Não, Rainha Âmbrida, não são — ela respondeu, gentilmente, e depois se virou para mim. — Aguardo-te na sala de treinamento.

Esperei que a mestra se afastasse um pouco mais e me virei para minha mãe.

— Por que ela é assim?

— Minha Alisa, faz parte do treinamento compreender que as mestras e os mestres conhecem muito mais sobre tudo do que nós, é preciso confiar na sabedoria deles. — Ela ajeitou os cachos do meu cabelo e sorriu. — Também tive uma mestra tão rigorosa quanto a tua e fui obrigada a seguir suas ordens. E isso foi importante para mim.

— Tudo bem... — Coloquei a mão no coração e Âmbrida fez o mesmo.

Estava aprendendo as questões culturais de Denentri. Se fosse na minha casa, eu daria um beijo em minha mãe e sairia. Mas ali, com os meus pais mágicos, era mais valioso colocar a mão no coração, um símbolo de respeito e carinho entre pais e filhos.

***

Entrei na sala e fiquei sem reação ao ver a mestra Louína parada, de costas para mim e com as mãos cruzadas por trás do corpo. O que eu deveria fazer? Me aproximar? Falar alguma coisa? Definitivamente, ela era *esquisita*.

– Oi... – tentei falar, e a minha voz falhou.
– Tu queres perguntar alguma coisa, não é?
Caramba, como ela sabia disso?
– Bem... quero saber o que devo fazer para que a linha da memória dos meus pais normais se una novamente à da realidade...

Louína então se virou para mim com uma expressão incrédula. Será que eu tinha feito alguma coisa errada?

– Quando uma criança aprende a somar certos números como exemplo, o objetivo é que ela entenda o conceito e some qualquer equação. Eu lhe ensinei a somar dois mais dois, agora tu vens me perguntar como fazer quatro mais quatro?

Olhei-a sem conseguir entender muito bem o que dizia. Odiava aquele tom irônico e arrogante que Louína usava, principalmente para fazer analogias.

– Tu vais voltar hoje para o outro mundo e vais tentar fazer isso sozinha. Se conseguires, terás direito a um domidinis de folga por mês. Se não conseguires, o problema é teu, eu não ajudarei.

Obrigada, mestra querida. Você é um amor, muito prestativa, inclusive.

– Agora faça chover dentro dessa sala – ela apontou para o teto.

Olhei na direção da janela que eu tinha criado em um outro treinamento, havia um sol lindo, típico de Denentri.

Eu não tinha entendido se ela queria que eu fizesse chover no reino e que entrasse na sala ou se a intenção era deixar o clima lá de fora como estava e só cair água aqui dentro. Também não sabia se devia perguntar. Louína era muito grossa! Ficou irritada por que vim perguntar como retomar a memória dos meus pais, mas aposto que se tivesse tentado sozinha ela iria me matar e dizer coisas do tipo: "Você ainda não está preparada, não é madura o suficiente". Afe, como essa mulher era insuportável!

Só me dei conta de que a minha fúria havia passado dos limites quando o céu fez um estrondo. Não era só uma chuva, eu estava preparando uma tempestade. Só que lá fora. E pior: sem ter realmente tentado fazer aquilo acontecer.

Fui até a janela, e as pessoas gritavam e corriam para todos os lados. Eu não queria alarmar o povo! Como eu parava aquilo?

— Ai, meu Deus! — eu me desesperei.

Olhei para Louína em busca de ajuda, porém, a mestra estava imóvel, e eu nem conseguia decifrar sua expressão. Estava brava? Curiosa para ver como eu me sairia? Se divertindo com o meu desespero?

Mas eu não tinha tempo para adivinhar o que se passava em sua mente. As nuvens lá fora ficavam cada vez mais escuras, a tarde linda tinha se transformado no início de uma noite chuvosa. Uma senhora caiu no chão após tentar correr e aquilo foi o fim. Eu não poderia mais deixar aquele desespero reinar.

— O que eu faço?! — eu gritei para ela, só que a minha mestra permanecia parada. Ela apenas me observava.

Não era possível que Louína não estivesse entendendo a gravidade da situação! Se a tempestade que eu tinha criado caísse, seria um problema sério! O céu estava muito escuro, e o barulho dos relâmpagos, ensurdecedor. Por que ela não podia simplesmente me ajudar? Não era esse o papel de uma mestra?

Aquele rosto sem expressão estava me irritando mais ainda, enquanto as coisas lá fora só pioravam. Era como se o céu estivesse em sintonia com o meu estado de espírito.

E se eu me acalmasse? Será que a tempestade sumiria? Eu me concentrei em fazer aquele dia ensolarado ressurgir e tentei relaxar e me esquecer de que aquela mulher estava em pé ao meu lado.

Aos poucos, minha respiração alcançou um ritmo calmo, o que fez com que as nuvens mais pesadas se dissipassem até o céu ficar com um tom claro de cinza. As pessoas agora pareciam mais tranquilas, porém, curiosas. Quando o sol voltou a brilhar, eu quase podia ver uma interrogação no rosto de cada denentriense – será que era assim que chamavam as pessoas nascidas em Denentri?

De volta à minha mestra, ela permanecia imóvel, e eu ainda não era capaz de desvendá-la. Fiz com que algumas gotas começassem a cair do teto e saí da sala. Sim. Eu saí da sala sem que Louína permitisse! Eu era uma rebelde, não era?

Mas eu tinha o dever de fazer algo, e isso não podia esperar.

***

– Povo de Denentri! – eu tentei gritar da sacada que os meus pais usavam para falar com as pessoas do reino.

– Usa teu dom para fazer com que tua voz fique mais alta – Clarina, que me encontrou no corredor e me acompanhou até a sacada, disse em um tom prestativo.

Circulei a minha boca com as duas mãos na intenção de simular um megafone. Eu havia aprendido com Louína que ser ingênua como uma criança e acreditar que o que estou fazendo é real era meio caminho andado.

– Povo de Denentri! – eu repeti e dei um sorriso, contente por minha voz ter saído bem mais alta. – Peço que me perdoem pela tempestade que o céu ameaçou hoje.

Tive alguns problemas no meu treinamento, assustar vocês não era a intenção e garanto que isso não se repetirá!

As feições desentendidas das pessoas me deixaram insegura. Será que eu tinha dito algo errado?

– O que houve, Clarina?

– Hmm... A maioria das pessoas não consegue compreender o toruguês.

– Ah, mas é claro! – Bati a mão na testa quando ela disse aquilo. – Pode traduzir pra mim?

O rosto de Clarina ficou tão vermelho quanto um pimentão.

– Por favor! – Uni minhas duas mãos e fiz a melhor cara de persuasão que eu tinha. Pareceu funcionar, pois Clarina respirou fundo e criou coragem para se virar à multidão.

Ela então começou a pronunciar um conjunto de palavras desconhecidas por mim. Só pude entender "*printese*", que significa "princesa" ou "príncipe", não havia diferença de gênero. Grande coisa também, né? Além de ser fácil de adivinhar, eu escutava aquela palavra de todas as pessoas.

– Diz que eu também vou começar a fazer aulas de Tranto e que em breve poderei conversar sem traduções – eu pedi, sabendo que estava abusando, mas ela atendeu.

Fiquei satisfeita por ver que a reação das pessoas era positiva depois de tudo.

– Como falo "me desculpem" em tranto?

– *Barnote* – ela respondeu. – Não é uma tradução literal, mas é assim que pedimos desculpa.

Gritei a palavra na melhor imitação do sotaque de Clarina que eu poderia fazer e acho que deu resultado, pois eles me devolveram sorrisos e me reverenciaram.

– Está tudo bem, *Printese* Alisa, eles não estão bravos.

Curvei-me em direção a eles também para me despedir, o que provocou algumas expressões de espanto.

– O que foi isso, minha princesa? – Âmbrida entrou, surpresa. Logo depois Honócio veio também.

– Um acidente – falei antes de dar mais detalhes.

– Eles perguntam muito de ti – meu pai contou, ele estava feliz por eu ter me comunicado com o povo. – É claro que foi um grande susto, mas pelo menos serviu para que sentissem que tu te preocupas com eles.

– Acho que preciso conversar com o povo mais vezes... – eu refleti. – Antes, porém, preciso aprender tranto.

– Tuas aulas começam amanhã – minha mãe disse, reconfortando-me.

– Que ótimo! – Sorri. – Bom, agora eu preciso voltar ao meu treinamento.

Será que Louína ainda estava embaixo daquela chuva que eu criei? Será que iria me matar por ter abandonado a aula?

Não esperei que essas perguntas se respondessem sozinhas e fui até a sala. Quando entrei, tudo estava seco novamente e ela não estava mais lá dentro. Tentei imaginar o quão ferrada estava e tremi só de pensar.

– Mestra Louína? – gritei, procurando-a no corredor.

– Tu me surpreendeste – ela disse, surgindo atrás de mim.

Como ela fazia isso?! Seria possível Louína ser tipo um fantasma? Eu não duvidava... principalmente porque estávamos no mundo mágico, e eu tinha a impressão de que ali poderia acontecer de tudo.

– Ai, que susto – falei, colocando a mão no coração.

– Tu honraste teu povo hoje, Alisa. Apesar de teres errado, foste te redimir, e isso é honroso.

Aquilo não estava acontecendo, estava? Louína me *elogiando* por alguma coisa? Não respondi nada, qualquer palavra poderia ser usada contra mim.

— Por isso deixarei que tu retornes ao outro mundo mais cedo. Ludinis voltamos a treinar.

Concordei com a cabeça, ainda firme no propósito de não abrir a minha boca. Até porque eu estava chocada demais.

— No entanto... — *Ah, é claro que haveria um "no entanto".* — Tu saíste da sala sem a minha permissão, então perderás o domidinis de folga desse mês.

Apesar de Louína me castigar, seu tom de voz e sua expressão não demonstravam raiva. Era como se ela estivesse tirando a minha folga por obrigação, não porque realmente estava brava.

— Isso se conseguires o direito de ter folgas... — ela finalizou, deu as costas e desapareceu.

Era isso mesmo? Louína havia sido *legal*? Tudo bem que depois ela me castigou, mas a conversa inicialmente tinha sido um elogio, certo? O mais engraçado disso é que a minha atitude não foi para impressioná-la. O que eu havia feito com o povo de Denentri realmente me deixou mal, e precisei me redimir. Quantas vezes tentei impressioná-la em vão? Tudo o que Louína fazia era ser rude comigo e, no momento em que não me esforço para agradá-la, eu agrado. Como entender?

Eu me despedi da minha família mágica e retornei ao meu quarto no Ruit. As coisas das meninas não estavam mais lá, então era provável que tivessem pegado o ônibus das 14 horas com o Dan e o Marco. Mesmo tendo saído mais cedo do treinamento, não tinha dado tempo de pegar o ônibus com eles e fiquei triste com a ideia de ter que acabar com a tradição de me sentar com o Dan nos mesmos lugares de sempre. Resignada, juntei as minhas coisas e meu coração começou a bater mais forte quando me lembrei do que faria ao chegar em casa.

Toquei mais uma vez em meu livro. Se quisesse, eu poderia acabar com toda a minha inquietação naquele momento. Abrir e procurar as páginas certas eram a única coisa de eu precisava para descobrir tudo sobre a minha adoção. No entanto, algo em mim queria ouvir a verdade da boca dos meus pais. Eu precisava de cada expressão e tom de voz para compor essa história.

Coloquei o livro de volta na mochila e saí do quarto em direção ao estacionamento, onde ficavam os ônibus. Assim que cheguei no 10 A, um sorrisinho acompanhado de covinhas surgiu. Mal pude acreditar naquele cabelo bagunçado e naquela pele marrom-clara que tinha ganhado um brilho especial com a luz do sol.

– Você não foi... – comentei o óbvio, muito satisfeita.
– Gosto de manter as tradições. – Ele sorriu mais.

Aquela volta para casa foi completamente diferente. Primeiro porque era a primeira vez que nós nos sentávamos no 10A e no 10B como um casal, segundo porque não era o tradicional ônibus das 14 horas e terceiro porque chegaria em casa e confrontaria meus pais a respeito de uma história muito importante. Era um misto de alegria e medo muito bem equilibrado.

Dan tentou me preparar para o que eu enfrentaria, mas a verdade é que não dava para prever o rumo que a conversa tomaria. Tentamos pensar em como eu poderia unir as linhas da memória e da realidade para que meus pais se lembrassem de tudo, o que tinha sido bastante útil. Fiz a ilustração da junção das duas linhas e escrevi que isso serviria apenas para a minha família. Eu esperava que isso funcionasse.

— Vai dar tudo certo, Lisa — Dan ajeitou os óculos e tocou a minha bochecha quando estávamos perto do ponto em que ele descia. — Mas se precisar de qualquer coisa, você me liga, tá bem?

Dan beijou o alto da minha testa e apertou as minhas bochechas, me fazendo falar "peixinho marrom". Sabia que ele estava tentando me fazer sorrir diante de um momento tão tenso, então não neguei um sorriso a ele.

— Até segunda, Dan — eu soprei um beijo enquanto ele seguia em direção à porta.

— Até — ele soprou outro de volta.

CAPÍTULO 7

Mundo normal

Meu coração estava prestes a sair pela boca; eu estava mais perto de descobrir tudo. Passei pelo portão e pelo jardim da entrada e abri a porta da minha casa. Tudo estava quieto na sala e algumas vozes pareciam vir do quarto de Beatrizinha, além do som de alguém lavando a louça. Joguei minhas coisas na escrivaninha e fui até o quarto dos meus irmãos.

O chão estava cheio de brinquedos, e os três pareciam se divertir. Beatrizinha mordia dinossauros de plástico e os gêmeos brincavam com super-heróis. Lágrimas escorreram dos meus olhos no primeiro minuto, tinha sido uma péssima ideia ir atrás dos três.

– Lisa! – Bia se levantou e veio me abraçar antes que eu conseguisse disfarçar. – Você tá chorando?

– Não... – eu menti. – É porque acabei de bocejar.

– Saudade de você! – Bê se aproximou e me abraçou também.

– E a minha florzinha? – perguntei, olhando para a minha irmã mais nova. – Não vai me abraçar também?

Ela deu um sorrisinho fofo e veio se juntar a nós. Abracei forte os meus irmãos e, quando o fiz, não consegui evitar que mais lágrimas rolassem pelo meu rosto. Era muito estranho pensar que, se não fosse a crueldade de Denna, eu jamais teria conhecido aqueles três.

— Você tá chorando, sim! — Bê falou apontando para o meu rosto.

— É que eu senti muito a falta de vocês — eu expliquei.

— Foi só uma semana... — Riu Bia.

— Então quer dizer que eu não posso sentir falta dos meus irmãozinhos? — Apertei a bochecha dela, fazendo-a rir.

Beijei cada um mais uma vez e depois deixei-os em paz. De volta ao meu quarto, eu me joguei na cama sem saber o que fazer. Eu me sentia um pouco contraditória; queria descobrir tudo, mas também desejava imensamente não confrontar meus pais – na esperança de que aquilo fizesse tudo voltar ao normal.

— Alisa? — Mamãe abriu a porta. — Tá tudo bem?

— Tá... — eu menti.

— Seus irmãos falaram que você chegou chorando...

Eu me sentei na cama e puxei o ar pelo nariz para depois soltar pela boca. Meus pais estavam em pé com expressões que misturavam preocupação e incompreensão.

— Por que vocês nunca me contaram que sou adotada?

A mudança nas feições de cada um veio assim que soltei a última palavra. Tudo o que minha mãe conseguiu fazer foi se sentar na minha cama, ainda em estado de choque, e papai fechou a porta, provavelmente para o que os três não ouvissem nada.

Eu continuava com o mesmo olhar e na mesma posição. Meu tom não foi de raiva ou de tristeza, o que eu sentia era decepção. E, pela cara dos meus pais, aquilo estava bem explícito no meu rosto.

– Qual era o plano de vocês? – perguntei quando percebi que não iriam continuar a conversa. – Esconder de mim pra sempre? A intenção era de que eu morresse sem saber esse *pequeno detalhe* da minha vida?

– Qu-quem... te contou? – perguntou minha mãe, entre lágrimas.

Abri a mochila e peguei uma folha que eu tinha preparado para aquele momento. Louína havia dito que eu era capaz de fazer com que a memória dos meus pais voltasse ao normal, que eu já havia aprendido a "somar", o que mudava era só a "equação". Imaginei que bastava unir novamente a linha da memória com a da realidade e coloquei a data do nosso desaparecimento. Embaixo, escrevi que aquilo só valia para Catarina Febrero e Rodolfo Febrero. Como havia feito antes, pus a mão sobre o papel e acreditei naquilo que estava fazendo. Foi mais fácil naquele momento, o fato de eu já ter conseguido uma vez facilitou tudo.

– Lisa! – mamãe gritou de repente. – Você tá aqui...? O que tá acontecendo?

– É como se eu tivesse esquecido que você sumiu! – disse papai.

Os dois se aproximaram para me abraçar, e eu me afastei.

– Vocês foram enfeitiçados pra esquecerem que eu sumi – respondi fria, e os dois arregalaram os olhos. – Nesses dias em que estive desaparecida, descobri tudo.

– Onde você descobriu? – quis saber papai.

– Em outro mundo – respondi.

– No Sul? – perguntou minha mãe, e eu balancei a cabeça, negando.

– Não sou do Sul, não sou do Norte. Eu não nasci na Terra, basicamente.

– Mas como você...

– Não, é a minha vez de ter uma resposta – disse ao interromper minha mãe. – Por que nunca me contaram que eu sou adotada?

Eu não estava mais tão durona quanto antes. De repente, aquela situação me trouxe todo o ressentimento de ter sido enganada. Estava complicado olhar para os dois, aqueles em quem sempre confiei, e saber que estava prestes a desvendar algo que ficou escondido por anos. Por um segundo, eu desisti de saber e quase fugi do quarto para não escutar uma palavra do que tinham para me contar, mas uma pontinha de coragem me fez olhar para os dois e aguardar a história que havia alguns dias eu ansiava escutar.

– Eu vou contar tudo, filha, mas, por favor, é uma história longa e... complexa. Não pense o pior da gente... – ela suplicou.

– Tarde demais.

Papai pegou uma cadeira e se sentou.

– Como você sabe, nós nos casamos cedo – ele começou. – Demos muita sorte e conseguimos nos estabilizar rapidamente. Sua mãe e eu arrumamos empregos excelentes e a nossa vida ia muito bem. Exceto por uma coisa.

Papai olhou para ela na intenção de ver se mamãe gostaria de continuar.

– Nós não conseguíamos ter filhos. – O rosto dela revelava toda a dor, e eu tive pena. – Tentamos por dois anos, mas eu simplesmente não conseguia engravidar.

O olhar da minha mãe parecia longe, como se as cenas daquela época passassem em sua mente naquele instante.

– Então resolvemos adotar. Nós entramos na fila da adoção, recebemos a visita de assistentes sociais e tudo parecia se encaminhar. Estávamos felizes pelo sonho que parecia perto de ser realizado. Até que um dia nos chamaram para buscar a nossa criança. Pensei que aquele dia seria o mais feliz da minha vida. Eu finalmente me tornaria mãe. – Ela respirou fundo tentando controlar as emoções. – Só que as coisas ficaram complicadas, o Norte foi atacado por alguns rebeldes sulistas e...

Mamãe não conseguiu continuar quando mais lágrimas caíram.

– Atacaram o orfanato onde o bebê estava – continuou meu pai. – Foi horrível, nós perdemos um filho sem nem o conhecer...

Lágrimas escorriam de seus olhos também, e meu coração parecia esmagado com aquele relato. Um silêncio perturbador se instaurou, e eu não sabia como lidar com aquilo.

– Pra piorar, a cidade estava um caos. As fronteiras tiveram a vigilância redobrada, o clima era de guerra. Então, conseguimos alguns dias de folga e fomos viajar para o litoral, pra tentar tirar tudo aquilo da cabeça – continuou papai.

– Arrumamos nossas malas, pegamos o carro e fomos. Apesar de tudo, estávamos dispostos a melhorar o clima – retomou mamãe, com o tom mais firme. Ela parecia decidida a contar o resto da história. – Depois de viajarmos mais ou menos por uma hora, seu pai cismou que havia um barulho estranho no porta-malas. Paramos o carro no acostamento para conferir.

"Foi quando ouvi um chorinho distante. Por um segundo, pensei que estivesse delirando e que aquele choro fosse apenas uma fantasia da minha cabeça. E eu poderia ter razão, já que estávamos no meio do nada e não havia uma casa, um restaurante, uma fazenda... Era apenas mato e estrada. Pra completar, ainda estava de luto pelo bebê. Fazia todo sentido ser apenas uma alucinação.

"Saí do carro pra falar com o seu pai. Perguntei se também ouvia aquele chorinho insistente e desesperado. Quando ele confirmou, tive certeza de que não estava delirando. Entramos no mato que beirava a estrada e começamos a procurar. O som ia se intensificando, até que encontramos uma menininha sentada na terra com um vestidinho vermelho e um olhar desesperado. Era você, minha filha... Estava suja, com o cabelo todo bagunçado e o rosto vermelho de tanto chorar...

"Encontramos um livro infantil ao seu lado, uma pulseirinha com o seu nome no braço direito e um papel dentro do bolso do seu vestido com recados em várias línguas. Em português estava escrito: 'Ela foi abandonada. Fazei o que desejardes'. Depois descobrimos que as outras frases significavam a mesma coisa...

"Você parou de chorar assim que a peguei no colo e começou a falar algumas palavras que não entendíamos. Nós te demos água e comida e você ficou satisfeita com aquilo. Então decidimos voltar pra casa.

"Durante todo o caminho, eu brinquei com você. Era como se eu a conhecesse desde sempre, filha. Cada minuto que passava, eu sentia que você havia sido um presente pra nós, que finalmente me tornaria mãe e nós três seríamos uma família. Seu pai sentia a mesma coisa e começamos a planejar como entraríamos com o processo da adoção. Nós conhecíamos a lei do Norte, que diz que a justiça deve determinar pra qual família vai a criança abandonada. Também sabíamos que não havia preferência pras pessoas que encontram a criança, mas a nossa situação era favorável, uma vez que já estávamos na lista de espera pra adoção. Apesar de assustados com tudo aquilo, ficamos esperançosos.

"A Vara da Infância também estava uma bagunça completa por causa dos ataques, porém, conseguimos localizar a funcionária à frente do nosso caso. Ela nos orientou sobre o procedimento pra que a adoção fosse feita. E, apesar do bilhete, era necessário ter certeza de que os pais biológicos não voltariam atrás. Além disso, você passaria por exames médicos para que a sua saúde fosse avaliada e fosse confirmado que era uma criança do mundo normal. Mesmo não tendo a sua guarda ainda, nós acompanhamos tudo, e foi aí que a médica descobriu que você não era nortista. Ela nos chamou na sala, disse o que havia descoberto, e nós ficamos desesperados.

"A relação entre o Norte o Sul estava bem crítica, havia poucos anos desde que o contrato entrara em vigor, e o medo de uma guerra civil era intenso. A situação estava longe de ser diplomática e seria impossível atravessar a fronteira com você e entregá-la à Vara da Infância sulista. Pior ainda: eles não permitiriam que adotássemos uma criança do outro mundo. Não havia saída e, além de sentir que perderia mais um filho, eu temi por você, pelo que lhe aconteceria.

"Felizmente a médica se sensibilizou com tudo. Eu não entendi muito bem o porquê, mas parece que tinha se lembrado de alguma experiência pessoal. O Sul e o Norte tinham sido divididos havia pouco mais de cinco anos, e existiam muitas histórias tristes de pessoas que foram separadas. Casais, vizinhos, amigos... muitos normais e meio-mágicos eram próximos e tiveram que se mudar. Implorei a ela que falsificasse seu exame, e ela aceitou.

"Como o orfanato fora atacado, assim como outros abrigos, a justiça nos deu a guarda provisória, pois estavam com medo de novos ataques. As adoções de todas as crianças sobreviventes foram aceleradas para que fossem encaminhadas rapidamente a seus novos lares.

"No início você chorou muito, ficava repetindo algumas palavras que imaginei serem 'mamãe' e 'papai' e tinha um jeitinho delicado de ser. Você tinha 2 anos, segundo a médica, e sabia comer sozinha com muita educação, também costumava nos cumprimentar flexionando levemente os joelhos e segurando o vestidinho. Definitivamente você não era daqui e nós criamos mil teorias pra entender como alguém poderia abandonar uma garotinha tão doce quanto você. Quem havia criado uma pessoinha tão adorável pra depois deixá-la na estrada? Quem seria capaz disso?

"Com o tempo você se adaptou bem à nossa casa, e não poderia estar mais feliz. Toda a família se apaixonou por você logo de cara. A sua avó então… não saía daqui de casa! Você até começou a falar algumas coisas em português… O dia em que a questão da adoção seria definida, eu não me aguentava dentro de mim. Já não imaginava nossa casa sem você, nós três já éramos uma família! E quando nos tornamos legalmente seus pais, fizemos uma festa de comemoração, foi um dia de muita alegria, filha.

"Depois de algum tempo, começamos a cogitar te contar. Você já não parecia se lembrar da outra família e nos chamava de mamãe e papai… Após refletir muito, decidimos que o mais seguro pra você era não saber. Tínhamos medo de que tentasse buscar sua família biológica e acabasse sendo descoberta. Seria separada de nós pra sempre caso alguém soubesse da falsificação do exame.

"Além disso… não queríamos que descobrisse que tinha sido abandonada. Eu nunca consegui conviver com isso, nunca consegui me conformar e entender como alguém resolveu deixar você naquela estrada. Você é tão especial, sempre foi, Alisa. E eu pensei que, se essa dúvida me atormenta diariamente, como você lidaria com isso? Não queria que você sentisse um pingo de rejeição, apenas o amor que eu, seu pai e toda a nossa família tínhamos pra te dar.

"Entendo a sua decepção, minha filha. Não sei como descobriu, mas imagino que deva ter pensado o pior de mim e do seu pai. A minha intenção nunca foi te magoar, pelo contrário, eu achava que você não merecia carregar essa frustração pelo resto da vida. Queria tanto apagar essa parte da sua história que acabei achando que conseguiria se não te contasse a verdade. Me perdoe, filha…"

Eu não sabia o que dizer nem pensar. Minha cabeça estava muito confusa. Finalmente havia descoberto tudo. E esse *tudo* era muita coisa.

– Eu… – comecei a falar entre os soluços do choro. – Eu preciso ficar sozinha.

– Filha… – tentou papai.

– Por favor…

Mamãe assentiu, limpou o rosto e pegou a mão do meu pai. Ambos saíram do meu quarto, e eu coloquei meu travesseiro no rosto para chorar à vontade.

CAPÍTULO 8

Mundo normal

Minha cabeça latejava; estava difícil compreender o que eu sentia, o que queria fazer. Tinha toda a verdade na minha mão e não sabia como reagir àquilo. A única coisa que sabia é que já não estava mais com raiva, meus pais haviam guardado toda aquela história pensando no melhor para mim.

No momento em que soube que eu era adotada, lá em Denentri, também tinha descoberto que não foram os meus pais biológicos que me abandonaram, e sim uma irmã alucinada pelo poder. Nunca senti a frustração que minha mãe tinha acabado de dizer. Nunca fiquei me perguntando por que as pessoas que me deram a vida haviam me largado no meio do mato na beira de uma estrada. Fazia sentido o que minha mãe havia falado: se a atormentava, como *eu* me sentiria com aquilo a vida inteira?

Antes ficava repetindo para os meus amigos que eu merecia a verdade, que meus pais não podiam ter escondido minha história de mim. Mas, depois de saber de tudo...

será que realmente queria que eles tivessem me contado? Se pudesse voltar no tempo agora, eu escolheria saber que era adotada e passar anos me perguntando por que meus pais biológicos fizeram aquilo comigo? Qual decepção era maior: a de descobrir que meus pais adotivos esconderam a verdade para me proteger ou a de viver me perguntando o que eu tinha feito para ser abandonada em uma estrada aos 2 anos?

Era difícil escolher sendo que tive apenas uma das experiências, mas, de qualquer maneira, eu viveria alguma delas, não tinha saída. Na verdade, a escolha foi de Denna, treze anos atrás, e eu estava arcando com as consequências naquele momento.

Vai ficar tudo bem – repeti mentalmente algumas vezes. Eu ainda não havia descoberto como lidar com tudo, mas a melhor saída era ter paciência comigo mesma e com os meus sentimentos.

***

Quinteto Fantástico

Dan Veloso
E aí, Lisa?

Lisa
Nós conversamos, descobri toda a história.

Nina Soares
Como você tá?

Lisa
Melhor do que eu esperava. Converso com vocês no domingo, ok?

> **Marco Borges**
> Qualquer coisa estamos aqui!

> **Sol Voltolini**
> <3

Quando abri a bolsa para guardar o celular, o livro sobre minha história me chamou a atenção; agora que já tinha ouvido toda a narrativa, eu precisava ver as ilustrações. Ali estava exatamente o que minha mãe descreveu: eu de vestido vermelho, suja e sentada na terra com o rosto cheio de lágrimas. Ao meu lado, o livro infantil de capa inconfundível que Denna tinha usado para me transportar para o mundo normal. O que será que havia acontecido com ele? Como foi parar na biblioteca do Ruit? Não existia um correio entre o Sul e o Norte e as fronteiras estavam muito bem bloqueadas naquela época... Então, como esse livro estava na biblioteca do terceiro ano quando Dan o encontrou?

— Posso entrar? — pedi baixinho, batendo na porta do quarto dos meus pais.

— Claro! — gritou mamãe do outro lado e abriu a porta.

Eu me sentei na beirada da cama e olhei para os dois, encostados na cabeceira com os olhos vermelhos de tanto chorar.

— Os gêmeos vão perguntar o que tá acontecendo se nos virem assim.

— Filha, você é quem vai decidir pra quem e quando contar — disse papai.

— A história é sua, e nós erramos em escondê-la de você — falou mamãe.

— Eu entendi o motivo de vocês. Imagino que teria sido horrível ficar com essa dúvida na cabeça...

– Como assim teria sido? Você já sabe por que foi abandonada? – mamãe falou a última palavra com certa dificuldade; ela não tinha mentido quando disse que isso a afetava até hoje.

– Eu sei de tudo agora, de toda a minha história. E conheci minha família biológica.

Meus pais arregalaram os olhos, mal conseguindo articular as perguntas que queriam fazer.

– Vocês sabem que o Sul sempre disse que tem ligações com um mundo completamente mágico, não é? Então... esse mundo existe, e eu sou de lá. Nasci em um reino chamado Denentri, o centro do poder do mundo mágico. Mas não numa família comum...

Parei para escolher quais palavras usaria. Eu não podia falar simplesmente "eu sou uma princesa", era muito fora da realidade.

– Eu sou uma princesa – falei, contrariando meu próprio pensamento.

– O quê?! – mamãe quase gritou.

– Sou filha dos reis de Denentri, sou a pessoa mais poderosa do mundo mágico.

O queixo da minha mãe caiu aos poucos. Aquela cena seria cômica se não tivesse aquele clima ruim em volta.

– Não fui abandonada pelos meus pais. Sou a filha do meio, mas um senhor muito respeitado de Denentri disse a eles que eu deveria governar no lugar da primogênita, uma vez que nasci muito parecida com Andora, a rainha mais importante que já tiveram. Então, a minha irmã mais velha ficou indignada e me mandou pra cá. Meus pais mágicos passaram todos esses anos me procurando, eles nunca imaginariam que eu estivesse no "mundo comum", como costumam chamar, porque ninguém sabia como criar um portal pra cá. Do mesmo jeito que o Sul especulava sobre o mundo mágico, eles especulavam sobre a gente. No fim das contas, meus amigos e eu acabamos com ambas as especulações... Quero dizer, não completamente, já que não estamos planejando contar aos quatro cantos o que descobrimos.

— Lisa, você tem certeza de que isso não foi um sonho? — Papai tinha uma expressão tão chocada que sua hipótese parecia ser a única que fazia algum sentido. Comecei a rir.

— Não, pai... Eu estive mesmo no mundo mágico. — Peguei o livro da história da minha vida e mostrei a eles um resumo do que vivemos nos últimos dias.

— E como vocês foram parar lá? — perguntou mamãe, imersa nas imagens do livro.

— O livro infantil que vocês acharam ao meu lado, na estrada, tinha um portal. Dan o achou na biblioteca do colégio e levou pra gente. Quando a Sol o abriu, caímos dentro da história. Vivemos quase as mesmas coisas que os personagens viveram, inclusive descobrir que eu era uma princesa.

— Céus! Isso é real? — mamãe conseguiu dizer. — Por isso você era toda delicadinha e educada quando criança! Dá pra acreditar que a nossa filha é uma princesa?

— Ei! Eu ainda sou delicadinha e educada!

— Ah, por favor... — zombou mamãe, e eu ri.

— Agora me conta uma coisa: como esse livro foi parar no Ruit? Quem o levou pra lá?

Os dois fizeram expressões pensativas, e eu aguardei.

— É mesmo... — refletiu mamãe. — Não me lembro do que fizemos com ele...

— A pulseirinha nós guardamos, o bilhete que estava dentro do bolso também... — Papai tentou puxar da memória. — Lembro que nós ocultamos o fato de o livro estar junto com você, pois pensamos que fosse um livro sulista.

Como o seu exame médico foi falsificado, ficamos com medo de contar essa informação.

— E foi a mamãe que nos falou isso! — ela se lembrou.
— Sua avó achou melhor não contarmos, mas o que foi feito com o livro eu não sei...

— E acho que só ela sabia desse livro — disse papai sem muita certeza.

Por instinto, eu me virei para a janela do quarto dos meus pais. A casa da vovó era do lado da nossa.

— Ela tá viajando — mamãe falou assim que entendeu minha intenção.

— Pra onde? — estranhei.

— Acho que Europa... Ela decidiu ir do nada, não entendi direito. Deixou as chaves com a gente, pediu pra abrirmos a casa de vez em quando pra entrar um ar e não disse quando volta.

— Hã? — estranhei.

— Sua avó tem dessas coisas, você sabe — ela finalizou.

— Tudo bem... — concordei vencida. — Não fala pra ela por telefone, tá? Queria conversar pessoalmente.

— A história é sua, filha, nós não vamos errar mais uma vez.

— Só mais uma coisa: eu vou precisar chegar mais tarde às sextas-feiras, além de sair aos sábados e domingos por algumas horas.

— Por quê?

— Eu preciso ir ao castelo todos os dias pra treinar as minhas habilidades, além de estudar a língua, a cultura e a história do mundo mágico — falei sem muita empolgação.

— Você tem habilidades? — mamãe se interessou.

— Eu posso fazer praticamente tudo. Na verdade, *posso*, mas ainda não sei *como*, por isso estou aprendendo.

– Então essa coisa de princesa é séria, quero dizer... você até tem um castelo e tudo mais!

– É bizarro isso, né? De uma hora pra outra...

– E como são os seus... os... reis? – Minha mãe teve dificuldade de falar. Como previra, seria complicado para ela aceitar que eu tinha outros pais.

– Eles são legais, têm um jeito diferente de falar e são fisicamente parecidos comigo. Quero dizer... eu que sou parecida com eles – respondi, e dona Catarina pareceu não ficar muito feliz com meu comentário. – Meu pai mágico disse que eu deveria convidá-los pra conhecer Denentri...

Deixei o convite no ar e esperei a reação dos dois. Papai apenas deu de ombros, e mamãe semicerrou os olhos.

– Sei lá – ela disse por fim. – Essa rainha vai achar que é mais sua mãe do que eu.

– Claro que não, mãe. Vocês não precisam ficar competindo por mim. – Joguei meu cabelo de brincadeira.

– Ai, meu Deus, ela se acha! – brincou mamãe, e nós três rimos.

– Mas é real o convite.

– Não sei, filha... – ela disse quando voltou a ficar séria. – É tudo muito recente! Passei anos da minha vida pensando muito mal das pessoas que te geraram, preciso de um tempo pra me acostumar com a ideia.

– Tá vendo, ia ser se bom se você visse que eles são boas pessoas.

– Também não sei se tô pronta pra dividir você com mais um mundo...

– Agora que descobriu que não é uma sulista, bem que podia voltar pra casa. Daí você poderia passar a semana com a gente e o final de semana no seu mundo lá...
– falou papai.

– O final de semana inteiro não, Rodolfo! – mamãe deu pitaco.

– Sem chance, gente! Eu amo o Ruit, meus amigos e… o Dan.

– Ui! O Dan não foi incluído em "meus amigos" – zombou papai.

– A gente tá junto agora…

– Pelo menos uma notícia boa! – Mamãe bateu palmas, realmente feliz. – Eu sabia!

– Não conta pra ninguém, a Nina, a Sol e o Marco ainda não sabem.

– Um romance às escondidas, hmmm… – ela debochou. – Parecendo aquelas histórias de amor proibido. Aliás, a sua vida dá um livro, hein?

– Já existe, se chama *Entre três mundos* – falei mostrando o livro a eles.

Estava feliz por aquela conversa ter terminado com um clima bom. Ainda havia muito com o que lidar, mas parecíamos estar no caminho certo.

CAPÍTULO 9

Mundo mágico

No dia seguinte, eu tive minha primeira aula em Denentri. Conheci Tílio, professor de Tranto; Dânia, de Geografia e História do Mundo Mágico; e Zera, de Cultura, que me ensinaria sobre todos os reinos, mas mais especificamente sobre Denentri. Escolhi começar com Tranto, eu gostava de línguas e sempre tive facilidade em aprender.

Quero dizer, sempre até aquele dia.

Tranto me pareceu impossível. Não tinha nenhuma semelhança com o português ou com qualquer língua latina, também nem chegava perto do inglês. Além de tudo, as formas de falar algumas letras me custaram bons minutos.

— Eu vou precisar da sua ajuda pra aprender tranto — falei assim que vi Clarina, ela me aguardava do lado de fora da sala de estudos.

— Não é tão difícil, *Printese* Alisa, mas é claro que vos ajudarei. — Clarina olhou para os lados e viu que não havia ninguém no corredor. Então se corrigiu sussurrando: — Te ajudarei.

– Você é tão boba… Sabe que pode me tratar por tu o tempo inteiro.

– Uma das cuidadoras me viu outro dia tuteando-te e foi correndo fazer fofoca aos outros que trabalham no castelo. Disse que eu não estava respeitando a princesa como merecia.

– Ai, que besteira! Você sabe o que eu prefiro. Se pudesse, baixaria um decreto que obrigasse todo mundo a me "tutear". – Fiz aspas com os dedos para frisar a palavra. Eu a achava engraçada.

– Tu podes fazer isso. – Ela sorriu com um ar brincalhão.

– Não quero parecer antipática.

– É melhor… – Clarina falou, ficando séria de repente, parecia esconder algo.

– O que foi?

– Nada… – ela falou na defensiva demais.

– Clarina!

– É que… o povo está um pouco decepcionado contigo, então não seria muito bom tomar uma atitude impopular agora.

– Decepcionado por quê? Por causa do incidente da tempestade? – Eu temi.

– Não, é que todos esperavam que tu fosses viver no castelo. As pessoas ficaram desapontadas quando descobriram que tu voltarias a viver no outro mundo. Estão se perguntando se tu realmente deves ser a rainha.

– Com toda razão. Até eu já tenho a resposta pra isso: não, eu não posso me tornar a rainha de Denentri.

– Eu não concordo, *printese*! Tu aprenderás a governar e, se queres a minha opinião, penso que farás um excelente governo.

– Obrigada pelo voto de confiança – eu agradeci.

Clarina sorriu para mim, fechou a mão no ar e depois a levou até o coração. Eu já havia percebido que o povo do mundo mágico adorava fazer gestos com as mãos para simbolizar algo. O primeiro que aprendi foi o sinal de cumprimento; eles giram os quatro dedos, menos o dedão, ao lado da cabeça. E, para se despedir, era só fazer aquele gesto com as duas mãos. Também tinha a mão no coração, sinal de carinho e respeito entre pais e filhos. No entanto, aquele gesto que Clarina havia feito ainda não fazia parte do meu "dicionário não verbal" do mundo mágico.

– Isso significa "quero-te bem", muito comum entre amigos – ela explicou antes mesmo que eu perguntasse, minha expressão devia estar óbvia demais.

– Que legal, me ensina!

Clarina fez o gesto de uma forma mais lenta. Ela fechou a mão outra vez como se pegasse algo no ar, na altura da boca mais ou menos – do jeito que fazemos para simular um microfone, só que com o polegar por cima –, e depois levou a mão fechada até o coração.

Repeti e Clarina deu um sorriso de aprovação.

– Alisa, minha filha! – minha mãe mágica chamou quando passei pelo salão de refeições, onde todos lanchavam. – Como foi o encontro com a tua família normal?

– Foi... intenso – contei tentando eleger a melhor forma de definir a conversa com os meus pais. – No fim das contas, eu não fiquei com raiva deles.

– Acredito que fizeram o melhor por ti, minha Alisa – disse minha mãe, tranquila. – Pelo que contaste, não havia maneiras de voltares, e eu não gostaria que passasses anos pensando o pior de nós.

Por um segundo, imaginei a história diferente. E se tivesse aberto o livro naquela estrada, aos 2 anos, e tivesse voltado ao mundo mágico sozinha? O que eu faria no meio da floresta de Denentri? Era engraçado pensar que tudo havia acontecido como deveria. Eu precisava entrar nessa aventura com os meus amigos anos depois, caso contrário, não sobreviveria.

    Quando terminei de comer, fui em direção à minha irmãzinha e beijei sua bochecha gostosa.

    – Tu voltas amanhã? – ela perguntou com uma carinha dócil.

    – Sim, venho todos os dias – respondi, e Blenda pareceu feliz.

    – Ah, minha Alisa! – meu pai chamou. – Quase nos esquecemos! Daqui a dois meses é o casamento da princesa de Euroto com o príncipe mais velho de Amerina.

    – Irmão de Petros, aquele com quem tu dançaste em tua cerimônia – disse minha mãe, e assenti assim que me lembrei do Príncipe Petros me dizendo que seu irmão mais velho não poderia comparecer à minha cerimônia porque estava cuidando do casamento. – Aqui está o convite.

    Minha mãe me entregou um cartão de papel mais duro e, assim que eu o abri, começou a passar um vídeo do casal. Eles sorriam e falavam palavras completamente desconhecidas. Embora não compreendesse nada, achei incrível.

    – Está em tranto – explicou meu pai. – Eles estão apenas fazendo o convite e falando o horário, dia e local.

    – Já tem um convite? Não é daqui a dois meses? – perguntei.

    – Sim – meu pai concordou sem estranhar. – Os convites são feitos com bastante antecedência... Isso mostra comprometimento e, principalmente, que o casamento está sendo bem planejado, que não é algo de última hora, afinal de contas, é um grande passo para o Príncipe Enélio, ele vai abrir mão de seu trono em Amerina para governar o reino de Euroto com a Princesa Cáli.

— Ele vai abrir mão?

— Os reis de Euroto só tiveram duas filhas — minha mãe começou a explicar. — A mais nova está presa, pois se uniu a Denna e... tu conheces a história. A união de Cáli e Enélio trouxe duas alternativas: ela poderia desistir do trono para governar Amerina ou ele o fazer para governar Euroto.

— Mas se Cáli desistisse, não sobraria ninguém para governar o reino de Euroto — eu concluí.

— Exato. Por isso Enélio decidiu ir, e agora o trono de Amerina deveria pertencer à Princesa Sorina, a segunda mais velha — explicou meu pai.

— Mas ela também se uniu a Denna e está presa... — lembrei.

— Infelizmente.

— Se ela tivesse esperado um pouquinho mais, seria a futura rainha de Amerina — comentei.

— Temos que pensar que foi bom ela ter mostrado a todos nós que não é digna do trono — disse minha mãe.

— Tem razão — concordei. — E agora o trono pertence ao terceiro filho mais velho, certo?

— Sim, o Príncipe Petros será o futuro rei — disse meu pai, e eu me lembrei do príncipe que dançara comigo, ele era tão formal e educado, e tinha pose de um futuro rei.

— Posso trazer companhia pro casamento? — perguntei antes de voltar para casa.

— Claro! Convida teus amigos! — respondeu minha mãe, animada.

— Obrigada!

***

Mundo normal

No final do domingo, eu decidi que deveria colocar meus irmãos a par da situação. Eu me sentei com os gêmeos e comecei a explicar a história. Tentei ser o mais lúdica e paciente possível. A Bia ficou chocada, já o Bê reagiu melhor.

– É por isso que você não se chama Bruna, Bárbara ou Brenda... – Foi a primeira coisa que meu irmão disse.

– Você é burro? – Bia fez uma expressão impaciente. – A Lisa acabou de contar que é uma princesa do mundo mágico! Ela tem poderes especiais! E é nisso que você pensa?

Os dois ficaram insistindo para que eu mostrasse o que podia fazer, mas acabei prometendo que faria depois; estava atrasada para voltar ao colégio.

– Você continua sendo nossa irmã, né? – indagou Bia antes que eu saísse de casa.

Olhei aqueles olhinhos arregalados, ansiosos por uma resposta, e meu coração se apertou.

– Ter descoberto isso não muda nada, Bia. – Toquei o seu queixo enquanto falava e depois a puxei para um abraço. – Você continua sendo minha irmã mais nova e continua tendo que me obedecer.

Ela semicerrou os olhos e depois riu comigo.

Eu me despedi dos dois e desci com a mamãe para a garagem. Eu sabia que não precisava mais que alguém me levasse e buscasse, bastava eu me teletransportar, mas talvez passasse a fazer isso nas próximas semanas, naquele dia eu desejava a carona da minha mãe.

– Vocês não quiseram mudar o meu nome quando me adotaram? – perguntei ao me lembrar da fala do meu irmão.

– Não, era a única coisa que você entendia. Nós te fazíamos um milhão de perguntas, mas você não tinha ideia do que estávamos falando. Bastava te chamar de Alisa que surgia uma expressão menos confusa em seu rosto. – Mamãe riu ao se lembrar. – Então decidimos manter a única coisa que você preservava da própria história. E sabe como eu sou com nomes, costumo respeitar muito bem os que os pais escolhem pros filhos, apesar de, na minha cabeça, seus pais biológicos não merecerem um pingo de respeito.

– Entendi... Outra coisa, você contou que não conseguia ter filhos, por isso escolheu adotar, certo? Então como engravidou dos gêmeos e da Beatrizinha? Porque tenho certeza de ter visto você com uma barriga enorme duas vezes!

– Os gêmeos foram inseminação artificial, e a Beatriz, um milagre – respondeu mamãe, rindo. – Os médicos disseram que não tinha a menor chance de eu engravidar, foi uma baita surpresa!

– Você queria mais filhos?

– Bom, estava muito satisfeita com vocês três... Mas fiquei *muito* feliz quando descobri que tinha mais uma a caminho. – Seu sorriso se estendeu e me contagiou.

– Já parou pra pensar que se não tivessem parado o carro na estrada naquele dia e naquele exato local, eu jamais faria parte da nossa família?

– Penso nisso todos os dias. – Mamãe aproveitou o sinal vermelho para me olhar.

– Vocês me salvaram. Obrigada.

– Ô, meu amor... – Ela acariciou o meu rosto com a mão direita e mandou um beijo. – Você não tem nada que agradecer. Tudo aconteceu exatamente como tinha que ser.

– Eu também acredito nisso. Quero dizer... talvez meus pais mágicos não pensem exatamente assim...

– Como eles reagiram quando te encontraram?

– Nossa, ficaram bastante emocionados!

– Eu imagino o quanto sofreram... Eu passei duas semanas pensando que tinha perdido você e já fiquei transtornada, imagina treze anos!

– Pois é...

Mamãe ficou séria e pigarreou, parecia preparar um discurso. Esperei.

– Eu quero que você saiba que não tenho a intenção de competir com os seus outros pais. Isso não seria justo. Só preciso de um tempinho pra me adaptar ao fato de que agora vai dividir seu amor e sua atenção por quatro... – ela disse um pouco dramática.

– Ai, meu Deus, dona Catarina! – falei rindo. – A atenção, tudo bem, eu definitivamente terei que dividir, mas o amor eu só vou multiplicar.

– Promete? – Ela me fitou pelo cantinho do olho com uma cara de quem quer rir.

– Óbvio! – Revirei os olhos e achei graça daquela pequena crise de ciúme disfarçada.

CAPÍTULO 10

Mundo meio-mágico

Quando cheguei ao colégio, meus amigos já esperavam por mim. Eles pareciam curiosos quanto à história que eu sabia que teria que contar, mas também estavam relutantes, como se perguntar o que aconteceu no fim de semana fosse invadir a minha privacidade ou me fazer lembrar de algo de que eu não gostaria.

— Ficou tudo bem entre mim e meus pais — comecei, e eles pareceram mais relaxados.

Narrei com detalhes tudo o que tinha se passado desde o momento em que voltei para casa até a última conversa com a minha mãe, instantes antes.

— Vocês tinham razão — falei para Sol e Nina assim que terminei de contar. — Eu deveria ter esperado a explicação deles antes de ficar com raiva.

— Eu avisei... — disse Sol com ar de superioridade. — Desculpa, Lisa, precisava falar isso. A Nina estar certa não é novidade, agora, eu ter razão é algo memorável. Merece um "eu avisei".

— Tudo bem, vou deixar passar — comentei, rindo da bobagem da minha amiga.

— Então pelo visto tudo se resolveu mesmo! — Nina ficou feliz. — Daqui a pouco vai ter até um jantar unindo as famílias Febrero e Guilever.

— Calma, isso ainda tá em negociação. Mas falando nisso... você me lembrou de uma coisa. Vai rolar o casamento do irmão mais velho do Príncipe Petros daqui a dois meses, vocês topam ir? — perguntei enquanto procurava o convite que meus pais haviam me dado.

Eles se assustaram com o vídeo que surgiu, ninguém esperava por algo interativo. Aproveitei para analisar melhor o casal. O príncipe era negro de pele escura, tinha o cabelo crespo e curto, lábios carnudos e uma voz grossa. Era uma versão mais velha do Príncipe Petros. Já a noiva era bem branca, tinha o cabelo loiro e liso com alguns cachos nas pontinhas e uma voz doce. Ela se parecia um pouco com a Sol.

— Eu topo se puder fazer um vestido que nem da outra vez! — animou-se a loirinha.

— Ai, Sol, como você é boba... Nós somos as amigas da princesa semelhante a Andora — Nina falou a frase que eu julgava ser a preferida do povo de Denentri. — Você pode ter quantos vestidos quiser!

— Eu espero mesmo — disse Sol num tom arrogante e brincalhão ao mesmo tempo.

Enquanto elas discutiam sobre o vestido que mandariam fazer, Dan me passou um pequeno papel dobrado. Guardei-o no bolso e avisei que precisava ir ao banheiro.

"Me encontre debaixo da escada quando todo mundo dormir."

Meu coração bateu mais forte quando terminei de ler aquela frase. De repente desejei dar um sonífero para cada um dos meus amigos. Eu precisava de um beijo do Dan. Naquele instante. Lancei um sorriso para ele quando saí do banheiro e recebi um sorriso com direito a covinhas em resposta.

– Então, no fim das contas, a única coisa que falta você descobrir é como o livro da aventura de Andora veio parar na biblioteca do Ruit – resumiu Marco.

– Exatamente. Talvez a minha avó saiba disso, mas ela tá viajando e eu não queria conversar pelo telefone. Minha família ainda não sabe que descobri tudo.

A conversa só foi interrompida meia hora depois, quando Sol reclamou que estava com sono. Marco e Dan decidiram ir embora, e eu concordei que era "hora de dormir" – mais falsa que eu, impossível, estava mesmo era ansiosa para me encontrar com o Dan!

***

– Senti a sua falta no fim de semana – Dan cochichou para mim debaixo da escada da sala principal.

Estava um pouco escuro, a única luz era a que vinha dos refletores da área externa e atravessava a porta de vidro, o que era ótimo porque meu cabelo estava um caos, eu não tinha conseguido arrumá-lo direito diante da pressa de sair do quarto despercebida. E por mais que estivesse difícil vê-lo, sua mão entrelaçada à minha e o seu cheiro inconfundível faziam com que meu cérebro criasse uma imagem perfeitamente nítida de Dan.

– Eu também – concordei, segurando seu rosto com as minhas mãos. Puxei-o para mais perto e enfim dei o beijo que tanto desejava.

– Fiquei pensando em você o tempo inteiro. Não só porque eu queria muito fazer isso... – Ele beijou os meus lábios para mostrar. – Mas estava preocupado com a conversa. Não fazia ideia de como seria e de como você reagiria.

– Foi duro ouvir tudo, mas importante. E no final acho que consegui me colocar no lugar dos meus pais.

– E como as coisas andam em Denentri?

– Tive a minha primeira aula de Tranto ontem, e hoje, como a mestra Louína não pôde me treinar, comecei a aprender a cultura de Denentri. Descobri que o povo tá levemente desapontado comigo, parece que não queriam que eu voltasse pra cá. Faz um pouco de sentido; uma princesa some por treze anos e quando enfim reaparece decide ir embora de novo? Eu entendo as pessoas. – Dei de ombros, não podia culpá-los por se sentirem assim.

– Você precisa fazer coisas para ganhar a confiança deles. Não sei... Andar pelas ruas, frequentar os ambientes públicos, conversar com o povo... Todo mundo gosta de atenção, principalmente quando vem de alguém importante.

– Você tem razão. Desde aquele dia do "meu aniversário", eu nunca mais saí do castelo.

– Então já sabe o que fazer.

– Pronto: já falamos da minha vida no Norte, no mundo mágico... Agora podemos passar pra cá? Podemos falar da gente? Quando vamos contar pras meninas e pro Marco? – perguntei, apesar de estar curtindo aqueles momentos secretos.

– Amanhã? Terça? Quarta? – propôs Dan, rindo. – Gosto dessa brincadeira de não deixar que eles descubram...

– Você leu meus pensamentos!

– Então vamos jogar com eles... – ele falou em um tom travesso. – Ver até quando os três não desconfiam de nada.

– Fechado. – Comecei a rir sem saber muito o porquê. Eu estava me sentindo uma criança brincando de esconde-esconde debaixo daquela escada.

Dan riu junto comigo e depois me deu um beijo apaixonado. Pela intensidade, vi que se tratava de uma despedida. Resmunguei assim que me dei conta.

– O que foi? – ele perguntou, colando sua testa à minha.

– Eu não quero que a gente se separe.

– Vamos tratar de arrumar uma desculpa convincente pra escaparmos amanhã no recreio. O que acha?

– E ir pro corredor do gás? – perguntei em um tom cúmplice.

– Acho que é o nosso novo lugar.

Dan segurou a minha nuca e me deu mais um beijo de despedida. Levamos uns segundos para desentrelaçar nossos dedos e ir para as respectivas alas. Depois de dar alguns passos, me virei para trás na esperança de ter a última imagem do Dan. Sorri quando vi que ele também havia olhado.

***

A semana foi recheada de encontros secretos com Dan. Meus amigos pareciam não perceber nada. Até porque Nina e Marco estavam ocupados demais com o *próprio* romance. Era tão fofo os dois andando como um casal de namorados! E eu não era a única com essa opinião; até alguns professores haviam comentado!

Na quinta, participei de uma reunião do movimento negro do colégio. No início, estava um pouco constrangida. O grupo parecia muito íntimo, e eu, uma intrusa. A professora Olívia logo fez questão de me fazer sentir à vontade.

– Estou feliz que esteja aqui, Alisa! – Ela sorriu de um jeito muito simpático.

Olívia tinha uma boca grande e, quando sorria, ficava ainda mais deslumbrante. Eu parecia aquela aluna puxa-saco, mas toda a escola idolatrava a professora Olívia, então ninguém pensava que eu estava atrás de pontos – até porque Contexto Histórico não era uma matéria difícil de passar.

    O tema do dia era estética negra e racismo, e a primeira pessoa a se manifestar foi Andressa, uma garota que tinha o tom de pele um pouco mais escuro que o meu, era baixinha e muito tímida. No ano passado, éramos da mesma sala de Matemática, então eu sabia que ela não gostava muito de falar em público. Achei legal o fato de ela ter sido a primeira, o que me fez perceber que o grupo realmente tinha bastante intimidade.

    Logo que começou a contar sua história, subiu uma raiva dentro de mim. Andressa foi tirar foto três por quatro para fazer uma nova identidade, mas, quando chegou lá, a mulher disse que ela não podia "ficar com o cabelo tão desgrenhado", pois era um "documento sério". Andressa tinha um cabelo bem volumoso e disse que ficou com tanta vergonha que deu um jeito de prender o cabelo para tirar a foto e sair logo dali. Ela mostrou sua identidade para a gente e contou que toda vez que precisava usar o documento, sentia muita raiva por ter se sujeitado àquilo.

    Depois de Andressa, Vitória, uma garota mais nova, contribuiu com o encontro ao falar da época em que estava no jardim de infância. Ela era a única negra da escolinha e, em uma apresentação de dança, a professora enviou um bilhete para os pais sobre o figurino. Parte do papel dizia: "cabelo liso para as meninas". Então, uma coleguinha se virou para ela e disse: "Ih, Vitória, como você vai fazer se o seu cabelo é ruim?".

    Arregalei os olhos para aquela história. O pior foi perceber que a expressão "cabelo ruim" fazia parte do meu vocabulário, e eu nunca tinha pensado criticamente sobre isso. Quantas vezes eu a tinha utilizado sem perceber? Meu cabelo era cacheado e, por isso, vangloriava os cabelos lisos das minhas colegas. Eu me lembrei das inúmeras vezes que chamei a atenção de Sol, que reclamava de alguma coisa do cabelo, usando a frase: "Ah, mas o seu cabelo é bom, né? Para de reclamar". Sim, eu fazia isso! Eu queria voltar no tempo, e apagar cada fala racista que eu já havia proferido na vida!

Ao meu lado, Nina narrou seu processo de transição. Quando éramos mais novas, ela fazia progressiva, mas desistiu da química alguns meses depois de ter entrado no grupo do movimento negro. Foi um processo longo e um pouco doloroso, ela sofria muito com as duas texturas. Quando terminou, Nina passou a deixar seus fios crespos terem vontade própria. E eles eram lindos! Mas por que quando olhava para minha amiga achava bonito, e quando olhava para o espelho acreditava que precisava abaixar o volume do meu? Será que um dia seria capaz de me sentir bem como ela? E se eu parasse de tentar "controlar o volume" também? Será que teria coragem? Manter meu cabelo "comportado" era um hábito havia anos e deixar meus cachos livres talvez fosse algo difícil de me acostumar, ainda mais agora que descobrira que era uma princesa e precisava estar à altura do cargo. Ai, que horror! Por que uma princesa não podia ter cabelo volumoso?

Quis levantar o dedo e contar dos milhares de vezes em que lotei o meu cabelo de creme para mantê-lo baixinho ou de todos os momentos em que amarrei meus cachos porque não tinha coragem de ser vista com eles tão volumosos. Sem contar todas as vezes que alisei para ir a alguma festa ou a algum evento importante. Mas não conseguia falar. Talvez por medo de ser julgada, já que eu ainda não estava no mesmo nível de desapego dos meus colegas. Por mais que tivesse entendido que a expressão era racista e passasse a tentar evitá-la, no fundo ainda acreditava que o meu cabelo era menos bonito por não ser liso. E não tinha coragem de verbalizar isso.

Os meninos começaram a contar fatos que viveram. Um garoto do terceiro ano se lembrou de que a mãe sempre o levava para raspar a cabeça assim que o cabelo crespo crescia um pouquinho, e ela ainda falava: "se não cortar, fica parecendo esses pivetes que assaltam a gente na rua. Ninguém vai levar você a sério desse jeito". Ele riu irônico e passou a mão no seu *black power* com um orgulho evidente. Depois contou que tinha conseguido fazer com que sua mãe mudasse de ideia também.

Antes de a professora Olívia encerrar a discussão, ouvimos mais casos, como o da avó que puxava tanto o cabelo para prender e "domar" que causava dor. Ou do tio que era dono de um salão e resolveu tacar química para alisar o cabelo da menina aos 6 anos. Além de perder os cachos que tanto amava, ela teve uma baita reação alérgica.

— Gostar da imagem que vemos no espelho é muito importante para nós. Nosso humor, nossas decisões, nossas atitudes dependem de uma autoestima legal, vocês não acham?

Eu não gostava do que via no espelho, estava sempre tentando consertar algo em mim. Mas nunca tinha pensado que era uma questão de racismo. E precisava aprender mais sobre isso.

— Você ficou tão calada... não gostou? – questionou Nina quando saímos da sala.

— Não, eu gostei! É que tem muitas coisas passando pela minha cabeça agora... por exemplo: por que não vim aqui antes?

– Não foi por falta de convite! – riu Nina.

– Sinto que tenho muita coisa pra aprender, agora tô num misto de revolta comigo mesma e com o mundo, e mesmo assim não sei se ainda consigo enxergar meu cabelo de um jeito mais livre, como você consegue. Que raiva.

– É um processo, amiga. Não precisa se cobrar tanto. Tem dia que a gente fica com raiva, tem dia que saímos daqui tristes, mas às vezes nos enchemos de coragem pra enfrentar o mundo. Parece que uma luta vai se abrindo para outra e do nada queremos consertar todas as injustiças, preconceitos e opressões. – Ela riu de si mesma.

– Isso inclui consertar as injustiças e os preconceitos que existem entre nortistas e sulistas?

– Ai, Lisa… Não desvirtua o papo.

– Ué, não é sobre isso que estamos falando o tempo todo? Preconceitos que dividem e machucam?

Dava para ver a tela azul no rosto da minha amiga. Ela queria responder, mas não sabia como, e deixar Nina sem argumentos não era para qualquer um.

– Nem inventa de trazer esse assunto pro grupo, tá? – Ela cruzou os braços, irritada por ter ficado sem resposta.

Eu sabia que estava certa, só precisava de uma forma de fazer o mundo entender que separar as pessoas por serem diferentes não era o melhor jeito de lidar com a diversidade.

CAPÍTULO 11

Mundo normal

— Seu pai e eu temos um casamento pra ir hoje... — mamãe começou a falar enquanto tomávamos café da tarde no sábado. — Sua avó tá na Europa, então ainda estou pensando no que fazer.

— Podemos ir pro castelo! — falei assim que a ideia surgiu.

Os gêmeos estavam ansiosos para conhecer a minha vida de princesa. Eles queriam ver meus poderes sendo usados, conhecer meu quarto, meus pais, minha irmãzinha... tudo! Era uma oportunidade de atender à vontade deles e de resolver a questão dos meus pais.

— De jeito nenhum, Alisa! — repreendeu mamãe, como se a minha ideia fosse absurda. — Vai levar três normais pro mundo mágico?!

— Não existe nenhuma regra que proíba isso!

— Também não conhecemos os seus... os reis! Não dá pra deixar uma criança de 2 anos com quem não se conhece.

— Você não vai deixar a Beatrizinha com os meus *pais* mágicos, vai deixar comigo. Eu vou tomar conta dos três.

Também tem a minha cuidadora, que é como se fosse uma dama de companhia. Ela se chama Clarina, tem 22 anos e é um amor de pessoa. Assim que chego em Denentri, ela cola em mim. Então é mais uma pessoa para cuidar da Beatrizinha.

– Ela vai estranhar e começar a chorar...

– Aposto que ela vai se enturmar com a minha irmã mágica e não vai nem sentir falta de vocês...

Os gêmeos sorriam de orelha a orelha e juntaram as mãos implorando pela permissão.

– Por favor, mamãe! – pediu Bê.

– Eu não conheço esse lugar, e vou ficar preocupada – disse mamãe naquele tom de "fim de conversa".

– Você pode conhecer – alfinetei. – Podemos jantar no castelo hoje, daí vocês conhecem os meus pais, veem o tanto de empregados disponíveis para olhar os três e ficam mais tranquilos. Talvez até melhore a sua clássica expressão aborrecida toda vez que eu digo que preciso ir a Denentri.

– Eu acho que pode ser uma boa ideia conhecer a outra parte da vida da Lisa... – opinou papai, e mamãe o olhou como se ele tivesse acabado de traí-la. – Você não quer saber onde sua filha tá quando não é no colégio?

Minha mãe deu de ombros, vencida.

– Faz o que você quiser – ela falou para mim. – O casamento é às 20h30, quero ser pontual.

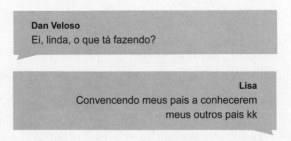

Dan Veloso
Sério? Isso é uma boa ideia?

Lisa
Vou descobrir mais tarde... E você?

Dan Veloso
Tô olhando pro teto e pensando em você...

Lisa
Não fala isso, já tô com saudade!

Dan Veloso
Eu também!

Lisa
Que tal você ir ao jantar com a gente?

Dan Veloso
Sério? São duas sogras, dois sogros! Muito pra mim, não?

Lisa
Kkkkk
Eu acho que você dá conta

Dan Veloso
Tudo bem, eu topo

***

Mundo mágico

Quando falei a minha ideia para meus pais mágicos, houve um alvoroço. Os dois abriram sorrisos sinceros e começaram a planejar o jantar.

– Quena! – chamou minha mãe. – Por favor, cuida para que o jantar seja especial hoje, teremos visitas importantes.

– Sim, Vossa Majestade. – Ela se curvou.

– Ah, Quena… – meu pai a chamou quando se lembrou de algo. – Peço que todos os ajudantes do castelo que estiverem em contato com as nossas visitas sejam fluentes em toruguês.

Quena me olhou curiosa, ela sabia que as visitas tinham a ver comigo.

– Meus pais vão conhecer meus pais! – brinquei e todos riram.

– Eles têm alergia, intolerância ou não gostam de algum alimento? – quis saber Quena.

– Faz vários pratos, quero que eles escolham o que preferirem! – disse minha mãe. – Faz o mesmo com as bebidas, traz opções.

– Mãe… não precisa de nada disso – falei com um certo receio.

Âmbrida e Honócio se mostraram muito animados com as visitas, mas meus pais normais não estavam na mesma sintonia. Fiquei com medo de eles se decepcionarem.

– Claro que sim, minha Alisa! Tua família normal virá até o castelo! É importante que saibam que são bem-vindos sempre!

– Ah, o Dan vem também… – comecei um pouco sem graça. Foi fácil contar aos meus pais normais sobre o Dan, pois eles viviam dizendo que o queriam como genro. Só que com os pais mágicos era diferente… – A gente tá… junto.

— Eu já havia percebido o modo com um olha para o outro... — Minha mãe deu um sorriso cúmplice.

— Gosto do garoto Dan... — comentou meu pai.

— Tem pose de príncipe — disse a rainha. — E fala como um futuro rei.

Âmbrida piscou para mim, e nem me preocupei com a mensagem implícita bem explícita que ela havia deixado; eles sempre criavam indiretas para que eu começasse a me adaptar à pose de futura rainha. Às vezes eu respondia, às vezes ignorava. Decidi ignorar daquela vez.

— Gosto da ideia da corte entre os dois!

Eu já havia aprendido que era assim que as pessoas se referiam a namoro, então sorri para a minha mãe. Pelo menos uma coisa os meus dois pais e as minhas duas mães tinham em comum: todos gostavam do meu relacionamento com o Dan.

***

— Essa é a minha mãe Catarina, esse é o meu pai Rodolfo — apresentei-os para os reis. — E essa é a minha mãe Âmbrida e esse é o meu pai Honócio — indiquei de volta aos meus pais normais.

Tentei identificar os sentimentos envolvidos naquelas trocas de olhares. Honócio e Rodolfo se olharam seriamente e balançaram a cabeça. Minha mãe mágica fez uma expressão que mostrava seu esforço para ser simpática, já a normal não conseguia esconder seu total desconforto, e torci para que apenas eu estivesse percebendo aquilo.

— Estamos contentes por vos receber aqui, é uma honra — Honócio quebrou o gelo.

— Sim, é claro — concordou a rainha. — Nós temos uma gratidão enorme pelo que fizeram, afinal, vós cuidastes de nossa Alisa quando ela foi arrancada da nossa família.

— Não fizemos por caridade ou algo assim — respondeu Catarina, evidenciando seu incômodo. — No momento em que olhei para Alisa, *abandonada* naquela estrada, soube que era minha filha, apesar de não termos o mesmo sangue.

— Não fomos nós que a abandonamos... — Âmbrida estava claramente ofendida pelo destaque que Catarina tinha dado à palavra "abandonada". — Eu não sei se a Princesa Alisa vos contou, mas...

— Ela disse, sim — interrompeu Catarina.

Lancei um olhar furioso à minha mãe Catarina e torci muito para que eu tivesse sido expressiva o suficiente a ponto de ela entender que estava agindo feito uma criança.

— Faltou apresentar a vocês meus irmãos — falei mudando o rumo daquela conversa. — Esse é o Bernardo, essa é a Bianca e essa é a Beatriz. E essa é Princesa Blenda.

Blenda segurou o vestido com as mãos e flexionou levemente os joelhos, na intenção de cumprimentá-los. Achei graça quando Beatrizinha a imitou.

— Pronto, já virou princesa também... — brinquei.

Catarina continuava impassível. Não se mostrava disposta a mudar a postura marrenta de nenhuma forma. Eu só queria que ela tentasse tornar aquilo mais fácil. Era tão complicado entender que os meus pais biológicos não me faziam "menos" filha dela?

— Vou mostrar o meu quarto para a minha família normal, tudo bem?

— Faz isso, querida. Vou cuidar para que o jantar seja servido. Aguardo-vos aqui. — A rainha sorriu e tocou minha bochecha direita. Concordei sorrindo também.

Levei Dan, meus três irmãos e meus pais normais ao meu quarto. Não estava minimamente interessada naquilo, mas o fiz porque sabia que meus irmãos iriam gostar e porque precisava dar um sermão na minha mãe.

— Dá pra tentar ser um *pouquinho* menos grossa? – pedi à Catarina assim que saímos de perto dos reis.

— Eu não tô suportando isso, Alisa. – Ela foi sincera. – Você é igual a eles... O rosto, o cabelo, o nariz, o sorriso... tudo!

— Mãe, olha pra mim – pedi segurando seus ombros. – Você não precisa se sentir ameaçada por eles. Eu já disse que o fato de descobrir que tenho outros pais não faz com que eu ame menos vocês. Toda vez que sentir raiva dos meus pais mágicos lembre-se de que passaram treze anos de desespero. O mesmo que você sofreu por duas semanas. Tente imaginar isso e busque por qualquer empatia que há em você.

Talvez as palavras tivessem surtido algum efeito, a expressão dela se suavizou e os ombros relaxaram.

— E, mesmo depois de tudo que passaram, os dois não só aceitaram que tenho outra família como ficaram felizes com a ideia de recebê-los aqui. Melhor: eles querem que vocês se sintam bem-vindos sempre.

Minha mãe ergueu a cabeça para o teto e colocou o dedo no canto do olho na intenção de segurar uma lágrima que ameaçava cair.

— Tudo bem, me desculpe, eu vou tentar me comportar melhor – ela disse.

— Obrigada – falei antes de beijar sua bochecha.

Alheios a qualquer desconforto, os gêmeos fizeram a maior festa na minha cama, pulando como se fosse um brinquedo de festa infantil.

— Crianças! – Papai chamou a atenção deles.

— Pode deixar, pai... – Balancei a mão enquanto punha as mochilas dos três no canto do meu quarto. – Pronto? Podemos voltar pro salão de refeições?

A pergunta era para todos, mas minha preocupação maior era a minha mãe, que concordou com a cabeça de um jeito contido. Só me restava torcer por um jantar minimamente civilizado.

– Vai dar tudo certo – Dan cochichou no meu ouvido e pegou na minha mão.

– Espero que tenham gostado do que viram! Podemos apresentar o resto do castelo depois do jantar! – sugeriu Âmbrida, simpática.

– Vai ser um prazer – respondeu papai num tom mais ameno enquanto afastava a cadeira para mamãe se sentar. – Então Alisa nasceu destinada a governar esse mundo todo?

Como era bom ter o papai como cúmplice. Uma simples pergunta abriu toda uma conversa sobre o passado e sobre a história do mundo mágico.

– Uau, ela vai ser a rainha de tudo! – surpreendeu-se Bia, boquiaberta.

– Mas, aparentemente, Alisa não está muito interessada nisso... – disse Honócio com pesar, e Âmbrida se entristeceu. Rodolfo me olhou curioso, Catarina deu um sorriso e logo depois ficou séria, como se tivesse se lembrado da promessa de "se comportar".

– É que... isso não parece pra mim, sabe? – Tentei encontrar algum apoio, mas ninguém parecia compreender o que eu dizia.

Dan puxou um pouco de ar pela boca como se fosse falar algo, porém desistiu ao olhar para meus pais normais. Sabia que ele iria discordar de mim e tentar me convencer de que eu seria uma boa rainha, mas achei bastante prudente sua atitude de ficar calado; ele até poderia conquistar mais admiração dos meus pais mágicos; em compensação, os normais – principalmente minha mãe – ficariam decepcionados.

– Eu acho que tu tens avançado muito em tuas aulas, querida, creio que em breve já não te sentirás tão distante da tua vida no mundo glorioso.

– Mas ela é muito nova... – falou Catarina. – É necessário que decida agora?

– De forma alguma – respondeu Honócio. – Alisa tem bastante tempo para escolher o que quer.

O jantar seguiu tranquilo. Talvez o cargo de rei e de rainha tivessem feito com que Âmbrida e Honócio aprendessem a ser graciosos e simpáticos em qualquer situação. Os dois conseguiram manter uma conversa agradável durante todo o tempo e acabaram com aquele clima de competição. Eu fui o assunto no início; comentaram sobre minhas manias e características da infância, mas logo o tópico se diversificou e achei legal quando começaram a falar sobre as diferenças culturais. Até Dan virou assunto! Os quatro estavam felizes com o novo genro.

Blenda e Beatrizinha também se entenderam e logo começaram a brincar juntas. Eu não poderia estar mais contente; enfim, minhas duas famílias estavam reunidas e o melhor: se entendendo!

– Eu tô tão feliz! – contei ao Dan enquanto éramos conduzidos por Âmbrida até outro salão. Aparentemente ela havia preparado algo a mais.

– Eu posso ver – ele sorriu. – Seus olhos estão brilhando mais que as estrelas.

– Quando recepcionamos convidados aqui no castelo, gostamos de preparar momentos agradáveis... – começou Âmbrida. – Por isso, convidei um dos melhores conjuntos musicais de Denentri para divertir-vos.

Minha mãe mágica apontou para um grupo que estava pronto para começar a tocar. Na hora me virei para Catarina e Rodolfo, que sorriam muito. Eles amavam dançar!

Quando a música começou a tocar, os quatro não pensaram duas vezes e foram ao centro do salão. Catarina e Rodolfo dançavam à moda do nosso mundo; mão na cintura, mão no ombro e as outras unidas. Ao passo que Âmbrida e Honócio dançavam do jeito que Petros havia me ensinado: as palmas das mãos juntas como se houvesse uma folha de papel no meio.

Dan me convidou para dançar também, e nós dois revezávamos entre os estilos de dança. Foi um momento agradável no fim das contas – principalmente para mim.

PARTE II

CAPÍTULO 12

Mundo mágico

— A dinastia Doronel governou nosso mundo desde o início dos tempos até alguns séculos atrás... – ensinou a professora Dânia.

Estávamos na sala de estudos do castelo e, naquele dia, eu aprenderia sobre um dos maiores problemas políticos que o mundo glorioso já viveu.

— Em todos os reinos havia uma família Doronel governando. E sempre foram muito bons para as pessoas. Eram competentes e preocupados com a população. No entanto, as três últimas gerações se mostraram interesseiras demais.

Ela apontou para algumas imagens da família Doronel. Eles eram altos, brancos e usavam uns penteados chamativos e elaborados – eu diria que eram feios se não estivesse tentando parar de julgar culturas diferentes da minha.

— A última geração da família Doronel se preocupava mais com poder e com luxo do que com o governo que estavam exercendo. Esse foi o início da Grande Crise, uma era que só acabou com Andora Guilever.

— Como foi essa crise?

— Quando o governo se mostra fraco politicamente, a população sente isso e passa a quebrar as regras. Hoje, tudo funciona bem em Denentri porque os governos parecem estáveis, prontos para punir criminosos, auxiliar quem necessita e corrigir eventuais desequilíbrios. A população é como um espelho de seus governantes. Olhai vossos pais: eles são bons, porém, rígidos. Estão sempre à disposição de quem precisa, mas são capazes de muitas coisas para manter a ordem. A prisão de vossa irmã Denna mostrou para todos que a Rainha Âmbrida e o Rei Honócio pensam no reino em primeiro lugar. É importante que a população sinta confiança em seus governantes.

— Governar exige muito... — eu comentei.

— Sim, e não é apenas isso. É preciso cumprir várias obrigações — ela começou. — Casar-se, gerar descendentes, prepará-los para o governo, ouvir as necessidades do seu povo e, no caso de Denentri, ouvir todos os reinos, além de manter as relações diplomáticas...

— Calma, casar e ter filhos é uma obrigação? — interrompi Dânia, que assentiu sem o mínimo estranhamento.

— É preciso que a dinastia permaneça.

— Mas ter filhos deve ser uma decisão do casal, não?

— Não de um casal real. Aceitar a coroa quer dizer aceitar as obrigações. Ser rei e rainha não é só sobre ter poder e privilégios, há muita responsabilidade.

— E é por isso que as pessoas precisam acreditar quando digo que não sou capaz de assumir tudo isso.

— Ninguém nasce sabendo, Alteza. Vós começastes a aprender agora.

— Eu não acho que mudarei de ideia, professora.

— Voltamos à Grande Crise? — ela desviou o assunto recomeçando a aula. — Então, a vida no mundo glorioso ficou bastante complicada. As pessoas estavam cansadas de ser governadas por reis e rainhas tão incompetentes. Grupos começaram a se organizar para reivindicar o fim daquela dinastia.

– Quem eles queriam colocar no lugar?

– Os parentes mais próximos da família Doronel, os Guilever, que se mostravam mais eficientes e preocupados com a crise que se instaurara.

– Não era estranho dar a coroa pra uma família próxima de uma dinastia que consideravam ruim?

– Queriam manter certa tradição, entregar a coroa a qualquer família seria arriscado, as pessoas poderiam não reconhecer o governo como legítimo.

– Entendi. E eles conseguiram fazer a troca tão rapidamente?

– Não... – ela se lamentou. – Os Doronel se recusaram a entregar a coroa e começaram a prender todas as pessoas que se diziam a favor da família Guilever.

– Sério?!

– E então houve uma revolução, com muitos mortos e feridos.

– Eles usavam magia? – perguntei, e Dânia fez que sim com a cabeça. – Uau.

As cenas que passavam em minha mente não eram nada boas. O mundo glorioso deve ter enfrentado momentos horríveis.

– E aí?

– Os Doronel desistiram, deixaram o poder, mas não foram presos. Apenas foram viver longe dos castelos reais. Para cada reino foram enviados príncipes e princesas da família Guilever.

– Mas hoje não é todo reino que tem representantes Guilever, né? – indaguei, tentando me lembrar dos nomes e rostos que eu havia conhecido.

— Com o tempo, algumas dinastias foram trocadas, como no reino de Oceônio, onde a família real não conseguiu gerar descendentes e a família Mitz assumiu o trono. Mas as trocas sempre se deram com famílias próximas dos Guilever.

— E a Grande Crise acabou?

— Não exatamente. Andora nasceu uma geração depois e ela, sim, foi a responsável por estabilizar o mundo glorioso.

— Então foram os Doronel que sequestraram Andora Guilever? — perguntei quando me lembrei da história.

Assim que cheguei a Denentri, minha mãe mágica me contara sobre a minha semelhança com Andora, e uma das coincidências era o fato de termos sido arrancadas das nossas famílias quando ainda éramos bebês.

— Ninguém nunca conseguiu descobrir, mas eles juraram que não foram os culpados.

— O que você acha?

— Eu não sei bem, Alteza... É difícil ter uma opinião sobre isso. A História se baseia em fatos, e não houve nada que permitisse culpá-los. A Grande Crise foi bastante complicada, havia muitos inimigos da antiga dinastia que passaram suas rixas para a família Guilever. Não dá para saber de onde veio a vingança.

— Mas o importante é que tudo ficou bem no mundo glorioso depois de Andora — falei, e ela sorriu em concordância.

— Muito bem, eu contei esse impasse político de forma superficial. Agora quero que o estudeis melhor e mais detalhadamente — ela falou ao me entregar dois livros. — Na próxima aula, trarei alguns exercícios sobre isso, tudo bem?

Concordei entusiasmada, de certa forma. Tinha curtido o tema e gostaria muito de aprender mais. O único problema era que eu tinha muitas coisas do colégio para fazer e sentia que entraria em colapso a qualquer momento.

***

Mundo meio-mágico

— VOCÊ TÁ COM O DAN! — Nina proferiu as palavras pausadamente e com *muita* raiva. — Você acha que eu sou boba, né? Bobos são os dois! Vocês somem na hora do recreio, somem no meio da noite, você se atrasa pro ônibus das 14 horas e pega sozinha com o Dan o das 15 horas. Fora que estão agindo totalmente estranho na nossa frente há um bom tempo!

— O QUÊ?! — O queixo de Sol caiu. Como sempre, a loirinha não fazia a mínima ideia do que a Nina falava.

— Eu não me atraso pra pegar um ônibus sozinha com ele, são os meus professores e a minha mestra que me seguram em Denentri.

— Que seja! — ela gritou. — Por que você escondeu que estava namorando o Dan?!

— NAMORANDO? — Sol colocou a mão na boca de tão assustada.

— Nós não estamos namorando... — eu argumentei.

— Alisa Febrero... não me provoca! — ela apontou o dedo para mim e semicerrou os olhos.

— Como isso aconteceu? — perguntou Sol, ansiosa.

— Nós ficamos lá em Denentri e...

— LÁ EM DENENTRI? — Sol gritou mais.

— Você vai ficar reagindo assim a cada frase? Deixa eu terminar a história — falei rindo.

— Lisa, você não tem o mínimo direito de reclamar de qualquer coisa! — disse a loirinha. — Agora continua, anda!

— Enfim, nós ficamos lá no jardim, um pouco antes de eu levar o portal pra testarmos. Depois nós viemos pro colégio e tivemos que resolver as coisas aqui...

— E aí? Onde entra a parte em que você foi impedida de nos contar? Que eu saiba, já tem algumas semanas que nós voltamos! – protestou Nina.

— Eu não sei... – Dei de ombros e fui sincera. – Acho que Dan e eu estávamos nos curtindo antes de "oficializar", sabe? Tentando ver se íamos dar certo mesmo...

— Hmm... – refletiu Nina. – Eu demorei um pouquinho pra contar que eu havia beijado o Marco e você surtou. Quais são os meus direitos agora?

— Tem o direito de ser aquela amiga linda, compreensiva e madura de sempre! – falei brincando. Nina não aguentou e riu junto. – Você também, Solzinha...

— Não acredito que não percebi nada – bufou Sol.

— Ah, eu acredito – Nina fez graça. – Novidade seria se você tivesse percebido qualquer coisa.

A loirinha semicerrou os olhos como se o que a Nina tivesse falado fosse um absurdo completo. Mas qualquer um concordaria; a Sol era a mais distraída do grupo.

— Estamos atrasadas – falei conferindo o relógio.

— A Lisa nunca se preocupou com o horário, mas sabe por que agora tá assim, Sol? Porque ela tem aula de Geografia com o *namorado* dela. Patética. – Nina revirou os olhos, ainda indignada, e abriu a porta para sairmos do quarto.

— Para, Nina! – falei, abraçando minha amiga enquanto caminhávamos para nossas salas.

"Fomos descobertos."

Mandei um bilhetinho para o Dan enquanto o professor explicava sobre os climas do Brasil. Conversar na aula de Geografia era procurar encrenca.

"*É, eu sei. Aparentemente quem tava brincando com a gente era o casal. A Nina e o Marco desconfiaram há muito tempo e ficaram quietinhos, nos fazendo de bobos.*"

"*E a gente achando que tava arrasando com as nossas saídas secretas kkkk.*"

"*Nem fala... kkkk.*"

Ele mandou e sorriu. Pensei em manter uma conversa, mas vi que o professor estava olhando para a gente, então era mais prudente parar. Eu mal conseguia prestar atenção na aula, só tinha olhos para o Dan. Quando o professor saiu da sala para buscar uma lista de exercícios, a turma inteira aproveitou para sair do lugar.

– Eu ainda não recebi um beijo hoje... – falei convidativa e coloquei a minha mão sobre a dele.

Dan ficou desconfortável. Ele olhou para trás e para os lados como se quisesse conferir se alguém tinha visto nosso breve contato. Fiquei sem entender aquilo. Nós não estávamos mais nos escondendo de ninguém, certo?

– Depois... – ele disse – o professor pode ver.

– Ele nem tá na sala.

Ergui meus ombros sem entender qual o motivo daquela timidez toda. Dan pegou a minha mão, beijou e depois a colocou em minha mesa. E, claro, conferiu se alguém estava prestando atenção na gente. Eu queria muito saber qual era o problema. Por que Dan ainda queria esconder nosso relacionamento? Pensei que assim que os nossos amigos soubessem que estávamos juntos, sairíamos pelo colégio como um verdadeiro casal de namorados... No entanto, nada parecia ter mudado, era como se ainda fôssemos apenas melhores amigos.

***

— Não fosse pelos olhares *óbvios* que vocês trocam, eu jamais diria que estavam juntos — comentou Nina depois que contei meu desconforto.

Longe dos olhos dos nossos colegas, Dan continuava sendo uma pessoa, mas era outra completamente diferente em público. Eu só queria que aquilo não me irritasse. Se estava com um garoto tímido, deveria aprender a conviver com seu jeito, certo?

Certo. Mas não era essa a realidade.

A cada vez que estávamos juntos na cantina, no corredor ou no pátio eu me pegava desejando aqueles beijos apaixonados que só recebia quando não estávamos em público. Era como se tivesse o Dan pela metade — e ele só era completo no corredor do gás.

— Como eu não consigo perceber esses tais olhares, pra mim vocês são os mesmos de sempre. — Sol deu de ombros.

— Eu juro que isso não é minha culpa. Por mim, todo mundo já saberia que estamos juntos!

— Vocês precisam conversar sobre isso — propôs Nina. — Toda vez que o Marco e eu brigamos é por falta de diálogo. Às vezes é difícil começar um assunto intenso, mas, vai por mim, é melhor do que guardar.

— Você tem razão, vou atrás dele — falei colocando meu celular no bolso e calçando minha sapatilha.

— Ele não tem aula agora? — lembrou Sol.

— Foi cancelada.

— Ih, já tá até tirando o Dan da sala de aula? A Lisa definitivamente não é uma boa influência... — brincou Nina.

— É sério, foi cancelada. — Revirei os olhos e saí do quarto quando as duas começaram a fazer mais gracinhas.

Cheguei ao pátio e lá estava ele, sentado em um banco. Tudo que eu queria era me aproximar, dar um beijo e abraçá-lo, como um casal normal. No entanto, eu não sabia qual seria sua reação.

– Oi... – cumprimentei.

– Ei, Lisa. – Ele se levantou, beijou a minha bochecha e correu o olho a nossa volta como se quisesse se assegurar de que ninguém havia visto. – Quer ir pro corredor do gás?

Quase não consegui esconder o meu desapontamento. Eu ainda sonhava com o momento em que o Dan e eu sairíamos de mãos dadas pelo colégio. Por que desejava aquilo? Não sei. Mas sempre fui romântica o suficiente para achar fofos os namorados que andavam assim pelos corredores. Quero dizer... Dan e eu éramos namorados? Não havíamos oficializado nada...

– Vamos ou não? – ele reforçou a pergunta, me tirando dos meus devaneios.

– Vamos – concordei por fim. Seria um bom momento para conversarmos.

Fomos para o nosso corredor, no estacionamento, e nos sentamos. Aconcheguei-me nos braços do Dan e me senti confortável ali.

Sei que deveria introduzir o assunto que tanto me incomodava, mas eu estava enrolando. E se acabasse em DR? Eu nem sabia se estávamos namorando ou não e já teríamos uma DR?

– O que você tem, Lisa? Tá estranha – ele falou preocupado. Era a minha deixa.

– Eu não tô entendendo por que estamos escondidos no corredor do gás se agora nossos amigos já sabem que estamos juntos. – Eu me afastei dos seus braços para verificar sua expressão; eu o conhecia havia anos, seria capaz de decifrar cada emoção que passasse pelo seu rosto.

— Porque... – ele falou nervoso, estava com vergonha.
— Porque é melhor.

— Essa é a sua resposta mais criativa? – perguntei um pouco brava. O que o Dan estava escondendo? Qual era a dele?

— Você não acha que aqui temos mais privacidade?

— Qual o problema se as pessoas virem a gente se beijando? Por que você tá querendo nos esconder?

Meu coração batia acelerado. Primeiro porque eu não queria que estivéssemos discutindo, segundo porque tive medo da resposta.

— Não tô! – ele disse, e eu esperei algum argumento. Mas Dan não falou nada. Ele me escondia algo, existia um motivo para que não quisesse que nossos colegas nos vissem juntos. Mas aparentemente ele não iria dizer.

— Quando decidir me contar, eu estarei pronta pra ouvir – falei e me levantei para sair do corredor. O fato de Dan não ter me chamado ou corrido atrás de mim fez com que eu tivesse certeza de que havia uma razão para que quisesse manter segredo.

Será que era por isso que demoramos tanto a contar para os nossos amigos? Será que era por isso que o Dan inventou aquele tal "jogo" de não deixarmos com que os três descobrissem? Eu até que estava curtindo aqueles beijos com gostinho de proibição, mas, de repente, o relacionamento inteiro tomou uma aparência de "errado".

Quando seguia de volta ao pátio principal, passos e vozes me interromperam. Eu me escondi atrás de uma árvore assim que reconheci a voz da diretora Amélia.

— Então estamos com problemas no Sul? – ela perguntou.

— Infelizmente... – um homem de terno preto respondeu. Não consegui ver muito bem sua fisionomia, só percebi que era alto e branco. – A falta de regras depois que o contrato separou normais e meio-mágicos acabou fazendo com que os sulistas ficassem muito livres. Estão usando seus poderes de forma desenfreada, o que está atrapalhando o funcionamento do nosso mundo. Estamos investigando um homem que tem reproduzido dinheiro com seus poderes. A inflação da região está altíssima. Mas tudo tem sido por debaixo dos panos, esse descontrole precisa ser abafado. Se as pessoas descobrirem que tem gente usando magia dessa forma, vão se sentir no direito também, e tudo ficará ainda pior.

– Com toda certeza – ela concordou. – Mas... como estão investigando então?

– Compramos tecnologia do Norte.

Arregalei os olhos com a resposta. Norte e Sul mantinham relações econômicas??? Eu precisava entender melhor, então segui os dois para continuar ouvindo.

– E estou aqui também para uma investigação.

– Na minha escola?

– A tecnologia nos permite controlar quais poderes estão sendo utilizados e onde. Nessa região detectamos algo muito forte. O tempo foi parado, houve certas modificações mentais, teletransporte... O mais estranho é que nada disso parece ter vindo de uma pessoa meio-mágica.

– O que o senhor está dizendo?! – ela perguntou muito assustada. – Como um normal seria capaz de usufruir de qualquer magia?

– Não sabemos quem está fazendo isso ou se é exatamente aqui. A única informação é que o dono desse poder tão grandioso habita essa região. Talvez essa cidade ou alguma vizinha. Estamos buscando em todos os estabelecimentos e residências, mas está bem complicado encontrar a pessoa. E isso não é nada, senhora Amélia! Como eu disse, o Sul está passando por maus momentos...

– Como eu posso ajudar? – ela perguntou, e essa foi a última coisa que pude ouvir. Se avançasse mais, seria descoberta. Também não precisava ouvir mais nada; já tinha sido o suficiente para me deixar em choque.

Eles me descobririam logo.

Eu estava ferrada.

CAPÍTULO 13

Mundo meio-mágico

— Você tem certeza do que ouviu? — Nina perguntou pela milésima vez. Olhei para ela sem paciência, eu não iria repetir aquele diálogo de novo.

— Não sei o que é mais assustador e estranho; se é o fato de o Sul e o Norte terem algum tipo de relação econômica, se são os problemas que o Sul tá enfrentando por causa da magia desenfreada, ou se é a questão de a Lisa estar sendo procurada — disse Sol. Ela tinha razão, aquela conversa tinha nos chocado em vários aspectos.

— E pra piorar, ainda tem o fato de que Dan e eu brigamos hoje... — comentei triste. Aquilo estava me matando.

— Que dia! — Sol se sentou ao meu lado e segurou a minha mão. Nina puxou a cadeira para ficar de frente para mim. — Ele pode estar inseguro... Digo, Dan pode estar em dúvida se é isso mesmo que ele quer. Às vezes pensou que estivesse apaixonado por você e agora descobriu que é só amizade mesmo.

Eu não tinha pensado nisso! A Sol tinha razão... o Dan poderia estar com um pé atrás em relação a nós dois e por isso estava agindo daquele jeito – o que explicava o fato de ele não ter vindo atrás de mim quando saí do corredor do gás.

– Desculpa se isso foi muito pesado... Eu não quero colocar minhocas na sua cabeça, foi só uma explicação que passou pela minha cabeça e então eu disse, você sabe que não penso antes de falar... – tagarelou a loirinha.

– Não, sua hipótese faz sentido – eu concordei.

Por instinto, olhei para Nina. Minha amiga sempre sabia se o que estávamos dizendo era cabível ou não.

– Eu não tinha pensado por esse lado... O Dan parecia tão apaixonado antes... – Nina semicerrou os olhos e ficou enrolando os cachos nos dedos. – Juro que não tô entendendo essa situação. Pensei que agora o Dan fosse fazer questão de não desgrudar de você um minuto sequer!

Suspirei fundo tentando fazer com que o meu coração se desacelerasse. Aquele assunto tinha me deixado para baixo. Se o Dan havia descoberto que só gostava de mim como amiga, eu havia descoberto o contrário. Acho que invertemos as coisas, talvez fosse a minha vez de sofrer por não ser correspondida.

– Ok, vamos parar com o assunto "Dan" por enquanto – eu pedi, quando não suportava mais pensar naquilo. – O que faço em relação à investigação em cima de mim?

– Eles não sabem de onde vem o poder, você é a última suspeita, já que oficialmente não possui magia nenhuma. Mesmo assim, acho que é melhor parar de usar os seus poderes – aconselhou Nina.

– Você disse que compraram uma tecnologia do Norte que permite descobrir a área em que o poder tá sendo usado, não é? – perguntou Sol, e confirmei com a cabeça. – Então, se seguir a dica da Nina e parar de usar, você dificulta a investigação.

– É uma boa ideia, mas que triste parar de usar magia... – eu reclamei. – Ai, quantos problemas! Como se não bastasse o livro da aula de Português pra ler, uma crise do mundo mágico pra revisar, uma lista de exercícios de Tranto, outra de Matemática e mais uma de Química.

– E não se esqueça do trabalho de Contexto Histórico – completou Sol.

– Eu não vou dar conta de tudo. Parece que vou explodir a qualquer momento.

– Calma, amiga, a gente tá aqui pra te ajudar. Vai dar tudo certo.

Nina me abraçou e logo Sol se uniu a nós. Eu não sei o que faria sem minhas melhores amigas.

Enquanto nos preparávamos para dormir, Dan me mandou uma mensagem que não abri. Eu não suportaria ler o que poderia estar escrito ali. Como nenhuma ideia passou pela minha cabeça, a hipótese de Sol se tornou verdade para mim. De repente, era como se tudo o que Dan fez ou disse tivesse se apagado da minha cabeça. Eu não conseguia pensar em mais nada, a única coisa que fazia sentido era a ideia de que ele só queria a minha amizade.

Por que eu era assim? Por que não conseguia deixar a mente limpa de qualquer hipótese até que ele me explicasse o verdadeiro motivo? Talvez meu cérebro preferisse se torturar com uma possível verdade do que aguardar o motivo real...

***

– Lisa... Eu não quero ficar brigado com você. – Dan se aproximou enquanto eu lanchava na cantina e colocou a mão em meu ombro, o toque leve gritando insegurança.

– Não foi o que pareceu ontem o dia inteiro.

– Eu mandei uma mensagem pra você se encontrar comigo!

– Eu tava indo dormir.

– Mas você nem visualizou! Podia ter pelo menos dito que não iria...

– Escuta aqui, quem tá brava sou eu, não venha inverter os papéis – falei, e ele deu um sorrisinho tão fofo que quase não aguentei. Faltou muito pouco para eu desfazer a minha pose de brava. – Pode, por favor, me explicar? Porque no momento tô interpretando como falta de interesse total...

– Eu amo você, Lisa.

OPA, OPA, OPA! Acho que a hipótese da Sol acabou de ser destruída, certo???

– Não quero que duvide disso nunca! – ele disse como se eu ter pensado aquilo um minuto sequer fosse um absurdo. – Eu vou explicar...

Dan respirou fundo, olhou para o nada e depois focou em mim.

– Você sabe que o Caio é um estúpido, né? Eu nunca contei, mas meu irmão sempre soube que eu gostava de você, ele percebeu isso logo de cara.

Do mesmo jeito que o mundo inteiro sacou, menos a boba aqui.

– Então ele ficava me enchendo com coisas não muito respeitosas.

Dan parou por um tempo, parecia em dúvida se especificava o que Caio falava ou não. Movi a mão na intenção de instigá-lo a contar.

– Tipo: "eu já peguei", "ela já foi minha", "eu já consegui pegar essa menina e você não"... Eu tentava fazer com que Caio não percebesse o quanto aquilo me irritava, não faz ideia de quantos palavrões já quis dizer. Não só pelo fato de vocês terem ficado, mas por ele te tratar como se fosse um objeto. E o pior de tudo era o jeito como você olhava pra ele! Eu não queria repetir as asneiras do meu irmão porque sabia o quanto você se magoaria, só que te ver babando pelo Caio me deixava duplamente irritado; primeiro, obviamente, porque ele não te merecia e, segundo, porque eu queria que babasse por mim… – brincou Dan, me arrancando uma risadinha. – Enfim… o motivo pelo qual eu não queria que ninguém soubesse sobre nós é que tenho certeza de que assim que meu irmão descobrir, ele vai falar alguma bobagem pra nós dois, e eu não quero que a gente tenha que passar por isso. O Caio tem talento para ser insistente e babaca.

Dan parou de falar e esperou minha reação. Eu tinha processado cada palavra, mas meu cérebro só conseguia pensar na primeira parte, quando ele disse "eu amo você, Lisa".

– Eu sei, foi besta, já entendi isso – disse Dan rapidamente, mal interpretando o meu silêncio. – Marco também fez questão de jogar na minha cara… Eu juro que não vou tentar mais esconder a gente, juro que vou me esforçar muito pra não ligar pro que o Caio disser, mas, por favor, fala alguma coisa.

Ele fez uma expressão envergonhada de um jeitinho fofo e passou a mão pelo seu cabelo bagunçado como sempre.

– Eu também amo você. – Essa era a única coisa que importava.

Dan abriu o maior sorriso do universo – com direito a covinhas – e segurou o meu rosto com as duas mãos. Olhei bem no fundo dos seus olhos, ele precisava me dizer algo. Na verdade, eu também precisava. Além de ter me sentido angustiada sobre essa coisa de "ficar escondido", eu também tinha ficado em dúvida em relação ao que nós éramos. Dan e eu estávamos namorando, ficando…? Qual era o *status* do nosso relacionamento? Será que eu estava sendo muito boba por querer "dar nome aos bois", enquanto na cabeça dele estar junto era o que importava? Ou será que ele também se perguntava aquilo?

— Quer namorar comigo? — pronunciamos as mesmas palavras no mesmo momento. Coloquei a mão na boca, num ato de susto e comecei a rir.

— Acho que ambos já temos a resposta, né?

Ele sorriu ainda mais e uniu nossos lábios. Vale lembrar que estávamos no meio da cantina. Eu me afastei quando comecei a escutar alguns sussurros e assovios ao redor.

— Agora você tá com vergonha? — ele zombou. — Vai ter que aguentar.

Dan começou a me dar selinhos na frente de todo mundo e alguns colegas começaram a apoiar.

— Sempre soube!

— Casal mais enrolado da história! Finalmente!

— Todo mundo já *shippava* vocês dois há séculos! — brincou uma menina da nossa sala de Contexto Histórico. — Gente, Lisa com Dan dá o quê?

— Lisan! — Duas amigas falaram em coro.

— Ou Danlisa! — Outra sugeriu.

Comecei a rir descontroladamente daquela situação — e também porque estava muito feliz com tudo que havia acontecido. Mas parei assim que o rosto do Caio entrou em meu campo de visão.

— Então quer dizer que agora você pega restos? — Caio disse com tanta raiva que quase cuspiu as palavras em cima de Dan. E embora a fala não tivesse sido para mim, me acertou em cheio.

— Restos? Engraçado, porque eu me sinto bem inteira, bem completa. O que o Dan faz, e faz muito bem, diga-se de passagem, tem outro nome! Ele me transborda! Entende isso? Eu não sou resto de nada, e ninguém "me pega"! – falei com tanto ódio que Caio ficou calado, ele apenas me fuzilava com o olhar.

Por um momento, quis que dissesse algo, pois a fúria em sua expressão começou a me dar medo. Apesar disso, mantive a mesma postura.

– Eu disse que ele era um babaca... – Dan deu de ombros quando Caio saiu marchando. Balancei a cabeça e voltei para o seu lado.

– Não vamos ligar pra ele, não é? – perguntei, e Dan confirmou me dando mais um selinho.

As meninas que estavam ali piscaram para mim, e eu sorri. Tudo estava bem, e eu não deixaria o Caio destruir minha felicidade.

CAPÍTULO 14

Mundo normal

— Mãe, a vovó tem dado notícias? – quis saber enquanto preparávamos a mesa para o café da tarde.

– Ela fala que tá tudo bem e que não sabe quando volta...

– É sério isso? Vovó comprou passagem só de ida? – perguntei, e minha mãe confirmou. – Isso tá tão estranho... Ela nem se despediu!

– Alisa, sua avó não vai morar na Europa! – Riu mamãe. – E ela se despediu, sim, só que você tava no colégio.

– Será que a vovó arrumou um namorado?

– Será? – Minha mãe me olhou com uma expressão cúmplice e rimos juntas.

Minha avó era nova em comparação a outras avós; tinha 62 anos e um pique que só vendo. Eu não estava estranhando o fato de dona Angelina ter ido viajar sozinha, e sim o fato de essa viagem ter aparecido tão de repente e ser tão demorada.

– Eu tenho um trabalho da escola e queria fazer umas perguntas pra ela.

— Eu não posso te ajudar? — minha mãe, ciumenta de carteirinha, ficou ligeiramente ofendida.

— Você também... — Revirei os olhos. — É que o trabalho é sobre o contrato do Norte e do Sul. Nós temos que escrever sobre a opinião dos nossos avós, a dos nossos pais e a nossa.

— E você vai colocar no seu trabalho que adoramos o contrato porque finalmente deixamos de conviver com os sulistas? — ela começou a rir.

— Não, é claro que não. Eu vou inventar o que vai ser escrito no trabalho, mas queria ouvir a opinião real de vocês, só por curiosidade.

— Bom, o contrato é excelente, filha, ele nos protege.

— Não acha que prega ainda mais ódio? Quando você era criança vivia junto com os sulistas e dava supercerto.

— Sim, Alisa, só que na minha época era diferente. A gente se tolerava mais. Depois tudo começou a ficar complicado, não dava mais certo.

— Mas a vida inteira deu certo! Em toda a História da humanidade as pessoas viveram juntas, mãe. Por que se separaram agora?

— Não é bem assim, houve algumas divisões em outros momentos da História.

— Mas nada tão drástico quanto agora... Todos os países do mundo foram divididos, nortistas e sulistas de todas as nações não têm o menor contato, nenhuma relação...

Assim que disse aquilo, a fala do homem no estacionamento me veio à mente. Não era bem assim; se o Sul havia comprado tecnologia do Norte, então havia algum contato. Resolvi não entrar naquele detalhe. Para todos os efeitos, estávamos divididos e sem qualquer aproximação.

— Isso nos afeta culturalmente, economicamente, socialmente... sei lá mais quantos "mente". Meus amigos nunca vão poder conhecer as águas quentinhas das praias do Nordeste – falei usando a nomenclatura antiga. Eu adorava ver documentários do Brasil antes da divisão e sabia que havia mais regiões: o Sudeste, o Sul, o Nordeste, o Norte e o Centro-Oeste, mas, depois do contrato, tudo virou Sul e Norte.

– Vai começar a palestra? – ela perguntou impaciente.

– Não, é sério, você conheceu a Torre Eiffel quando fez 15 anos, mas nenhum sulista jamais poderá colocar os pés em Paris porque a cidade tá no Norte. Fora que a economia ficou muito prejudicada em várias partes do mundo! E tudo isso porque os governos não souberam contornar a situação! Em vez de tornar a convivência entre meio-mágicos e normais harmônica, eles simplesmente dividiram tudo, gerando ainda mais ódio!

– Alisa, isso não é um problema que você possa resolver, tá? Deixa isso com as pessoas da política. Você perguntou a minha opinião e eu falei. Baseado no que *eu* vi, no que *eu* presenciei, o contrato foi sensacional.

– Tá bom, mãe... – desisti. – Vou ligar pra vovó e perguntar pra ela também.

Vovó costumava ter amigas meio-mágicas que foram separadas dela pelo contrato, talvez tivesse uma opinião um pouco diferente, e eu suspeitava de que era esse o objetivo da professora Olívia quando passou o trabalho.

– Aproveita e vai lá na casa dela, abre as janelas um pouco e rega as plantas que ficam na sala. Sua avó pediu pra eu cuidar da casa, mas não tô fazendo isso com tanta frequência.

Peguei o telefone e fiz uma chamada para a vovó, que atendeu com uma voz estranha; ela não estava animada como sempre, muito pelo contrário, parecia preocupada com algo. Perguntei umas cinco vezes se estava tudo bem, e ela respondeu que sim em todas. Segundo minha vó, o dia de turista havia sido cansativo. Não fui convencida, mas aceitei a desculpa.

Quando perguntei sobre o contrato, vovó explicou que na juventude dela as coisas funcionavam bem. Ambos os grupos conviviam em paz. O problema começou a surgir algum tempo depois, no momento em que o ódio pelo diferente começou a ser disseminado.

– Disseminado? – eu quis saber.

– É, alguns grupos começaram a pregar a intolerância...

– E a harmonia acabou – completei, e vovó respondeu com um "aham" triste. – Mas você concorda com o contrato?

– As coisas não deveriam ter acontecido como aconteceram.

– O que você quer dizer?

– Hmm... Quero dizer que... não era pra ter sido com tantas mortes... – Ela se embolou para dizer, e fiquei ainda mais desconfiada. Minha avó estava agindo de modo muito estranho. – Lisa, preciso ir, tenho um... jantar marcado com umas senhoras que conheci aqui no hotel.

Eu não estava nada convencida, toda aquela interação era muito esquisita, mas deixei minha avó em paz e fui até sua casa para atender ao pedido da mamãe.

Quando tentei abrir a primeira janela, o cadeado trancado me impediu. Testei as chaves que estavam comigo, mas nenhuma do molho era a certa. Liguei para a minha mãe, e ela me mandou pegar a chave em um armário que ficava na copa. Eu era péssima em procurar as coisas, saí abrindo portas e gavetas sem muito critério.

"É uma redondinha e pequena", a voz da minha mãe do outro lado da linha tentava me orientar, mas já não era capaz de compreender mais nada depois de colocar os olhos em um objeto familiar numa das gavetas. Minha mãe continuava dando explicações, contudo, ela tinha perdido minha atenção, eu só conseguia enxergar *aquilo* na minha frente.

– Achei, achei – menti na intenção de desligar o telefone, eu precisava analisar com calma o que estava em minha mão.

Era um medalhão do Ruit! Um medalhão de honra, poucas pessoas o conquistavam. Passei o dedo pelo "R" em alto-relevo, chocada. Por que a minha avó, uma pessoa do mundo normal, tinha um medalhão do meu colégio?

Por um momento, pensei que aquilo poderia ser antigo e deveria pertencer a alguma das amigas meio-mágicas que a vovó tinha antes do contrato, mas minha ideia logo foi rechaçada. No verso do medalhão havia uma data de apenas seis anos atrás. E o contrato já estava valendo havia mais de dez anos! Pior ainda: também estava escrito o nome da minha avó!

O que aquilo significava? Qual era a sua ligação com o Ruit?

Era bom dona Angelina voltar logo dessa viagem, pois tinha três coisas para me explicar: como o livro da aventura de Andora foi parar na biblioteca do Ruit? Por que estava tão estranha enquanto falava ao telefone? O que ela tinha a ver com o Ruit?

Era possível que as respostas estivessem conectadas, e eu precisava descobrir como!

***

Mundo meio-mágico

A apresentação do trabalho foi maravilhosa – pelo menos para mim. A professora Olívia abriu uma discussão sobre as diferentes opiniões entre as gerações. Era nítido: os mais velhos não tinham tanto ódio dos nortistas; os pais viram muito pouco da época em que as pessoas viviam em harmonia, por isso gostavam do contrato; já a minha geração admirava muito a divisão e falava dos nortistas com um ódio evidente.

– Eu só quero que reflitam: por que os seus avós não idolatram tanto o contrato quanto vocês? Conseguem perceber que a divisão entre as populações só aumentou o ódio entre meio-mágicos e normais? Essa é realmente a solução para as disputas que aconteciam?

Meu queixo caía um pouco mais a cada frase pronunciada pela professora. Ela pensava como eu! Dividir só piorava a situação.

– Ai, meu Deus, agora estamos ferrados, a professora Olívia concorda com as ideias fracas da Lisa – brincou Marco quando nós cinco saíamos da sala.

– Vocês não acham que ela tá certa? – eu cutuquei.

– O que eu sei é que não dá mais pra voltar atrás. Desfazer o contrato agora é suicídio – respondeu Marco.

– Não acho – eu discordei.

– É claro que você não acha, pequena rebelde – Dan fez cócegas de brincadeira.

Nina não disse nada a respeito, ela parecia estar absorvendo toda a discussão da aula. Desde a primeira reunião do movimento negro de que participei, quando ela ficou sem argumentos na nossa conversa, Nina estava diferente quando tocávamos nesse assunto. E Sol estava concentrada demais na unha que perdeu um pedacinho do esmalte amarelo.

Como aquela discussão não vingou, propus irmos para a cantina almoçar. Todos concordaram e Dan pegou a minha mão, o que eu tinha adorado! O único problema foi a expressão intimidadora que recebemos do Caio. Assim que o sistema de reconhecimento da cantina liberou nossa passagem, seu olhar praticamente nos fuzilou. Por um momento, eu fiquei até com medo, mas, assim que encontrei o semblante suave de Dan como quem diz "deixa esse babaca para lá", tratei de relaxar.

Aproveitei aquele almoço para contar sobre o medalhão da casa da minha avó. Meus amigos ficaram tão chocados quanto eu.

– É impressão minha ou estamos cercados de segredos? – brincou Dan. – Primeiro tem esse negócio que você contou do Sul comprando tecnologia do Norte, além do cara ter citado alguns "problemas" no segundo mundo. E agora isso da sua avó…

– Pois é! Parece que o Sul e o Norte escondem muitas coisas da gente. O pior é que o tom que o cara usou pra falar dessa relação econômica foi supernatural! E a forma com que a diretora Amélia recebeu foi de zero surpresa! Era como se ele tivesse dito que comprou um chocolate ali na cantina… Eu acho que eles estão escondendo muitas coisas da gente… – comentei.

– E por qual motivo a diretora Amélia poderia saber disso e o resto do mundo não? Ela é só a diretora do colégio, como é possível que tenha acesso a esse tipo de informação? Porque essa coisa do Sul comprar tecnologia nortista não saiu nos jornais, né? – Marco quis confirmar e todos balançaram a cabeça negando.

– Tô achando que a diretora Amélia não é só uma diretora… – supôs Dan.

– Será que ela é tipo uma agente secreta fantasiada de diretora? – se entusiasmou Sol.

– Sol… – Nina começou a rir, contagiando todo mundo.

– Agente secreta é um pouco demais, mas alguma coisa além de diretora ela é – disse Dan depois de ajeitar os óculos. – Nenhuma diretora comum saberia disso...

Ficamos mais um tempo discutindo as possíveis identidades da diretora Amélia e ríamos a cada palpite da Sol. A loirinha andava assistindo a muitos filmes!

CAPÍTULO 15

Mundo mágico

As semanas seguintes passaram tranquilamente. Eu continuava no grupo do movimento negro; estava amando e aprendendo muito com as discussões e com as intervenções que fazíamos pelo colégio. Tinha até começado a usar mais o meu cabelo solto!

Se a diretora Amélia estava investigando o uso de magia, não deu em nada – até porque eu era a última suspeita para ela. Também parei de usar os meus poderes fora de Denentri, o que era péssimo, pois sentia muita falta.

Minha avó não voltou e até a minha mãe começou a achar aquilo estranho. Ela falava sempre com a gente pelo telefone e contou que estava na casa de uma amiga na Espanha. Voltaria só no segundo semestre. O que dona Angelina estava aprontando?

Em Denentri, eu finalmente estava aprendendo a língua do mundo mágico. Tinha pedido ajuda para o castelo inteiro, todos soltavam algumas palavras em tranto no meio das frases para que eu começasse a me adaptar à língua.

A pessoa que mais me ajudava era Clarina, não só na língua como na questão cultural. Com ela aprendi formas de interagir mais com o povo, além de regras de etiqueta – como me portar em um jantar, quais talheres usar – e também gírias de Denentri, como "*Poá*", uma interjeição utilizada por jovens quando estão felizes, admirados ou entusiasmados.

Desde que Clarina havia me dito que o povo estava desapontado com o fato de eu não ter escolhido viver no castelo, passei a me mostrar mais disponível, mais interessada. Não queria que pensassem que não estava nem aí para eles. Também não queria que pensassem que estava fazendo aquilo para governar o reino dali a uns anos – porque eu continuava não querendo isso. Minha intenção era ser mais carinhosa com o povo, já que se mostraram tão receptivos quando cheguei. Comecei a participar daqueles momentos no salão do trono com os meus pais mágicos em que os reis tiravam algumas horas para ouvir qualquer queixa ou problema da população. Muitas vezes recebiam presentes, flores e cartas.

Outra coisa que aprendi foi o ritual religioso típico de Denentri. No castelo havia um templo que continha as estátuas dos seis deuses, um de cada reino. Ao entrar no templo, todos devíamos abandonar os nossos poderes e nos despir de qualquer joia ou enfeite. Isso representava a submissão aos deuses, como se nada estivesse acima deles. Tinha sido criada na fé cristã, mas não me importava de seguir aqueles costumes – muito pelo contrário, estava gostando de aprender sobre o primeiro mundo.

Infelizmente, ainda não tinha tanto tempo disponível quanto gostaria. O final da primeira etapa do colégio estava me sugando, e minhas notas não estavam lá grandes coisas. Minha mãe normal não estava muito feliz com isso, então precisei me desdobrar para atingir as metas gentilmente impostas pela general Catarina Febrero. Porém, no meio desse furacão todo, eu tinha o Dan para me desligar dos problemas. Nosso namoro ia muito bem. Às vezes discutíamos por alguma bobagem, mas rapidamente contornávamos a situação, o que era ótimo.

Por causa do casamento do Príncipe Enélio, irmão de Petros, meus amigos começaram a frequentar Denentri comigo para escolher o modelo e o tecido das roupas que usaríamos. Eu mesma não pude escolher muita coisa, pois minha mãe havia me dito que a família real iria de vermelho e azul para homenagear Amerina e Euroto, os reinos dos noivos. Achei breguíssima a ideia de a família inteira ir combinando, mas me lembrei da aula de Cultura da professora Zera; ela tinha me explicado que a realeza de Denentri sempre homenageava os reinos que visitava com a cor e o estilo da roupa. Era uma tradição.

No dia do casamento, fizemos a última prova das roupas. Sol usava um vestido longo com um tom de amarelo quase dourado e com uma fenda na perna direita.

– Não tá justo demais pra uma pessoa gorda como eu? – questionou Sol, mordendo os lábios, arrependida. – Não, calma, Nina, não precisa vir com palestrinha, o que eu quis dizer é que...

– ...que você tá linda – completou Nina, admirando a loirinha e apontando para o espelho.

– A Paola não vai estar aqui, a Paola não vai estar aqui – Sol repetiu baixinho como um mantra.

– O importante é você se sentir bem, esquece sua madrasta gordofóbica.

– Eu tô me sentindo linda – disse ela, envergonhada.

– É porque você está! Principalmente com essa fenda supersexy aqui. – Nina apontou para o detalhe no vestido.

As costureiras não conseguiram evitar uma expressão alarmada, elas tinham achado "revelador demais" quando Sol mostrou um modelo que queria imitar, mas não discutiram.

— Tá, você tem razão. Que a Paola se exploda.

— Esse é o espírito! — Nina bateu palmas.

— E vocês estão lindas também! — Sol apontou para nós duas.

Nina escolhera um tomara que caia longo e cor-de-rosa, e eu fiquei com um vermelho e azul de alcinha.

A questão do cabelo foi uma novela. Eu queria muito fazer como Nina e deixar os fios soltos e volumosos, mas ficava repetindo para mim mesma que precisava deixar os cachos "arrumados". Eu sabia que o conceito de raça no mundo mágico era diferente e ninguém iria se importar com um penteado volumoso, mas ainda estava muito presa a padrões do outro mundo. Precisava fazer como Sol e mandar a minha versão da Paola explodir também, contudo, ainda não era capaz. No fim, acabei pedindo um penteado meio solto, meio preso, com os cachos baixinhos, bem diferente da minha amiga. Será que um dia eu iria conseguir?

Quando nos encontramos na sala principal, não achei tão brega a combinação de cores da minha família mágica. O fato de os modelos serem diferentes ajudou muito. Blenda usava um balonê azul e vermelho, meu pai uma espécie de terno azul com uma gravata vermelha e minha mãe um vestido que unia as duas cores e era muito rodado, bem estilo de rainha.

— Estais linda, Alteza — Dan me provocou.

— Obrigada, Daniel — revidei de brincadeira e começamos a rir.

— Apelou, hein!

Dan se aproximou e tocou uma mecha do meu cabelo, depois pegou a minha mão esquerda e me girou.

— Não vou deixar você dançar com aquele tal de Petros... – ele brincou, fingindo estar com ciúme e já sabendo qual seria a minha reação.

— Coitadinho de você – cruzei os braços. – Sou a única pessoa que deve deixar ou não alguém dançar comigo! E pode tirar o seu cavalinho da chuva, pois vou ter que dançar com a galera de todos os reinos. Até tive aulas extras de dança pra isso.

Eu não estava mentindo. Um professor de dança fora contratado só para me treinar para o casamento. Meu pai me explicara que a dança tinha muito significado em bailes e eventos reais. Uma das questões mais importantes era a manutenção da diplomacia. As realezas de todos os reinos trocavam seus pares, e era como se dissessem "veja, estamos dançando, quer dizer que somos muito amigos e nossos reinos se dão superbem! Uhu!".

Logo, naquela noite eu teria que dançar com muita gente...

— A gente até pode dançar com outras pessoas, mas promete que vamos dançar muito juntos? – Dan me pediu com aquele jeitinho a que é impossível dizer não.

Se ele pedisse o último gole do meu suco com aquela voz e com aquela cara, eu seria capaz de conceder – e olha que o último gole é sagrado!

— Prometo – dei um selinho nele e depois recuei. – Mas tem uma coisa: a gente não vai poder ficar tão agarradinho igual se dança no nosso mundo. Vamos ter que fazer igual o povo daqui: dançar apenas encostando as mãos. Eles acham "íntimo demais", e nós não queremos chamar atenção no casamento dos outros, né?

— Não, nós não queremos! – concordou Dan. Tímido como era, ele logo captou o recado.

Como o casal governaria o reino de Euroto futuramente, o casamento aconteceu no castelo da realeza de lá. Estava tudo maravilhoso, e a decoração seguia um padrão azul e vermelho – ótimo, eu não combinava só com os meus pais e com a minha irmã, mas com o casamento inteiro também.

– Eles têm uma coisa com as cores, né? – comentou Sol. – Quando vamos visitar o reino amarelo?

– Te convido quando tiver uma festa no reino de Ásina... – falei rindo.

– Vossas Majestades, Vossas Altezas. – Uma mulher cumprimentou a minha família fazendo uma reverência.

Ela havia dito em tranto, mas, como o pessoal do castelo estava empenhado em me ajudar com a língua, eu já conseguia compreender aquilo. Nós quatro correspondemos ao cumprimento e, logo em seguida, várias pessoas vieram até nós.

A Princesa Cáli estava deslumbrante. Seu vestido era um azul-água longo e cheio de tecidos soltos pregados na saia. As meninas acharam feio, mas como já estava mais adaptada à moda do mundo mágico fui capaz de apreciar. A princesa não falava a nossa língua e, como eu ainda não era fluente em tranto, nosso contato foi baseado em sorrisos, além daquele típico cumprimento com a mão na altura da cabeça.

– Obrigado pela presença – nos agradeceu o Príncipe Enélio.

– É uma honra comparecer a esta cerimônia. Desejo muita felicidade para a vossa união – disse minha mãe com um sorriso de canto a canto. – Que o reino de Euroto prospere em vosso reinado!

As demais realezas vieram nos cumprimentar, e eu tentava me lembrar do nome de cada um. A professora Dânia estava tentando me fazer decorar os nomes de todas

as famílias reais do mundo mágico. E quase podia escutar as engrenagens do meu cérebro trabalhando:
"Rápido, rápido! Vestido verde! Qual reino?"
"Oceônio!!!"
"Qual dinastia?"
"Mitz!!!"
"Qual o nome da rainha???"
"Hmm... algo com 'P' e tem um 'Y' no meio... Pyrna... Pernyna... Peryna! Isso! Peryna!"
"Ótimo, e o rei?"

Mas, quando tentava me lembrar dos outros nomes, já vinha outra família real me cumprimentar, e então minha mente mudava de foco. Mesmo que não estivesse me lembrando de tudo, a professora Dânia ficaria satisfeita com o meu progresso, ainda que singelo. Eu já sabia identificar o reino pela cor, além de já saber o nome de todas as dinastias que não eram Guilever. "Só" faltava decorar o nome de cada um... Coisa básica, né?

Aquilo estava formal e elegante demais e até um pouco chato. Já tinha me cansado de cumprimentar tanta gente. Afinal, quem deveria ser a estrela da festa eram os noivos, certo? Mas, ainda assim, mantive meu sorriso no rosto para mostrar que adorava tudo aquilo. Estava decidida a tirar aquela imagem antipática de "princesa insensível". Só tivemos alguma folga quando começou a cerimônia. Meu pai me explicou que misturariam a cultura de Amerina e a de Euroto. Não havia um sacerdote, um líder religioso ou algo assim. Os pais dos noivos, os reis, conduziam a celebração. Não conseguia compreender o que falavam, contudo, parecia ser algo muito bem decorado e ensaiado. Depois de algumas falas, começaram alguns rituais; o Príncipe Enélio girou em volta da Princesa Cáli quatro vezes, depois levei um susto quando a rainha e o rei de Euroto quebraram um copo e um prato.

– Sério? – Sol começou a rir, mas parou assim que percebeu que as pessoas ao redor passaram a encará-la. Outro detalhe importante era o silêncio total no salão. As únicas vozes escutadas eram as dos reis.

As famílias reais de todos os reinos entregaram colares das próprias cores para os noivos – como no dia da minha cerimônia. Meus pais seguraram o colar de Denentri enquanto Blenda e eu os acompanhávamos na hora da entrega. A cerimônia parecia estar chegando ao fim, e eu já estava esperando pelo "beijo dos noivos". No lugar disso, Cáli beijou a própria mão e, com ela, tocou os lábios do Príncipe Enélio, que repetiu o mesmo ato. Então era assim o beijo final? Eles não iriam unir os lábios de verdade, seria um beijo indireto? Que sem graça!

Os noivos se viraram para os convidados no salão e meu reflexo foi o de bater palmas. O único problema é que fui a única a fazer isso e todos me olharam com expressões de choque.

– Faz assim, querida. – Mamãe estalou os dedos, me ensinando.

Todos começaram a estalar também, e eu acompanhei.

– É como se desejássemos sorte ao casal – explicou meu pai.

Fiquei envergonhada por ter errado na frente de todo mundo. Mais uma vez eu mostrava que "não ligava para a cultura deles". E não era isso! Juro que queria muito aprender tudo, mas era muita coisa de uma vez só!

– Vacilona – zombou Nina no meu ouvido.

Após os noivos irem para fora do castelo cumprimentar o povo, começou a tocar uma música no salão, e eles dançaram juntos. Em seguida, Enélio me convidou para dançar.

Já havia sido alertada pelos meus pais de que o convite seria a primeira atitude dele por causa daquela coisa toda de "se estamos dançando quer dizer que somos amigos". Como eles eram os futuros reis de Euroto e eu a "futura rainha de Denentri" – pelo menos era o que eles pensavam –, aquela dança tinha ainda mais significado.

Apesar de saber que não iria governar nada, aceitei. Eu é que não iria dizer: "Não, querido, convide Blenda para dançar, porque ela é quem vai governar, não eu". Até porque estava no "projeto simpatia", então só me permiti sorrir e acompanhá-lo. Também vou confessar: estava ansiosa para dançar e mostrar para todo mundo o quanto eu havia ficado boa nos passos.

Enélio e eu fizemos aquele sinal de cumprimento que deve ser feito antes de iniciar uma dança e começamos a seguir o ritmo da música. Ele dançava um pouco desajeitado, nada gritante, mas, como tinha ensaiado com um professor de dança particular, já era capaz de notar qualquer coisinha.

– Ouvi dizer que vós preferis ser tratada por "tu". – Foi a primeira coisa que ele disse quando chegamos ao meio do salão.

O que era aquilo? Uma espécie de fofoca que corria no mundo mágico? Que eu saiba, só as pessoas do castelo tinham conhecimento da minha preferência.

– É verdade.

– Então peço licença para tratar-te assim.

– Mais que concedida – respondi rapidamente. Apesar de tudo, gostei de ele ter feito aquilo. No fim das contas, aquela era uma fofoca do bem.

– Meu irmão Petros falou-me muito de ti.

Jesus! Quantas coisas ele já tinha ouvido sobre mim? Aliás, como assim "falou-me muito de ti"? Petros não tinha conversado quase nada comigo, o que tanto ele tinha para dizer?

– Falou o quê?

– Que és muito bela... E sobre isso ele não mentiu – Enélio foi gentil. Não gentil do tipo cantada, mas do tipo educado e querendo agradar.

– Obrigada. Aliás, onde tá o Petros? Não o vi.

– Que deselegante! – ele pareceu surpreso. – Petros não te cumprimentou? Falarei com ele!

Neguei com a cabeça, e me perguntei se havia dito bobagem. Não estava nem aí se Petros tinha me cumprimentado ou não, só perguntei para ter algum assunto. Já Enélio se mostrou ofendidíssimo por aquilo.

– Tá tudo bem, Príncipe Enélio – eu tentei mostrar que realmente não estava nem aí. – São tantas pessoas que ele não deve ter me visto...

– Podes ficar tranquila, Petros te convidará para uma dança – ele disse, ao que resolvi concordar. Nada faria com que entendesse que eu *já* estava tranquila.

– Achei muito bonita a cerimônia – disse para mudar o assunto.

– Fico feliz em ouvir isso.

A dança seguiu com conversas desse nível. Nada muito profundo. Depois do Príncipe Enélio, dancei com o príncipe de Ásina; não trocamos uma só palavra, nem se tentássemos conseguiríamos nos entender. Então foi a vez do príncipe de Áfrila, mas ele sabia algumas coisas em toruguês, o que possibilitou uma breve comunicação. O príncipe de Oceônio estava se preparando para me convidar para uma dança, mas Dan foi mais rápido e me alcançou antes.

– Meu Deus, você tá disputadíssima! Será que posso ter a honra de uma dança agora? – ele brincou.

— Achei que estivesse mais divertida a dança com a princesa de Áfrila, de Euroto, de Ásina...

Dan havia dançado com várias princesas também. Aliás, todos os meus amigos estavam trocando passos com a realeza do mundo mágico porque minha mãe tinha empurrado um por um para a pista de dança.

— Foi Âmbrida que...

— Eu sei, tô brincando – falei sincera. Não tinha ficado realmente incomodada com o Dan e as princesas, pois a cada vez que nossos olhares se encontravam no salão, Dan e eu piscávamos um para o outro, e ambos sabíamos que só havia uma pessoa com quem queríamos dançar de verdade.

— Que tal eu não soltar você nunca mais e assim dançarmos juntos o resto da noite?

— É uma ideia excelente – falei enquanto Dan me rodava. As danças com as outras princesas o haviam treinado muito bem, e ele já dançava com facilidade à moda do mundo mágico.

— Eu queria te beijar agora – Dan falou de repente.

Encarei sua expressão. Não havia um rastro de brincadeira. Dan tinha revelado um desejo real. E o pior foi que a sua fala criou um rebuliço em meu estômago, e eu tive vontade de conceder seu pedido na mesma hora.

— Mas isso é mais do que "íntimo demais", né? – ele fez eco das minhas palavras. Se dançar com a mão na cintura já era muito para as pessoas, imagina um beijo no meio do salão?

— Nem os noivos se beijaram – lembrei-me rindo.

— Por favor, quando for a rainha do mundo mágico, faça um decreto liberando o beijo em público.

— Eu não vou ser rainha de nada – respondi sem entender as palavras de Dan. O que queria dizer com aquilo?

Ele, melhor do que ninguém, sabia que eu não tinha a intenção de governar Denentri.

– Calma, Lisa, foi só uma brincadeira, não precisa ficar assim na defensiva...

– Desculpa – disse quando percebi meu exagero. – Tá todo mundo muito em cima de mim com essa coisa de governar...

– Por que você descarta essa ideia de um jeito tão incisivo? Qual é o problema de verdade? Não é porque não quer abandonar a sua família normal, isso você já fez quando tinha 6 anos e deu tudo certo. Também não é porque é superapegada ao Ruit, você sabe que só temos mais dois anos e meio lá. Então qual é o problema? O que te faz odiar tanto a ideia de governar Denentri?

– Eu tenho medo – confessei. – Olha tudo isso! Olha como os meus pais são adoráveis, diplomáticos e sabem lidar com as situações. A imagem de Âmbrida e Honócio é forte, sugere estabilidade. Enquanto eu... não sei nem como me portar num casamento! Nem consigo conversar com o príncipe do reino de Ásina! Como posso governar o mundo mágico inteiro, Dan?

– Mas você tá aprendendo!

– Ainda assim... É assustador pensar na possibilidade de me tornar uma rainha. Eu não faço ideia de como isso poderia dar certo!

– Lisa, você acabou de descobrir tudo, tá começando a aprender agora... Dê um tempo pra você, um tempo pra se acostumar com a ideia.

– Você acha que eu deveria governar?

– Eu acho que você não pode tomar decisões precipitadas. Além de tudo, seu futuro no mundo meio-mágico vai ficar um pouco problemático quando nos formarmos, não acha? Como vai passar numa faculdade sem utilizar seus poderes? Você sabe que exigem uma apresentação dos nossos dons quando prestamos vestibular ou quando vamos buscar emprego. E você não pode usá-los no nosso mundo por causa das investigações e do lance da tecnologia nortista... Por outro lado, imagino que também não queira voltar a viver no Norte. Possuir uma magia e não poder usá-la deve ser no mínimo irritante.

— Deve...

— Você é uma pessoa maravilhosa. E sei que é capaz de aprender a governar e também sei que fará isso muito bem.

— Mas e a gente?

— Como assim "a gente"? Nada disso importa. — Ele deu de ombros. — Não interessa o mundo que você escolher, nós continuaremos juntos. Vai ter sempre um jeito de fazer isso acontecer. E quer saber? A melhor situação pra gente seria se ficasse aqui, não acha?

Tombei meu rosto, aguardando a resposta. Dan me girou no meio da dança e só depois voltou a falar.

— Você faz um portal em outro livro e me dá, daí eu consigo te ver sempre. Se você voltar pro Norte, não vai poder utilizar os seus poderes para se teletransportar, vamos ter que pegar um carro pra nos vermos. Se ficar no Sul... na verdade eu não sei como seria possível você ficar no Sul sem usar sua magia, mas ainda que arrumasse um jeito de se infiltrar numa faculdade, ambos sabemos que as faculdades que mais desejamos são distantes, viveríamos separados de todo jeito e ainda sem poder usar seus poderes para se teletransportar.

Nunca tinha parado para pensar no futuro daquele jeito. A ideia de governar era tão assustadora que a resposta era sempre óbvia: vou viver no mundo meio-mágico. Mas *como* eu viveria lá sem ser descoberta?

Por que é que o Sul teve que comprar a tal tecnologia do Norte?! Tudo ficaria bem, eu escolheria uma personagem qualquer, diria para todo mundo que era minha, e as coisas dariam certo. Também continuaria visitando tanto a minha família normal quanto a mágica e me formaria em algum curso da área de Biológicas – ainda não tinha me decidido direito.

Mas as coisas mudaram. Quando o Ensino Médio acabasse, eu seria obrigada a voltar ao mundo normal, pois, além de não ter uma casa no meio-mágico, também não conseguiria fazer uma graduação. Seria obrigada a falsificar um histórico escolar para poder ingressar em um curso superior sem que descobrissem que tinha vivido no mundo meio-mágico. Era isso ou me tornar rainha em Denentri. Ótimo. Belas opções para o futuro. E Dan tinha razão sobre outra coisa também: seria muito mais viável para nós dois se eu escolhesse o mundo mágico. Poderíamos nos ver mais.

– E o senhor tá falando isso cheio de si, mas já parou pra pensar que você se tornaria um rei?

– Rei? Quem é que falou de rei? Nada disso, eu serei apenas um caso, um *affaire*, um escândalo político... – Dan semicerrou os olhos e disse cada palavra de um jeito tão indecente que comecei a gargalhar em meio aos passos de dança.

– Até parece! – falei quando consegui parar de rir por um segundo. – Então pensou em tudo isso pra me convencer de que a melhor opção é a que, coincidentemente, também é a melhor pro nosso relacionamento? Relacionamento extraoficial, quero dizer.

– Claro que não, sua boba. Eu me preocupo com você – respondeu Dan num tom acusador, e depois me deu um beijo na bochecha. Alguns convidados mais próximos ficaram nos encarando.

– Dan!

— Poderia ter sido na boca, eu fui bem legal. — Ele piscou e sua expressão sem-vergonha me fez rir.

— Eu amo você, sabia? — falei enquanto encarava aquele garoto que fazia meu coração dar piruetas. — Você me faz muito bem.

— Você também me faz, Lisa, e eu também amo você. — Dan mostrou suas covinhas, e eu tinha certeza de que derreteria ali mesmo, na frente de todo mundo. Era muita fofura, eu não iria aguentar!

Não demorou muito para que o nosso plano de dançar a noite inteira fracassasse. Três músicas depois, o príncipe de Oceônio finalmente tomou coragem para nos interromper e perguntar se eu lhe daria "a honra de lhe conceder uma dança". Eu não queria dar honra nenhuma, mas precisava seguir o conselho de Clarina: "procura dançar com todos os príncipes, e então tu agradarás todos os reinos". Ela estava me ajudando a tornar a minha imagem mais simpática, por isso seguia seus conselhos à risca.

O príncipe se chamava Jacod, tinha estatura média, olhos claros e um cabelo loiro. Nós conseguimos nos comunicar em um idioma próximo do inglês — o que já era bem melhor do que o silêncio que reinou na minha dança com o príncipe de Ásina. Quando a música acabou e eu pensei que finalmente poderia parar para descansar um pouco, Petros se aproximou e deu um sorriso tão genuíno que aceitei mais uma dança.

— Por favor, peço que vós me perdoeis por não ter vos cumprimentado mais cedo... — ele disse com sua voz de veludo inconfundível e me fez uma reverência.

— Sem problema.

— Estive bastante ocupado me certificando se tudo estava indo bem com a cerimônia. — O que mais eu precisava falar para que ele parasse de sentir culpa?

– Muitas responsabilidades agora que será o futuro rei? – tentei desconversar.

– Nem podes imaginar... – Ele riu, e depois ficou sério de repente. – Quero dizer, nem podeis imaginar.

– Por favor, faça como o seu irmão e me trate por "tu" – pedi.

Petros me olhou desconfiado. Incentivei-o balançando a cabeça positivamente.

– Tens certeza? – ele indagou ainda duvidoso, mas já usando a conjugação que eu queria.

– Tenho.

– Tu és mesmo muito diferente – ele comentou despretensioso, como se estivesse confirmando algo que escutou de outra pessoa.

Primeiro Enélio diz que ouviu sobre a minha preferência em relação à conjugação e depois Petros fala aquilo... Pelo visto, rolava muita coisa sobre mim.

– Não de uma forma negativa, Princesa Alisa – ele falou assim que notou a mudança em meu semblante. – Muito pelo contrário! Tu pareces abrir mão de privilégios da realeza. O "vós" simboliza respeito, uma certa hierarquia, e tu não gostas de ser tratada assim. És muito humilde, Princesa Alisa.

– Obrigada.

– Então eu estava certo, não é?

– Sobre o quê?

– Sobre o que havia entre ti e teu amigo – ele respondeu, e eu sorri quando me lembrei do nosso diálogo.

No dia da minha cerimônia, Petros insistiu que Dan e eu nos olhávamos de um jeito diferente e que, durante a nossa dança, trocávamos "declarações" com os olhares.

– Sim, você tava certo.

– Eu não costumo me enganar...

— Mas e você? Já tem uma futura rainha?

— Não, ainda estou à espera de alguém que me olhe do mesmo jeito que tu e o garoto Dan se olham... — ele sorriu.

Petros era um cara legal. Nós mantivemos uma conversa agradável durante toda a dança. Ele contou que estava assustado por saber que seria o futuro rei de Amerina. Como Enélio e Sorina eram mais velhos que Petros, ele nunca tinha se preocupado com isso. Sempre pensou que seria apenas um príncipe. De repente as coisas mudaram; Sorina se uniu a Denna para dar um golpe e por isso estava presa, já Enélio se mudaria para Euroto. Agora estava sendo treinado por um tanto de professores, conselheiros e principalmente por seus pais.

Quando a música acabou, meus pés latejaram exigindo socorro. Agradeci mil vezes por ninguém mais ter me convidado para dançar e me sentei à mesa em que Sol e Nina estavam.

— Eu tô morta! — bufei.

— Eu também. Morta de dançar e de ver tanta beleza. — Nina se abanou com as mãos. — E a Sol é a única que pode efetivamente aproveitar todas essas maravilhas reais.

Olhei a loirinha, mas ela não parecia interessada nos príncipes.

— Não achei nenhum atraente — ela respondeu.

— Como assim? Aqui tem pra todos os gostos, Sofia! — Nina ergueu as mãos e franziu a testa, e Sol se limitou apenas a dar de ombros.

Parei por um momento para pensar qual era o tipo da Sol, mas só consegui me lembrar de um menino com que ela ficou numa brincadeira de verdade ou consequência no oitavo ano. E isso não valia, tinha sido um beijo forçado.

— Que fique avisado: quero vir a todos os eventos reais para os quais você for convidada — disse Nina, e eu a encarei.

– O que foi? Cavalo amarrado também pasta! Não é porque tô namorando o Marco que não posso curtir esses deuses maravilhosos! E ele também tá aproveitando bastante as princesas.

Nina apontou na direção de Marco, que dançava com uma princesa do reino de Oceônio, e passou a mão pelos fios crespos e volumosos.

– E você, Lisa, não tá se mordendo toda com o Dan dançando com as princesas? – Sol semicerrou os olhos e mordeu o lábio, tentando esconder um sorriso provocativo.

– Eu sou uma pessoa madura agora.

– Ah, mas eu duvido! – Sol deu dois tapinhas na mesa.

– Não, ela tá certa, isso mesmo, Lisa! No final da festa, cada princesa vai voltar pro seu reino, e aqueles dois ali vão continuar sendo os nossos namorados. Não tem nada de mais numa dança!

***

Só descobri quais eram os comentários pós-casamento no mundo mágico quando Clarina veio correndo me mostrar o que os jornais de Denentri estavam falando sobre mim.

– *Priáti*! – ela gritou apontando para o jornal. – Estás vendo esta palavra aqui? *Priáti*!

Eu me aproximei do jornal cuja capa estampava uma foto sorridente em que o Príncipe Enélio e eu dançávamos.

– O que significa?

– Simpática! *Poá*! – Clarina falou eufórica, utilizando a interjeição que os jovens de Denentri usavam quando estavam felizes. – Todos os jornais estão te chamando de simpática! Tu estás conseguindo, Alteza!

– Leia mais, Clarina, o que tão falando de mim na matéria?

Clarina começou a traduzir, e percebi que nem tudo eram flores. Apesar de elogiar o fato de eu ter dançado com vários príncipes – um ponto para mim –, o jornal caía matando por causa do pequeno erro que cometi ao bater palmas no lugar de estalar os dedos – menos um ponto para mim. No fim, havia um comentário sobre como eu estava "culturalmente despreparada" para governar.

– O que bater palmas tem a ver com saber governar ou não? – questionei. Tudo bem que eu estava de fato despreparada, mas não porque bati palmas em vez de estalar os dedos, né? Por favor!

– *Printese*, ignora isso! Tem em mente os pontos positivos da matéria. Aos poucos tu vais conquistando a confiança das pessoas.

– Tudo bem, obrigada por me mostrar o jornal – eu agradeci, e Clarina fez aquele gesto de fechar a mão no ar e levar até o coração, que significava "quero-te bem".

Meus pais também ficaram orgulhosos e disseram que todos os reis comentaram sobre mim. Os dois falaram que não tinha o menor problema no fato de eu ter errado aquilo, que eu frequentava as aulas exatamente para conhecer a cultura e que era uma questão de tempo até aprender a me portar no mundo glorioso.

O que mais me chocou foi a reação de mestra Louína. Ela me mostrou um jornal que também tinha uma foto minha e disse: "Tu és perspicaz". E eu quase – quase!! – pude ver um sorriso se esboçar em seu rosto.

Só que no minuto seguinte, Louína voltou a ser a mesma mal-humorada de sempre e começou a me xingar por não ter conseguido fazer o feitiço que ela havia mandado. Sinceramente? Eu estava contente o bastante para não me importar.

CAPÍTULO 16

Mundo meio-mágico

"Alô? Vovó?"

"Oi, meu amor, tudo bem?", ela perguntou daquele jeito adorável de sempre.

"Não, não tá tudo bem. Preciso conversar várias coisas com você", eu comecei. "Tinha decidido que esperaria você voltar, mas faz muito tempo que tá viajando, e preciso falar com você agora", enfatizei.

"O que foi, Lisa? É algo sério?"

"Quero saber por que você tem um medalhão de honra do meu colégio."

Houve um tempo de silêncio. Eu tinha conseguido pegá-la de surpresa.

"Do que você tá falando, Alisa?"

Alisa? Vovó estava mesmo nervosa.

"Eu vi um medalhão do Ruit no seu armário quando fui procurar a chave do cadeado da janela. E tinha o seu nome, não adianta dizer que não é seu."

"Querida, eu não sei do que você tá falando", sua voz denunciava culpa.

"O que tá acontecendo, vovó? Eu sei que não tá na Europa, não sou boba. Algo sério tá rolando e você não quer contar."

Outro silêncio se estabeleceu. Mas dessa vez foi um tempo tão longo que perguntei se ela ainda estava na linha.

"Sim, Lisa, tô aqui…". Seu tom havia mudado. "Escute bem: nós duas sempre confiamos uma na outra, certo?"

"Aham".

"Então… você tem razão, eu não estou na Europa, e sim em terras brasileiras. Estou fazendo algo muito importante, mas não corro nenhum perigo. Também não tenho nenhuma previsão de quando voltarei para casa."

"Vovó…". Eu ia começar todo um discurso para convencê-la a detalhar mais.

"Assim que eu voltar, conto tudo pra você", ela me cortou. "Não posso fazer isso por telefone, pode estar grampeado. Por favor, compreenda."

"Grampeado? Vovó, o que você tá fazendo?"

"Conto pra você quando voltar, meu amor."

"Também tenho outra coisa pra conversar…", comentei resignada. "Já sei que não sou filha biológica dos meus pais".

Dessa vez assustei mesmo a minha avó.

"Como assim?! Como soube?!", ela perguntou chocada.

"Quando você voltar, eu conto", respondi, internamente satisfeita por guardar um segredo também. Talvez vovó voltasse mais rápido agora.

"Lisa, como assim?"

"Quando você voltar, a gente conversa".

"Combinado. Agora preciso ir. Amo você, querida", ela disse rápido, porém com uma voz doce.

"Eu também", disse antes de ela desligar.

— Ela não tá na Europa, tá no Brasil mesmo, mas não quis me dar detalhes com medo de o telefone estar "grampeado" — contei a Dan quando desliguei o celular.

— Que bizarro tudo isso... — ele ficou encucado.

— Eu não posso fazer nada além de esperá-la voltar.

— Se você não pode fazer nada, então tenta se distrair. Vai, me conta aí outra curiosidade do mundo mágico — ele tentou.

Estávamos em um canto mais calmo do pátio do colégio, sentados numa mesinha. Eu estudava as lições de Cultura que a professora Zera me passara, já que ela havia ficado bastante rigorosa depois do incidente no casamento. Enquanto isso, Dan estudava Física — ou tentava, já que eu cortava o silêncio o tempo inteiro. As curiosidades culturais eram boas demais para que eu não compartilhasse!

— Você sabia que, no mundo mágico, quando a pessoa tá na mesa junto com a rainha ou com o rei que tiver o sangue da dinastia, ela só pode comer depois que a rainha ou o rei tomarem o primeiro gole de vinho? As únicas pessoas isentas são aquelas do mesmo sangue da Majestade. Então, tipo... meu pai não pode comer enquanto minha mãe não beber o vinho, mas, se por acaso Denna estiver na mesa, ela pode. Nunca tinha me atentado para isso. Sempre comi normalmente.

— Ainda bem que você não precisa esperar nada, né? Senão as pessoas iriam ter ainda mais certeza de que você tá "culturalmente despreparada para governar" — Dan repetiu as palavras daquele jornal para fazer graça. Comecei a rir.

— Também se eu estiver conversando com alguém e segurar a saia do meu vestido com as duas mãos quer dizer que tô sendo ofendida pela pessoa ou que a conversa tá insuportável.

– Por quê?

– Sabe quando as mulheres levantam a saia do vestido pra subir ou descer as escadas? Às vezes também fazem isso quando estão só andando mesmo, pra não sujar o vestido...
– falei, e ele concordou com a cabeça. – Então, se eu faço isso no meio de uma conversa, parece que tô me preparando pra sair de perto da pessoa...

– Faz um pouco de sentido – analisou Dan.

– Sim, e tenho que tomar cuidado.

– Com certeza.

– Também não posso apontar pra alguém com o talher na hora da refeição. É mal-educado – eu contei. – Minha cara conversar com alguém do meu lado sobre outra pessoa da mesa e apontar o garfo na direção.

– Isso é *tão* você! – gargalhou Dan.

– Não sei se vou decorar todas essas questões culturais. – Mostrei uma lista para ele. – E isso não é nem metade do que preciso saber pra completar o "nível básico", segundo a professora Zera.

– Claro que vai conseguir, meu amor! – ele me encorajou. – Aos poucos, enquanto convive com as pessoas de lá, você vai pegando o jeito. Você aprendeu que devemos estalar os dedos no final da cerimônia de casamento, não aprendeu?

Empurrei o ombro de Dan de brincadeira, aquilo tinha sido o maior mico, e ele ainda fazia graça?

– E você nem precisou da professora pra te ensinar isso. É uma autodidata essa minha namorada, né? – Dan apertou as minhas bochechas com aquela cara mais travessa.

– É um comediante esse meu namorado, né? – respondi irônica.

Continuei contando os hábitos mais curiosos sobre Denentri até que Dan olhou as horas e percebeu que deveria se apressar para uma aula.

– Ah, não... – Fiz beicinho quando ele anunciou que precisava ir. – Tava tão bom atrapalhar seus estudos com as minhas lições...

– Ô, gente, que dó... Amanhã você me atrapalha mais. – Ele beijou meu beicinho e ambos começamos a rir. – Agora fala.

– Peixinho marrom – respondi quando Dan apertou as minhas bochechas.

– Amo você, até amanhã. – Ele se despediu ajeitando os próprios óculos.

– Também amo você.

Observei meu namorado entrar pela porta que levava às salas de aula e fiquei admirando-o. Seu jeitinho de andar era tão nerd e sexy que quase não contive o ímpeto de ir atrás dele e dar um beijão, daqueles de cinema. Mas, considerando a timidez do Dan (e o meu bom senso), resolvi ficar onde estava. Eu poderia realizar o meu desejo em uma situação mais íntima – no corredor do gás, por exemplo...

Assim que meu namorado saiu do meu campo de visão, voltei a estudar a cultura de Denentri, no entanto, desisti quando olhei para o céu; as nuvens cinzas ameaçavam molhar tudo em breve. O tempo tinha ficado nublado o dia inteiro, e agora parecia sério. Eu me levantei e comecei a recolher o meu material da mesa, porém fui impedida por um par de mãos, que vendaram os meus olhos.

– Você não tinha aula agora...? – zombei, já sabendo quem era.

Silêncio.

– Ah, então eu tenho que adivinhar quem é? – perguntei entrando na brincadeira.

E então Dan me girou e, segurando a minha cintura, ele me deu um beijão – exatamente como eu estava fantasiando antes. Mantive meus olhos fechados e coloquei a mão em seu pescoço, tendo a certeza de que eu era a mocinha de um filme qualquer e que aquela era a última cena, o merecido final feliz depois de tantos problemas. Quase pude ouvir os aplausos da plateia.

Mas...

ESPERA AÍ!

Tinha algo errado. Algo muito errado. Em meio aos devaneios cinematográficos, demorei uns segundos até me dar conta de que aquele cheiro não parecia o de Dan, aquelas mãos não me seguravam como ele fazia e, principalmente, aquele jeito de beijar não parecia ser o dele! Abri os olhos num ato de susto e empurrei com toda a força quando vi quem estava me beijando. Definitivamente *não* era o Dan. E, embora fossem gêmeos, eles não tinham nada em comum.

– O que é isso, Elisa... Não tava curtindo? – ele perguntou de uma maneira sarcástica. – Qual é... eu sei que você queria um beijo desse de novo.

– Seu estúpido! – gritei. – Você me enganou.

– Isso é pro meu irmãozinho aprender a não ficar pegando os meus restos... E pra você aprender a deixar de ser tão *grossa*.

Eu sabia, eu sabia, eu sabia! Ah, mas como eu sabia! O jeito com que o Caio me olhou no dia em que descobriu o meu namoro tinha tanto ódio que tive certeza de que ele aprontaria alguma!

Mas e agora? O que eu iria fazer? Eu o havia *beijado*.

Eu deveria contar pro Dan? Se não o fizesse, Caio certamente o faria. Mas deveria ir agora? E como começaria essa conversa? "Olha, meu amor, eu beijei o seu irmão sem querer." Que tipo de pessoa beija outra sem querer? Mas eu tinha sido enganada, certo?

– Você é um babaca, eu amo o Dan! Deixa a gente em paz! – gritei para o Caio e saí depois de recolher as minhas coisas.

CAPÍTULO 17

Mundo meio-mágico

— Por favor, me ajudem! – implorei às minhas amigas assim que entrei no quarto.

— O que foi?! – assustou-se Nina.

— O Caio me beijou – eu confessei.

— O QUÊ? – gritou Sol, e expliquei cada detalhe da pegadinha.

— Não acredito que ele fez isso! – Nina se levantou da cama e gritou alto.

— Como eu fui tão burra???? – As lágrimas de irritação desceram pelo meu rosto sem que eu tivesse controle.

— Calma, Lisa, qualquer um pensaria que era o próprio namorado – Sol tentou ajudar. – O importante agora é você contar pro Dan. Você tem que ser a primeira pessoa a fazer isso.

Peguei o celular e mandei uma mensagem dizendo que precisava falar urgentemente com ele e pedindo que viesse ao meu quarto quando a aula acabasse. Agora sim era capaz de entender por que Dan queria tanto esconder nosso namoro do Caio, ele conhecia o irmão, sabia que aprontaria alguma. Esse pensamento me encheu de esperanças. Se ele já sabia que o irmão era um estúpido, então Dan acreditaria em mim quando eu contasse que havia caído em uma armadilha, né?

Conferi o celular. Nada.

A chuva começou a cair desesperadamente, como se o mundo estivesse acabando. Uma ótima metáfora para a minha situação. Tentei me concentrar em qualquer outra coisa para ver se o tempo passava mais rápido, mas o relógio parecia estar de brincadeira comigo. O relógio e o Dan, que não respondia a mensagem. Pensei que fosse afundar o botão do meu celular, de tanto que apertava para conferir se havia alguma notificação. Quando abri o aplicativo de mensagem para mandar outra, reparei que ele já tinha lido a primeira, mas ignorado. Como assim? Que tipo de pessoa visualiza e não responde quando a outra manda: "Preciso falar com você urgentemente!!!"?

Mordi os lábios e comecei a andar de um lado para o outro enquanto me torturava com lembranças do que havia acontecido. Eu era mesmo muito burra! E para piorar a chuva continuava aflita do lado de fora, fazendo o meu coração disparar e as minhas pernas se moverem ainda mais rápido.

— Lisa, você não tem culpa, ele agiu de má-fé e te beijou sem que você quisesse — Nina parou na minha frente, me impedindo de fazer um buraco no chão de tanto andar para lá e para cá.

— Eu fui burra por ter mantido os olhos fechados!

— Quem é a única pessoa do mundo que te beijaria naquele momento? É claro que você pensou que fosse o Dan!

— Mas eu...

Ela colocou as mãos em meus ombros e me interrompeu:

— Escuta... — Nina pediu em um tom mais baixo. — O que o Caio fez chama assédio, e você pode inclusive contar para a diretora.

— O que você tá falando, Nina?

— Ele vendou os seus olhos e te beijou.

— E eu correspondi.

— Porque você achou que fosse o Dan! — Ela manteve seus olhos firmes nos meus. Nina parecia ter muita certeza do que falava. — Olha só, o Caio beijou você sem o seu consentimento. Ninguém pode te beijar sem que permita, ouviu? E você não pode, em nenhum momento, pensar que foi culpa sua! *Não* foi! Nada justifica assédio!

Tombei minha cabeça para o lado e encarei a minha amiga. O que o Caio havia feito era assédio? Essa palavra não era forte demais?

— Tá, eu sei que ninguém pode me beijar sem que eu permita e tal, mas... assédio, Nina? Assédio parece algo muito grave.

— E é, Lisa! O que aconteceu é muito grave! Sabia que um beijo roubado pode dar cadeia?

Eu estava pronta para começar uma série de perguntas, mas interrompemos nossa conversa quando alguém bateu à porta. Sol abriu, e quando vi que era ele, meu coração acelerou. Assim que minhas amigas saíram do quarto e fecharam a porta, eu avaliei seu rosto para então começar:

— Aconteceu uma coisa hoje... — falei, e Dan cruzou os braços. Sua postura era dura e fiquei com medo de continuar.

As palavras que Nina usara pouco antes ecoaram em minha mente. Eu não devia ter medo, pois não tinha culpa alguma.

— O quê? — ele perguntou, usando um tom irônico e arrogante ao mesmo tempo. A última vez que o tinha visto assim foi quando brigamos por causa do Caio, alguns meses atrás.

– O Caio me beijou.

– Ah... o *Caio* te beijou? – ele foi ainda mais debochado. – Não é o que parece nesse vídeo.

Vídeo???????

Ele apertou o *play* no celular, onde assisti à cena que havia acontecido minutos atrás. No entanto, não tinha o início de tudo, quando o Caio tampou os meus olhos e roubou o beijo. O vídeo só mostrava a parte em que eu correspondia – e pior: colocava os braços ao redor dele.

Assim que o vídeo terminou, encarei meu namorado. Seus olhos expulsavam algumas lágrimas, o rosto marrom tinha um tom avermelhado e a decepção estava estampada nele. Dan clicou em um áudio, e eu senti um fogo raivoso tomar conta de mim quando reconheci a voz:

"Deixa de ser tolo, irmãozinho. Bastou eu chegar perto da sua namoradinha pra ela confessar que continuo sendo a paixão da vida dela e que você é só um passatempo pra tentar me esquecer. Hahahaha, tadinha, eu não podia negar um beijo, né? Espero que isso mostre o tipo de garota que ela é."

COMO AQUELE MENINO ERA ESTÚPIDO!!

Respirei fundo duas vezes, tentando me controlar.

– Dan... ele armou isso. Assim que você saiu, o Caio chegou e colocou as mãos nos meus olhos. Depois me virou e me beijou. Eu tinha certeza de que era você.

– Aham... – ele falou, mas não acreditava em uma só palavra do que eu dizia.

– O Caio nos quer separados, Dan!

– Nem foi ele que me mandou o vídeo! – disse Dan com um tom de voz alterado. – Foi um cara da minha sala de Química que nem conhece o meu irmão! Ele passou, viu a cena e filmou para me mostrar! O Caio só sabe que eu vi porque eu mandei uma mensagem pra ele! E a resposta você mesma ouviu.

— Foi uma armação do Caio! Você precisa acreditar... — eu pedi entre lágrimas. — Você sabe quem o seu irmão é, sabe do que ele é capaz.

— Sim, eu sei. Só não sabia do que *você* era capaz — respondeu Dan num tom triste. — Você é uma das últimas pessoas que eu esperava que fosse me decepcionar desse jeito...

Dan balançou a cabeça e saiu do quarto. Tentei ir atrás, mas Nina, que esperava do lado de fora, me segurou.

— Deixe que ele pense um pouco, que esfrie a cabeça.

Eu não queria deixar nada! Só queria fazer com que o Dan acreditasse em mim!

— Não é possível, Nina... Nosso namoro tava ótimo! A gente se divertia, ficava junto, trocava carinho... E agora... agora acabou tudo! — eu lamentei em meio ao choro.

— Não acabou, Lisa, calma! Vocês se amam, as coisas vão dar certo de novo! Sabe que o Caio é uma pedra no sapato do Dan e, como ele sempre foi a sua obsessão, o Dan deve estar pensando que ainda gosta dele... Espera um pouco antes de tentar conversar de novo, ele vai cair em si.

— Mas... — tentei falar entre os soluços, sem sucesso.

— Lisa, calma — pediu Sol, e me deu um rolo de papel higiênico —, ele vai perceber que foi uma idiotice do Caio.

Eu me deitei na cama e coloquei para fora toda a tristeza que sentia. Como era possível um relacionamento que ia tão bem desmoronar dessa forma? Eu amava o Dan e não suportava a ideia de perdê-lo.

— Eu sei que você tá muito triste agora — Nina se sentou ao meu lado e começou a fazer um cafuné em meu cabelo. — Mas não se martirize como se fosse a responsável, tá? Olha isso.

Ela me mostrou uma matéria de algum site, e eu mal conseguia ler por causa das lágrimas.

— É sobre um cara que foi condenado a sete anos de prisão por ter roubado um beijo de uma garota no carnaval. Isso tá errado mesmo, Lisa, não pode acontecer de jeito nenhum. E, se quiser, posso ir com você até a diretora.

— Acho melhor não — falei. — Dan mostrou um vídeo que fizeram do momento em que correspondo ao beijo, logo a diretora não acreditaria em mim. Fora que, segundo as regras do Ruit, não podemos namorar nas dependências do colégio e, apesar de eles fazerem vista grossa, sei que me meteria em problemas por isso.

— É verdade... — concordou Nina. — Você até poderia dizer: "pensei que quem estivesse me beijando era o Dan", só que poderiam usar essa regra pra punir vocês dois no fim das contas. Que saco!

— E isso também se espalharia pelo colégio inteiro. Não quero nenhum alarde, espero que o vídeo não tenha sido divulgado.

— Vai ficar tudo bem, amiga — Nina passou o dedo pela minha bochecha. — Mas, por favor, acredite em mim quando digo que não é sua culpa. Se o Dan não acreditar na sua versão da história, ele é o tonto que vai perder uma pessoa incrível feito você.

Um sorrisinho nasceu em minha boca e mais lágrimas voltaram a rolar.

— Incrível é você. Obrigada pelo seu apoio. — Eu me sentei na cama e abracei minha amiga. — Sério, se você não estivesse me dizendo essas coisas, provavelmente estaria ardendo de tanta culpa, acreditando que *eu* havia causado tudo isso.

Tudo o que Nina havia falado contribuiu para que eu me sentisse mais forte. Nada eliminava a tristeza de estar passando por aquilo, é claro, no entanto, com certeza seria muito pior sem as palavras da minha amiga.

CAPÍTULO 18

Mundo mágico

— O que foi, minha Alisa? — minha mãe mágica me perguntou enquanto jantávamos com a família real de Amerina. — Tu tens estado muito tristinha...

Todos me encararam, esperando uma resposta.

Ah, quer saber? Que se dane! Não estava ligando para muita coisa desde que... desde o ocorrido. Então não pensei duas vezes antes de responder à pergunta da minha mãe. Mesmo que o nosso jantar contasse com a família real de Amerina.

— O Dan brigou sério comigo — contei, e minhas palavras foram como punhaladas em meu coração. Eu ainda não conseguia lidar com aquilo.

Na verdade, ninguém conseguia. Nina e Sol também estavam arrasadas, as coisas não haviam acontecido como falaram. Dan não esfriara a cabeça, ele ainda não suportava estar no mesmo ambiente que eu. Nina tentou convencer Marco a interceder por mim e, apesar de ele ter dito que havia tentado, eu suspeitava que estivesse apoiando a decisão do Dan. Talvez ele também não acreditasse em mim.

— Armaram pra cima de mim, e o Dan não acredita. Ele acha que eu o traí.

A expressão de tristeza dos meus pais ficou escancarada. Eles também torciam pela gente.

— Eu só queria que ele usasse o Guio Pocler pra pensar um pouquinho e ver que o que eu falo faz sentido, que fui completamente enganada. Não é possível que não perceba que eu o amo! – eu desabafei, já deixando lágrimas escaparem dos meus olhos.

— Guio Pocler? – O rei de Amerina questionou. – Por favor, não quero que penseis que sou invasivo. Mas o que o Guio Pocler tem a ver?

Resumi toda a coisa dos personagens do mundo meio-mágico, e o rei pareceu entender. Achei aquele homem estranho, mas o ignorei quando minha mãe começou a dizer palavras de consolo. Depois de comer, fomos para a sala de estar, e eu fiquei mais no canto, sem querer atrapalhar a harmonia entre as realezas com o meu estado emocional abalado.

— Eu sinto muito, princesa – Petros se aproximou e disse com delicadeza.

— Obrigada. – Tentei sorrir para ele, pois o príncipe parecia estar cheio de boa vontade para me reanimar.

— Se precisares de alguma coisa, saibas que tens um amigo – ele falou com aquela voz de veludo, e agradeci com um gesto com a cabeça.

Petros não insistiu, fez uma reverência rápida e voltou a se sentar perto da Princesa Sária, sua irmã. Tentei me distrair acompanhando a conversa dos reis. Eles planejavam um projeto para os idosos do reino de Amerina. Se desse certo, iriam implantar em todo o mundo glorioso. Consegui prestar atenção por dois minutos, mas logo a minha mente trouxe memórias dolorosas para o primeiro plano.

***

Mundo meio-mágico

Eu estava mal. Muito mal. Tudo o que fazia era pensar no Dan e em como poderia provar que tinha sido enganada. Que ódio do Caio! Por que ele tinha sido tão cruel? Na aula de Contexto Histórico, Dan era obrigado a se sentar comigo, mas isso não o impedia de me ignorar completamente.

– Dan... – tentei quando a professora Olívia saiu da sala. – O que eu preciso fazer pra que você acredite no que eu disse?

Ele se virou para mim de repente e me olhou de um jeito tão... Não sei se existe um adjetivo para isso. Tinha amargura, raiva e irritação. Dan nunca (nunca!) havia olhado para mim daquele jeito. Na verdade, nunca o vi fazendo aquilo com ninguém. Ele estava estranho. Definitivamente.

– Ah, me deixa em paz – ele falou pausadamente. Seu tom era rude, e eu estranhei muito.

Mais tarde, quando contei às minhas amigas, Sol deu a ideia de eu tentar gravar uma confissão do Caio.

– Você vai atrás dele e dá um jeito de o Caio admitir o que fez, daí você mostra pro Dan! – sugeriu a loirinha, e eu curti a ideia.

– Melhor! – gritou Nina. – Mostra o livro da sua vida! Você não disse que conseguiu fazer com que as coisas que acontecem fora do mundo mágico sejam escritas também?

– Vocês são geniais! – Abracei as duas e fui atrás do livro. Folheei até achar a parte certa e li em voz alta para as duas. Até o narrador dizia que eu havia sido enganada!

– Agora vai atrás do Dan, amiga – aconselhou Nina. – Boa sorte!

Saí apressada do quarto e, enquanto corria, tentei me lembrar do horário das aulas dele. Algo me dizia que estava vago naquele momento, então fui até o dormitório. Ignorei completamente os olhares dos meninos que passavam pelo corredor. Eu sabia que estava burlando as regras em um período movimentado. Mas não me importava. A única coisa de que eu precisava era provar para o Dan a minha inocência.

— O Dan tá aí? — perguntei nervosa quando Marco atendeu.

— Aham. — Meu amigo abriu mais a porta, e eu pude ver Dan sentado na escrivaninha.

— O que você tá fazendo aqui? — ele quase gritou.

— Eu vim provar que fui enganada pelo Caio — eu tentei. Meu coração estava a mil, essa seria a última cartada.

Dan riu irônico e sem paciência, e eu abri o livro.

— Olha só, Dan! — mostrei a ele, que encarou o livro por algum tempo e depois lançou aquele olhar estranho para mim.

— Você acha que eu sou burro, né? — Dan bateu no livro de uma maneira *muito* rude. — Você inventou tudo isso, Alisa!

Prendi a respiração por um segundo quando ele disse meu nome inteiro, era o mesmo efeito de um soco na barriga.

— Não inventei, eu juro! Esse é o livro da minha história, tudo que tá aí é o que aconteceu — falei desesperada.

Dan se levantou e chegou bem pertinho de mim. Observei o contorno daquela boca de que eu tanto sentia falta, a pele marrom que combinava tanto com a minha e o seu cheiro delicioso que sempre foi capaz de me acalmar.

— Você não vai entender nunca? — ele perguntou. — Eu quero você longe de mim pra sempre! Eu confiei em você, eu amei você e o que recebi em troca? Uma traição! Logo com o babaca do Caio... Se não entendeu ainda, eu explico: nosso namoro acabou, Alisa! Sai da minha vida. Agora!

Meu cérebro parou de funcionar no "eu amei você". *Amei.* Passado. Como os sentimentos dele em relação a mim tinham mudado desse jeito?

— Eu não vou me humilhar mais. Fiz tudo o que podia pra fazer você entender que foi uma armação do seu irmão. Só que você não acredita em mim. — Tentei enxugar meu rosto, mas desisti quando notei que várias outras lágrimas escorriam. — Eu vou seguir o seu conselho: vou sair da sua vida pra sempre, porque agora sou eu que não quero um namorado incapaz de confiar em mim. Ainda por cima com uma prova a meu favor.

Dan não respondeu, e eu saí do quarto, sem conseguir controlar o choro compulsivo. Comecei a correr para o meu dormitório, contudo, parei quando Marco me chamou.

— Lisa, espera! Vem cá. — Marco abriu os braços, e eu me aconcheguei.

— Eu vou molhar a sua blusa — falei baixinho.

— Isso não é um problema... — ele disse carinhoso. — Olha, eu sinto muito. Muito mesmo. Tô tentando convencer o Dan desde que tudo aconteceu. Eu tenho certeza de que foi uma armação do Caio, sei que você não faria uma coisa dessas...

— Obrigada... — falei, surpresa. Tinha achado que Marco também duvidava de mim.

— Mas ele ficou estranho de repente — contou meu amigo, e eu me afastei para encará-lo.

— Como assim?

— Confesso que quando ele me mostrou o vídeo, fiquei meio assim... desconfiado. Mas, depois que esfriamos a cabeça, eu caí em mim: você ama o Dan. Muito antes de serem namorados, vocês eram amigos. Eu tenho plena confiança de que você seria incapaz de machucá-lo dessa forma – disse Marco, e eu concordei imediatamente. – Então, eu fui conversando com ele, falando isso... Por um momento, pensei que tava conseguindo. Quero dizer, tenho certeza de que o Dan tava prestes a ceder, ele conhece o irmão, sabe que armar uma assim é a cara do Caio!

Sim! Aquele garoto era um monstro!

– Só que, de repente, o Dan mudou. Toda vez que entrávamos no assunto, ele ficava furioso! Disse que não queria te ver nem pintada de ouro e que nunca mais voltariam a namorar! Eu não sei o que aconteceu, Lisa, ele ficou bizarro de uma hora pra outra!

Coloquei a mão na boca, chocada. O que havia feito Dan mudar de ideia?

– Marco, eu mostrei o livro da minha vida pra ele! Tá aqui! O narrador diz que foi uma armação, mas ele não acreditou! Não sei mais o que fazer...

– Olha, prometo que vou continuar tentando.

– Não, Marco, chega. Tentei muitas vezes, me humilhei, implorei... e nada! Ele disse que não me ama mais – falar aquilo em voz alta foi desumano. – Eu preciso sair dessa, preciso seguir em frente. Acho que não vale a pena ficar com uma pessoa que não confia em mim.

– Eu te entendo, Lisa... – ele concordou com a cabeça. – Eu espero que você fique bem.

Marco me deu mais um abraço, e eu o agradeci. De volta ao meu dormitório, Nina e Sol ficaram bem tristes por não ter dado certo.

– Escutem bem, vocês duas: eu não vou mais deixar esse assunto me abalar. Vou esquecer o Dan – falei muito decidida. – Tentei de todo jeito fazer com que ele acreditasse em mim. Se não aconteceu, não posso ficar me remoendo por isso. Eu ainda não tô bem, mas eu vou ficar. Ah, se vou...

– Isso mesmo, amiga. – Sol bateu palmas para o meu discurso.

– Você é linda, inteligente, poderosa – piscou Nina – e não pode deixar algo fora do seu alcance fazer a sua vida parar!

Sim, eu tinha as melhores amigas do mundo! E foram elas que me seguraram enquanto tentava cumprir a promessa que tinha feito a mim mesma. No entanto, o melhor empurrão que eu tive veio de uma maneira inesperada. Estava passando pela cantina e vi – com esses olhos que a terra há de comer – o Dan beijando outra menina. O nome dela era Bruna e, no ano passado, éramos da mesma turma de Matemática e de História. Enquanto eu presenciava aquela cena patética, pensei várias coisas horríveis dela, porém, depois de um tempo, me dei conta do quão tonta estava sendo.

Xingar a menina por quê? Ela não era minha amiga nem nada, eu também não namorava mais o Dan. Então por que diabos desejava ofendê-la? E pior: por que a minha primeira reação foi querer dizer coisas horríveis *dela* e não *dele*?

A cena poderia ter me derrubado, me feito chorar o resto do dia ou da semana, mas usei aquilo para finalmente entender que a minha história com o Dan tinha acabado de vez. Era como se o beijo tivesse desamarrado a corrente que ainda me prendia a ele.

Agora eu estava livre.

PARTE III

CAPÍTULO 19

Mundo mágico

Nos quatro meses seguintes, minha vida seguiu meio que no piloto automático. Eu não estava no fundo do poço, mas também não era a Rainha da Bateria em pleno Carnaval. Dan ainda estava namorando a tal Bruna, e juro que me esforçava bastante para não deixar aquilo me incomodar. O bom era que eu quase nunca esbarrava com os dois, já que estava mantendo minhas idas a Denentri bem frequentes. Participava mais de eventos reais, estudava com afinco as matérias e praticava muito as lições da mestra Louína. Além disso, também passei alguns feriados e fins de semana no castelo, o que deixou a minha família muito satisfeita – especialmente Blenda, que estava adorando ouvir histórias antes de dormir.

– Estou muito feliz com a tua dedicação – celebrou minha mãe mágica. – E também com as tuas visitas mais frequentes!

– Nas férias de dezembro e janeiro prometo ficar ainda mais. – Beijei sua bochecha, e ela abriu um sorriso enorme.

Até minha família normal esteve mais em Denentri. Entre jantares e festas reais, eles estavam começando a se dar bem com a minha família mágica. Os gêmeos, nem preciso dizer! As cuidadoras do castelo faziam questão de tratar os dois como se fossem príncipe e princesa... E é claro que isso contava muito para que ambos fizessem carinhas de pidões acompanhadas da frase: "Lisa, por favor, deixa a gente ir pro castelo?". Eu costumava deixar sempre que dava, estava adorando esse contato entre as duas famílias.

O melhor era perceber meu avanço. Meu tranto havia melhorado muito – claro, longe do perfeito, mas é válido lembrar que eu havia começado a aprender em março! – e eu estava me saindo muito bem nas aulas de História e Geografia. Infelizmente, só não conseguia resultados positivos na questão cultural, e os jornais faziam questão de publicar todas as minhas gafes por menores que fossem.

– Estou desconfiando de que estão tramando contra vós... – Um conselheiro do governo confessou em uma das reuniões políticas, as quais comecei a frequentar regularmente.

– O que queres dizer? Quem faria isso? – indagou minha mãe.

– Eu não gosto de levantar falso testemunho, mas ouvi dizer que os Doronel estão tentando voltar ao poder...

– Os Doronel?! – Eu me choquei.

Eu havia estudado muito bem aquele impasse político. Por isso, estava esperta o suficiente para saber que isso não era bom.

– É a antiga dinastia do mundo glorioso. – Meu pai tentou me explicar.

– Lembro-me de ter estudado sobre eles com a professora Dânia. A Grande Crise se instaurou por causa do mau governo dos Doronel, não foi?

Meu pai concordou com uma expressão orgulhosa. Eles estavam amando a minha afeição pelo mundo glorioso e meu recente interesse pela política.

– Eu acho que estão tentando fazer com que Alisa aparente ser inapropriada para reinar. Querem instaurar um sentimento de medo na população para que desejem outro governo.

– Não sabia que a família Doronel ainda existia, eu pensei que tivessem se espalhado pelos reinos e o sobrenome tivesse sumido com o tempo... – comentou minha mãe. – Quem são eles?

– Não sabemos, só ouvi alguns rumores.

– Quero que tu investigues isso, por favor – pediu minha mãe, e ele fez anotações em um papel com uma pena. – Nós não vamos deixar a dinastia Doronel trazer problemas novamente. Alisa ainda não está preparada para governar, mas estará.

Pela primeira vez não tive aquele pensamento de "nunca vou governar". Fiquei indiferente à fala da minha mãe. A verdade é que eu estava cada dia mais envolvida com o mundo glorioso.

Quando a reunião acabou, Clarina me esperava do lado de fora, tentando disfarçar um sorriso.

– O que foi, Clarina? – perguntei rindo. Já sabia a resposta.

– Ultimamente tens estado mais conectada ao mundo glorioso! *Poá*, fico feliz por isso, *printese*!

– Estou tentando mesmo participar de mais coisas aqui, tem sido... interessante.

– Pena que tens estado tão triste nos últimos tempos.

– É muito difícil quando uma injustiça atrapalha a nossa felicidade – eu desabafei, e Clarina concordou sem dar continuidade ao papo, ela não gostava de se intrometer demais.

— Princesa Alisa, há uma visita que espera por vós na sala de recepção — disse um funcionário do castelo.

— Obrigada — respondi me encaminhando para a sala, onde encontrei um Príncipe Petros sorridente.

Ele vinha sendo um bom amigo nos últimos meses, parecia sempre preocupado comigo e tentava me animar. Além disso, o príncipe me ajudava muito com o tranto. Infelizmente, ele não tinha muito tempo para ficar comigo, já que também tinha obrigações reais, mas suas visitas — embora rápidas — eram sempre muito agradáveis.

— Oi! — eu o cumprimentei com aquele gesto típico.

— Oi, Princesa Alisa! — Petros se segurou para não fazer uma reverência e, no lugar disso, repetiu o gesto de cumprimento. Bem melhor! — Soube que estarias aqui por alguns dias e passei para ver como estavas.

— Sim, é feriado no meu mundo, resolvi vir pra cá — comentei. — Logo as férias vão chegar também, então passarei ainda mais tempo no castelo.

O sorriso de Petros se abriu ainda mais. Pelo visto, ele também gostava da minha companhia.

— E como estás?

— Ah... bem — respondi. Meu sonho era responder: ótima, perfeita, melhor impossível. Mas seria uma mentira horrível.

— Tu não queres dançar? — ele propôs de repente, como se fosse a ideia mais maravilhosa do mundo. Encarei-o sem entender. — Nunca ouviste dizer que quem dança os males espanta?

Com essa frase, Petros arrancou uma gargalhada sincera de mim.

— Na minha terra é "quem canta os males espanta".

— Pois aqui a palavra de ordem é dançar, o que achas?

Estava disposta a fazer qualquer coisa para melhorar o meu humor, inclusive usar estratégias do mundo mágico.

Além de tudo, eu estava cada vez melhor nos passos de dança à moda gloriosa e gostava de me exibir um pouquinho.

Não demorou muito para a dança me trazer à memória as festas em que Dan me acompanhava no mundo mágico. Ele também havia aprendido muito para não chocarmos ninguém com nosso jeito de dançar. Que raiva, não queria ter pensado nele! Era incrível como qualquer situação terminava com uma lembrança do Dan. Se eu comia algo de que ele gostava, pronto... ele surgia na minha cabeça na hora. Se escutava uma música que Dan costumava ouvir, pronto... sua imagem vinha no mesmo instante. Se alguém fizesse uma piada que fosse a cara dele, pronto... imaginava a piada saindo de sua boca. Eu já estava cansada daquilo, queria poder apagá-lo da minha mente.

Ei, calma! Eu *podia* fazer isso! Bastava usar os meus poderes para apagar o Dan de vez da minha vida! Eu poderia me livrar do incômodo constante!

Petros me tirou daquele pensamento quando moveu as mãos e fez com que uma música começasse a tocar no salão.

— E então? — ele perguntou sugestivo.

— Excelente escolha! — Sorri quando começamos a dançar uma música da minha banda preferida de Denentri.

— Sei que gostas deste conjunto...

Conjunto? Quem fala conjunto? Talvez a minha avó falasse.

— É verdade, gosto muito — respondi antes que perguntasse do que eu estava rindo.

— O que achas de dançarmos algumas músicas desse mundo e depois tu colocas algumas do outro? Tu podes me ensinar a dançar...

Topei a proposta no momento em que imaginei Petros dançando funk. Seria no mínimo hilário um príncipe do mundo mágico, todo refinado e cheio de modos típicos dali, descendo até o chão.

– Fechado – concordei morrendo de rir. A imagem ainda estava em minha mente.

Dançamos três músicas do "conjunto" e depois passamos às músicas do outro mundo. Tentei ser bem eclética; escolhi pop, rock, MPB, hip-hop, eletrônica e funk. Petros tentava se mover no ritmo de cada música e, assim que coloquei o funk, seu corpo ficou mais solto e um sorriso se abriu.

Quando Petros sorria, acontecia o mesmo que com Nina: os dentes faziam um contraste perfeito com a pele negra escura, principalmente porque sua boca era grande e mostrava tanto os dentes de cima quanto os de baixo. Era encantador e contagiante.

– Gostou? – perguntei achando graça.

– Acho que é o meu preferido de todos – ele falou movendo o quadril e os braços.

– Meu Deus, é um brasileiro nato! – exagerei de brincadeira.

– Agradeço muito a oportunidade de deixar-me conhecer um pouco do teu outro mundo, isso me ajuda a te compreender melhor.

– E eu agradeço tudo o que tem feito por mim. Tem sido bom contar com um amigo.

– Não há de quê, Alisa. – Ele sorriu, e depois voltou a dançar no ritmo das batidas, me fazendo gargalhar outra vez.

***

Mundo meio-mágico

– Acreditem ou não, eu fiz o Príncipe Petros dançar funk! – anunciei para Sol e Nina quando estávamos no quarto.

– Mentira! – escandalizou-se Sol.

— Ah, eu pagava pra ver isso! — Nina bateu palmas, rindo. — O que os jornais da moral e dos bons costumes vão dizer? "Princesa Alisa desvirtua Príncipe Petros."

— Nós estávamos sozinhos, ninguém viu — expliquei.

— Hmmm... você e o príncipe bonitão... sozinhos... sei... — falou Nina toda sugestiva enquanto enrolava um cacho com o dedo

— Nem precisa vir com esse olhar. O Príncipe Petros até que é legal, mas... — suspirei sem saber como terminar a frase.

— Mas não é o Dan — completou Sol, o que me deixou com raiva.

— Mas não é o Dan — repeti quando caí em mim; a raiva não era de Sol e sim por suas palavras serem verdadeiras. Eu sentia muito a falta dele.

As duas me olharam com pena, e eu me virei para pegar a mala no alto do guarda-roupa. Era a última semana de aula e deveríamos começar a arrumar as nossas coisas. Não podíamos nos esquecer de nada, caso contrário, só voltaríamos a vê-las em fevereiro. Assim que puxei a mala, o peixinho marrom de pelúcia caiu em cima de mim. Eu o havia jogado lá em cima para não ter que ficar olhando toda hora para ele. Maldito bicho!

— Já chega! — gritei. — Vocês duas têm dois minutos pra criar argumentos fortes o bastante e não me deixarem usar meus poderes pra esquecer o Dan.

— Esquecer? Tipo apagar o Dan da sua memória? — questionou Sol, e eu concordei.

— Não faz isso, Lisa — começou Nina. — Por mais que esteja sofrendo, não é desse jeito que se resolve as coisas. Todos os relacionamentos servem pra nos fazer amadurecer de alguma forma. Mesmo que agora as coisas pareçam ter só um lado negativo, eu tenho certeza de que você ainda vai tirar algum proveito disso. O sofrimento nos fortalece.

– Tá muito ruim isso. – Coloquei a mão no coração. – Eu só queria me fazer esquecer de que ainda o amo.

Sem querer, deixei que uma lágrima caísse. Que ódio! Eu não chorava por ele havia muitas semanas, como fui permitir que aquilo acontecesse?

– Vem cá. – Nina abriu os braços, e eu fui até ela. – Eu juro que vai passar. Nada é eterno. Muitas pessoas enfrentam desilusões e saem vitoriosas no final. Eu tenho certeza de que você vai conseguir superar.

Nina beijou minha cabeça, e eu me senti confortada por suas palavras. Ela era tipo mãe; se dissesse "leva o casaco, porque vai esfriar", eu não pensaria duas vezes.

– Vocês prometem que vão me visitar? Quando estava no mundo mágico, fiz um portal para cada uma, então, não tem desculpa! – Eu havia pegado dois livros para criar portais para minhas amigas, já que passaria bastante tempo em Denentri nas férias.

– Ah, que legal! – Sol deu pulinhos. – Vou sempre, pode deixar! Eu adoro o castelo, o povo de lá me trata com tanta...

– Mordomia? – zombou Nina. – Também vou, senão, quem vai te dar conselhos?

– Por favor! – gritei, dramática. – Eu não vivo sem os seus conselhos, Nina.

– Eu sei, fofa – ela disse, e nós três rimos. Estávamos feito bobas. Ora ríamos, ora chorávamos. Sabe aquele sentimento nostálgico de fim de ano?

– Vou sentir falta desse ano, foi tão legal – sorriu a loirinha.

– Foi demais, né? – comentei. – A Nina e o Marco finalmente se entregaram à paixão, eu descobri que sou uma princesa do mundo mágico e comecei a namorar o Dan, que sempre falei que era "só meu amigo". – Parei por um momento. Dizer aquilo era triste, já que agora Dan não era nem meu namorado nem meu amigo mais. – Antes tivéssemos ficado só na amizade...

Nina suspirou para contra-argumentar, mas desistiu. Ela sabia que eu estava certa.

– Ô, sem baixo-astral! Você vai viver uma temporada muito legal. Vai conviver com a sua família mágica, vai melhorar suas habilidades, vai passar tempo com o príncipe bonitão... – Nina levantou as sobrancelhas, insinuante.

– Você tem razão, não quero ficar lamentando. – Respirei fundo e soltei o ar, como se dissesse "já deu".

Joguei o maldito peixinho marrom no fundo do armário. *Eu vou superar você, Daniel.* Tinha dois longos meses longe daquele garoto para me desintoxicar. E eu lutaria bravamente para conseguir.

CAPÍTULO 20

Mundo mágico

O clima no mundo glorioso não ia nada bem. As pessoas estavam se deixando levar por aqueles jornais tendenciosos e começavam a questionar com vigor se eu seria uma boa rainha. Os ajudantes de governo ainda não tinham conseguido bater o martelo, mas estavam quase certos de que os Doronel estavam por trás de tudo.

— Tudo bem, vamos considerar que eles tenham acertado: eu nunca aprenderei a ser uma boa rainha. Não tô dizendo isso, é só uma hipótese — enfatizei para desarmar a expressão contrariada da minha mãe. — Ainda assim, tem a Blenda! Ela poderia governar. Não foi isso que aconteceu no reino de Amerina? O Príncipe Enélio se casou e se mudou para Euroto e, como Sorina está presa, o trono foi parar nas mãos do Príncipe Petros.

— Explicar-vos-ei, Princesa Alisa — disse Vernésio, um ajudante de governo.

Graças ao bom pai eu já tinha desenvolvido a habilidade de traduzir simultaneamente as mesóclises. Foi só ele falar "Explicar-vos-ei" que um alarme começou a apitar em meu cérebro gritando "mesóclise, mesóclise!" e rapidamente veio a tradução: "Vou te explicar" – eu também já fazia mentalmente a transferência de pessoa de "vós" para "tu", o que era excelente.

– Obrigada.

– Vós sabeis que a melhor idade é quando há equilíbrio entre poder e sabedoria, certo?

Ao chegar ao castelo, no início do ano, meu pai havia me explicado que quanto mais nova, mais poderosa a pessoa era, no entanto, menos sábia também. Blenda, por ser nova e por ser a princesa do reino central, era dona de uma das magias mais poderosas. Por outro lado, uma senhora mais velha, embora não conte com tanto poder, tem bastante sabedoria. Dessa forma, a melhor idade para se governar era quando esses dois aspectos estivessem começando a se equilibrar. Mais ou menos aos 30 anos.

– Sei.

– Então, o certo seria os reis passarem o poder para vós quando tivésseis 30 anos. No caso, se vós não estivésseis apta a governar, o trono passaria a ser da Princesa Blenda. O grande problema é que, até Blenda atingir os 30 anos, vossos pais estarão muito acima da idade ideal para governar. E, como sabeis, isso pode trazer instabilidade. O povo é muito conservador, eles temem aquilo que sai dos padrões, por isso alguns estão começando a apoiar a volta da dinastia Doronel.

– Não! – gritei num impulso. – Será que não percebem o quanto isso é ruim? Os Doronel fizeram muito mal ao mundo glorioso... Tudo bem que não sabemos como seria se eles voltassem agora, mas não quero que os Guilever percam a coroa por minha causa!

– Estamos tentando de tudo, Alteza...

— Eu quero que vocês me treinem para ser rainha — falei decidida. Mais decidida do que nunca.

Esse era um assunto que vinha me rondando havia bastante tempo. Sei que a primeira coisa que pensei quando descobri que era herdeira do trono foi: "de jeito nenhum, não nasci para isso", porém, aos poucos fui descobrindo que política me interessava, que eu gostava de debater, de decidir o que era melhor para a população e de trabalhar para as outras pessoas. Era cansativo? Muito. Mas também gratificante.

Os olhos dos meus pais brilharam. Talvez essa fosse a frase que eles mais desejavam ouvir.

— Acho que consigo lidar com a ideia de governar só daqui a quatorze anos... — falei sorrindo, embora aquela fosse uma das decisões mais sérias que havia tomado na vida.

— Nunca tive a menor dúvida de que tu serás uma excelente rainha, Alisa — disse minha mãe num tom firme. — Inclusive, passo a ti a responsabilidade pelo projeto que estamos desenvolvendo com os reis de Amerina. Tu nos representarás na reunião de hoje, tuas decisões serão as finais, não precisarás de nossa aprovação.

— Oi?

— Estás inteirada a respeito desse projeto, sei que conseguirás nos representar muito bem. — Minha mãe bateu o martelo, pelo visto não havia brecha para argumentação.

Era isso mesmo? Eu faria as vezes de Âmbrida e Honócio e assinaria o projeto sem que os dois tivessem que dar um sinal verde? Gente, eu tinha 16 anos, será que eles estavam se lembrando disso? Mas, considerando que no mundo glorioso a maioridade era 15, até que eu já era bem *grandinha*, né? Porque era assim que estava me sentindo por ter tamanha responsabilidade!

— Tu estás feliz hoje, Alteza – Clarina observou quando saímos da reunião.

— Vou representar os meus pais e decidir um projeto no reino de Amerina! *Poá*! É um voto de confiança e tanto! – contei eufórica, e Clarina abriu um largo sorriso depois que usei a expressão em tranto.

— Com certeza!

— Também porque decidi que não vou deixar os Guilever perderem a coroa.

— O que queres dizer?

— Vou assumir o governo quando completar 30 anos.

— Isso é maravilhoso, *printese*!

Clarina não aguentou manter a pose profissional e me abraçou. Era a primeira vez que ela tomava a iniciativa de um contato físico. Eu tinha adorado, sempre quis quebrar essa barreira que havia entre nós. Eu a considerava muito.

— Quero-te tão bem, *printese*! – ela disse, enquanto fazia aquele gesto com a mão. – Tenho certeza de que todos verão como és boa!

— Obrigada, Clarina, você tem uma participação especial em cada um dos meus sucessos.

— Ah, *printese*...

— O que acha que devo vestir hoje? Já sei que tem que ser algo vermelho "pra homenagear o reino" – disse de forma mecânica, me lembrando dos conselhos que recebia tanto da professora Zera quanto de Clarina. – Mas isso não é um problema, pois vermelho é a minha cor preferida.

— Ótimo – ela assentiu e abriu o meu armário. – O que achas deste?

— Muito descontraído, não? Estou indo pra uma reunião formal – comentei.

— Estás certa – ela falou antes de devolver a peça. – E este?

– Acho que é o ideal! – Bati palmas e peguei o vestido para me trocar. Apesar de ele ser na altura do joelho, o que eu achava péssimo, já estava começando a me acostumar, e o vestido tinha um cinto embutido e dava para formar um laço. Era bonito.

– E o cabelo?

– Algo que faça com que eu aparente ser mais velha, mais madura – pedi.

Clarina fez um penteado que o deixava solto e volumoso. Nunca tinha saído de casa com os cachos tão "descontrolados", mas talvez fosse uma boa primeira vez. Eu me sentia bonita e pronta para arrasar na reunião.

Depois disso me teletransportei para o castelo de Amerina, onde fui recebida por duas funcionárias.

– Alteza – elas falaram juntas e fizeram reverências.

– Olá – tentei ser simpática.

– Vós sois aguardada na sala de reuniões. Por favor, acompanhai-me – uma delas pediu, e eu obedeci.

Quando entrei na sala, Petros estava sentado de frente para uma mesa cheia de papéis, sua mão apoiava o queixo, e ele parecia compenetrado. Mas, assim que me viu, abandonou o que estava fazendo, abriu um sorriso e se levantou.

– Oi, Princesa Alisa – ele falou, fazendo o gesto de cumprimento. Imitei-o. – Há algo diferente em teu cabelo, está ainda mais lindo.

– Obrigada – agradeci, contente por ele ter percebido.

– Então tu vais representar teus pais?

– Sim, você também? – perguntei, e Petros assentiu. – Das duas, uma: ou os nossos pais confiam muito na gente ou eles não tão dando muita bola pra esse projeto.

– Bola? – ele franziu a testa.

— É, quero dizer que não se importam muito com o projeto.

— Ah! Prefiro crer na primeira opção — Petros voltou a abrir aquele sorriso grande e encantador.

Aliás, ele estava inteiramente charmoso. Sua roupa era bem elegante e a postura, como sempre, típica de um príncipe. Voltei a focar em seu rosto quando Petros percebeu que eu o estava avaliando. Que vergonha!

— Então vamos? — ele apontou para uma cadeira e eu me sentei.

Decidir sobre o projeto não era tão difícil. O príncipe de Amerina tinha bastante experiência, já que sempre esteve ao lado dos pais, especialmente depois de descobrir que se tornaria rei. Aquele momento foi bem legal. Não apenas criamos metas e objetivos interessantes para a população mais velha, mas também acabamos nos conhecendo melhor. Petros era muito gentil e engajado, além de paciente; ele me explicava tudo com a maior calma do mundo. Descobri que era mais velho, tinha 19 anos.

— Queres conhecer o castelo, agora que terminamos? — propôs Petros, e eu logo aceitei. Estava gostando de verdade de sua companhia.

Começamos pelos salões. Eu não entendia nada de arquitetura, contudo, era perceptível que a construção do castelo de Amerina tinha um estilo diferente do de Denentri. Fora que a decoração era predominantemente vermelha. Será que não se cansavam da cor? Pelo menos o castelo de Denentri se mantinha mais colorido para representar todos os reinos. Depois fomos para o pomar, que, segundo Petros, era o queridinho da mãe dele.

— Tem praticamente tudo que é cultivável aqui — ele explicou.

Enquanto eu admirava cada uma daquelas frutas, legumes e verduras diferentes, uma certa árvore azul com frutas rosadas me chamou a atenção.

— Corunelis! — falei surpresa.

— É a fruta de Andora... — ele comentou. — No livro dela conta que era o único alimento que tinha quando estava indo para Denentri com seus amigos.

— Eu passei pela mesma coisa com meus amigos... Só podíamos comer corunelis, pois as outras frutas eram tóxicas.

— A história se repetiu contigo... — Sua sobrancelha se ergueu em admiração e ele repetiu a frase preferida de todos: — Tu és mesmo semelhante a Andora!

— Se eu ganhasse um real a cada vez que ouvisse isso... — zombei. Agora já não ligava tanto quando as pessoas falavam aquilo. Como eu havia lido o livro de sua vida e tinha estudado sobre a Rainha Andora, até eu já me achava parecida com ela.

— Se ganhasses o quê?

— Ah, o que eu quero dizer é que vivem me falando isso — resumi.

— Exatamente! Não entendo como alguns insistem que tu não deves governar — ele falou e logo se arrependeu. — Quero dizer... hmmm... me perdoa, Princesa Alisa...

— Tudo bem, eu já sei que as coisas não estão muito favoráveis.

— Eu não compreendo! Tu me pareces tão boa, sei que serás capaz de fazer um ótimo governo. Bem, se isso for o teu desejo, é claro.

— Sim, eu decidi aceitar o cargo — brinquei. — Mas sei que vou enfrentar muitos desafios. As pessoas parecem estar convencidas de que não sirvo pra ser rainha. Além do mais, parece que a dinastia Doronel está trabalhando para que a população queira a volta deles.

Tampei a boca assim que terminei de falar. Aquilo era confidencial! Os ajudantes de governo foram bem claros quando me disseram que eu não poderia comentar com ninguém.

– Os Doronel? – Petros pareceu surpreso.

– Ai, falei demais! Por favor, finja que não escutou nada, não comente com ninguém.

– Tu tens a minha palavra. – Ele sorriu, e eu senti que podia confiar.

– Princesa Alisa! – um homem gritou atrás de mim.

Virei-me para ver quem era e me assustei com o objeto que ele apontava em minha direção.

– O que é isso?! – perguntei, me protegendo com as mãos instintivamente.

– Calma, princesa – disse Petros, gentil, e tocou meu ombro. – É só um jornalista. Eles estão fazendo algumas perguntas sobre o reino para meus pais. Isso que está em sua mão serve para tirar fotografias.

– Fotografias? – perguntei boquiaberta. Era uma máquina bizarra, parecia até uma arma!

O cara disparou a arma – ou a máquina, chame como quiser – umas cinco vezes, e eu fiquei me perguntando o motivo daquilo.

– O que ele quer?

– Só está satisfeito por ter conseguido uma fotografia, tua imagem é cobiçada...

– Sei bem! Eles publicam tudo que faço de errado! – falei um pouco brava.

– Espera um momento – ele pediu, e então foi atrás do jornalista. – Por favor, peço que não utilizes essa imagem para maldizer a princesa.

– Claro! – o jornalista concordou e fez uma reverência.

Ah, que bonzinho que ele era, né? Aposto que era pura pose na frente do Príncipe Petros! Amanhã já estaria espalhando por todos os cantos alguma besteira sobre mim.

– Obrigada – agradeci ao príncipe mesmo sabendo que aquilo não funcionaria. Ele tinha sido legal por tentar. – Acho melhor eu ir agora, ainda preciso resolver algumas coisas em Denentri.

– Muito grato por tua visita, Princesa Alisa. Espero ver-te em breve.

– Espero o mesmo, Príncipe Petros.

Ele me lançou um sorriso simpático que me deixava confortável. Petros era um bom amigo.

CAPÍTULO 21

Mundo normal

— Sua avó garantiu que estará de volta em fevereiro – disse minha mãe.

— Ela já falou um milhão de datas, mas nunca cumpre...

Mais alguns meses e vovó completaria um ano na "Europa". Como ela havia dito que não corria perigo e que me contaria tudo quando voltasse, eu tinha ficado mais tranquila. Mas ainda assim estava com uma pulga atrás da orelha por causa desse assunto. Ela disse que não tinha saído do Brasil, então por que não ia pra casa nunca? O que estava fazendo?

— Sinto falta da vovó.

— Somos duas. Não tá sendo fácil lidar com a saudade de duas pessoas importantes.

— Duas?

— Sua avó e você! – Ela usou um tom de crítica e colocou as mãos na cintura.

— Mas eu tô sempre aqui! Não fugi pra Europa!

– Nada disso, você vive no mundo mágico, tem passado poucas noites aqui em casa, sinto que está nos abandonando.
– Mamãe quase fez um beicinho típico de criança.

– Ô, mãe... – Suspirei. Eu até poderia tentar argumentar, mas era verdade: eu estava passando cada vez mais tempo no castelo.

– Você também é nossa filha! – Papai resolveu entrar na conversa, e percebi que a coisa era séria. Meu pai era o dono do bom senso, se até ele estava reclamando...

– Tenho me esforçado bastante pra aprender tudo sobre o mundo mágico. Decidi que vou aceitar a coroa quando chegar a hora.

Os dois ficaram de queixo caído.

– Você tá falando sério? – perguntou minha mãe, os olhos arregalados. Apenas concordei com a cabeça. – Você sempre disse que não suportava a ideia!

– Algumas coisas mudaram, mãe. Tem uma antiga dinastia querendo assumir o governo e tirar a minha família da jogada. Se eu não governar, os Guilever saem do poder.

– E daí? Qual o problema de trocarem de dinastia? Você não pode fazer o que não quer só pra manter o sobrenome da sua família mágica no castelo!

– Acontece que... eu quero – contei a verdade. – Percebi que gosto disso, gosto de tomar boas decisões para o reino, gosto de planejar e, principalmente, não gosto da ideia dos Doronel governando o meu mundo. Eu me apeguei ao povo, ao castelo, à história do mundo mágico, a tudo. Quero o melhor pra eles e sinto que tô aprendendo a ser esse melhor.

– Governar não é só mandar e desmandar, Lisa, não é só ter pessoas te servindo. Exige responsabilidade – disse papai.

– Eu sei, meus pais mágicos têm me ensinando a ter essa responsabilidade! Não é como se eu fosse governar agora, isso só vai acontecer quando completar 30 anos, então tenho muito tempo! Além do mais, existem auxiliares de governo... Também é dever de uma rainha e de um rei se casar, ou seja, terei alguém ao meu lado para dividir as tarefas.

— Se casar é um dever? — questionou minha mãe.

— Assim como gerar descendentes.

— E você tá disposta a seguir essas regras? — perguntou papai. Essa não era a minha parte favorita, mas sempre me imaginei com uma família, então, não estava tão irritada assim...

— Espero encontrar uma boa pessoa até os 30...

— Filha, se casar e ter filhos são decisões que devem ser tomadas com seriedade e motivadas pelo desejo. Não podem ser uma obrigação! E se não estiver apaixonada aos 30? E se tiver acabado de conhecer uma pessoa e ficar em dúvida? E se, de repente, você perceber que não quer ter filhos? — ela argumentou.

— Mãe, eu sei o que eu quero agora: não deixar que os Doronel voltem a governar o lugar em que nasci. Eu posso desistir do trono a qualquer momento. Se uma dessas coisas que você disse acontecer, vou ter que abandonar a coroa. Não pretendo tomar nenhuma decisão séria contra a minha vontade.

— E a sua vida aqui? E a faculdade?

— Não existe a menor possibilidade de frequentar uma faculdade no Sul, já que não posso usar os meus poderes lá. Também não quero estudar no Norte, pois me encaixo menos ainda aqui. Por ora, tudo o que eu sei é que vou terminar o Ensino Médio no Ruit. O futuro ainda é um mistério.

— E se não der certo como rainha? E se a sua família perder o trono? Você vai viver de quê? Sem faculdade, qual vai ser o seu futuro?

— Mãe, eu tenho habilidades mágicas muito poderosas, pode ter certeza de que de fome eu não morro! Posso muito bem viver como os denentrienses.

Mamãe fez uma cara entristecida, e eu entendi tudo.

— Você tá assim por que pensou que eu voltaria a morar com vocês quando me formasse no Ruit.

Dona Catarina não precisou nem confirmar, eu já sabia o que estava se passando na cabeça dela.

— Pensei, sim, que voltaria pra casa e que só iria visitar a sua família biológica às vezes. Não o contrário.

— Morar no Norte deixou de ser uma opção quando eu tinha 6 anos, mãe, sabe disso. Pensa que agora as coisas ficaram melhores: em vez de eu estudar numa faculdade distante e ter que viajar pra visitar vocês, eu vou pro mundo mágico, que, apesar de estar em outra dimensão, tem um acesso muito fácil: o portal.

— Você vai se encher de tarefas reais e nunca mais terá tempo pra gente.

— Claro que não! Além disso, vocês têm portais que são seus, sabem que podem me visitar sempre que quiserem! — falei, e ela concordou sutilmente com a cabeça. — Eu não queria decepcionar vocês, mas preciso fazer aquilo que quero e acredito ser o melhor.

— Você não nos decepcionou, filha — meu pai falou, com um tom resignado e colocou sua mão em cima da minha.

— Fale por você — disse mamãe de um jeito mais brincalhão e deu um tapinha no ombro dele. Agradeci pelo clima da conversa ter mudado.

— Se ela pudesse, amarraria vocês quatro no pé da mesa — ele brincou, e eu ri.

— A única coisa que eu quero é que nossa filha tome as melhores decisões pra ela e pare um pouquinho de pensar nos outros.

— Isso não é uma atitude de rainha. — Fiz graça. — Tenho que pensar no melhor para o coletivo.

— Ai, meu Deus! — Mamãe colocou a mão na testa, dramática. — Agora vou ser obrigada a ouvir isso.

Nós começamos a rir e eu olhei para os dois com carinho. Eles faziam parte do conjunto de pessoas que eu mais amava em todos os três mundos, não gostava de desapontá-los, mas sabia que aquilo era inevitável.

— Só quero que você seja feliz, Alisa. — Mamãe se levantou e passou a mão pelos meus cachos.

— De preferência, bem debaixo da barra da sua saia, né?

Ela sorriu, ambas sabíamos que era verdade.

***

Mundo mágico

Quando contei a Sol e Nina, elas receberam a notícia com mais entusiasmo. As duas concordaram que viver no mundo mágico era a melhor opção para mim.

— Então, em breve é você quem vai mandar no mundo mágico inteiro? — perguntou Sol enquanto pulava em meu colchão. — Ai. Meu. Deus! Sou a melhor amiga de uma futura rainha!

— Melhor amiga não, fofa — interveio Nina. — Segunda melhor amiga.

Sol caiu na cama, como as crianças fazem em cama elástica, e me encarou, aguardando uma resposta.

— Ah, vocês duas não vão começar com isso, né?

— Nem preciso que você responda. — Nina revirou os olhos, com ar de superioridade, e amassou os cachos para gerar o volume que tanto amava.

— Eu juro que queria *muito* ficar discutindo isso com vocês — falei irônica —, mas felizmente... quero dizer, infelizmente, tenho uma reunião com os ajudantes de governo agora.

– Ui, tá toda cheia de compromissos! Toda importante... – Sol levantou as mãos para zombar.

As duas deram risadas debochadas, e eu saí do quarto em direção à sala de reuniões, onde recebi alguns olhares recriminatórios pelo meu atraso, mas nenhuma crítica verbal.

– Hoje temos uma notícia boa, minha Alisa – contou meu pai quando me sentei.

– Sério? – Uau, aquilo era novidade.

Um homem ruivo apontou para um jornal em cima da mesa. Na capa, uma foto minha com o Príncipe Petros no jardim do castelo de Amerina. Não conseguia traduzir o que estava escrito na matéria, então, eu me voltei para os ajudantes de governo.

– Estão especulando que o Príncipe Petros vos corteja – comentou Vernésio.

– Mas isso é um jornal ou uma revista de fofoca? – perguntei rindo. – De toda forma, é mentira, não estamos juntos.

– Filha, tu sabes que em nosso mundo somos bastante discretos, nós não costumamos demonstrar afeto na frente das pessoas. – Ô, se eu sabia! Nem mesmo em casamento rolava beijo em público! – Então, mesmo que o jornalista não tenha visto os dois agindo como um casal propriamente dito, ele supôs, pois estáveis juntos num encontro casual no jardim. E tu deves concordar: a fotografia foi muito bem tirada para que todos achassem isso.

Minha mãe apontou para o braço de Petros, que passava pelas minhas costas e tocava meu ombro.

– Eu tava assustada com a câmera fotográfica, nunca tinha visto aquilo, parecia uma arma!

– Para o povo só importa o que a fotografia mostra – disse Vernésio.

– Tá, e o que tem de boa notícia nisso?

– As pessoas estão radiantes! Estão dizendo que, ao lado de alguém do mundo glorioso, vós poderíeis aprender a nossa cultura mais rapidamente e estaríeis mais apta ao ofício do governo com um rei natural daqui, em vez de...

Em vez de um rei do outro mundo, como Dan, por exemplo. Ele não precisou completar para eu saber o que queria dizer.

– Já estão me casando com o Príncipe Petros por causa dessa foto?!

– É como se a fotografia tivesse despertado esse desejo na população... – Uma moça palpitou.

– Eu ainda não entendo por que isso é uma boa notícia... Estão felizes com uma informação falsa, quando souberem que não estamos juntos, tudo vai por água abaixo...

Vernésio trocou olhares com meus pais, e eu fiquei sem entender. Eles me escondiam algo.

– Convoquei essa reunião, pois essa reportagem fez com que uma ideia surgisse... – ele começou a falar cheio de dedos. Sabia que não viria coisa boa. – Pensei que... talvez vós pudésseis simular um envolvimento com o Príncipe Petros.

– Você quer que eu minta pro povo e finja que tô namorando o Príncipe Petros?

– Isso faria com que os Doronel perdessem força. Tudo de que precisamos é atrair a população para o lado dos Guilever novamente, *printese*.

Avaliei a expressão dos meus pais. Eles já sabiam daquela ideia? Haviam concordado com ela?

– Tu não precisas mentir, Alisa. – Minha mãe tentou suavizar, mostrando que já sabia do plano. – Tu podes apenas passar mais tempo com o Príncipe Petros e permitir que fotografem. Deixa que o povo especule.

— Eles vão querer saber, vão me perguntar! — falei um pouco exaltada.

— *Printese*, estamos tentando encontrar soluções para a crise que os Doronel querem instaurar. No momento, essa foi a oportunidade mais viável que apareceu... — a mulher voltou a falar. — Assim que tivermos uma nova estratégia, vós podeis parar com a farsa.

Passei as duas mãos pelo cabelo e comecei a refletir. Eu seria capaz de entrar naquele teatro? Quão disposta a fazer com que a população gostasse de mim e me aceitasse como futura rainha eu estava?

— Tudo bem... — concordei sem muito entusiasmo. — Se por agora essa parece ser a única solução para manter a coroa longe dos Doronel, eu aceito.

A mesa explodiu em palmas, e eu suspirei. Minha mãe, a única que não parecia tão contente como os outros, passou a mão em meu braço.

— Governar exige muito de nós. Em vários sentidos, minha Alisa. Tu estás começando a lidar com isso, outras situações virão, querida... — Ótimo consolo, mãe, muito obrigada! — Mas sei que aprenderás a tomar decisões sábias como agora.

Saí da sala pensando em como chegaria para o Príncipe Petros e diria: "Oi, tudo bem? Quer ser meu namorado de mentira?". Meus pais e os ajudantes se ofereceram para conversar com ele, mas é claro que não aceitei. Eu mesma teria que fazer isso se quisesse tornar tudo menos estranho — como se fosse possível.

Fui até a cozinha em busca de algo para comer. Estava começando a descontar meu nervosismo em comida —

o que era péssimo – e, como não era hora de nenhuma das refeições, pedir socorro a Quena era a minha única solução. Ela semicerrou os olhos e pensou um pouco antes de preparar um *hirej*, um sanduíche típico do reino de Ásina que fizera muito sucesso para o meu paladar. Aproveitei e pedi um para Sol e outro para Nina, que também haviam gostado.

– Meninas, me amem – falei assim que entrei no meu quarto e entreguei a elas os sanduíches.

– Você é a melhor! – Sol bateu palmas.

– Eu sei.

– Como foi a reunião? – quis saber Nina depois de dar uma mordida em seu *hirej*.

– Foi péssima... Vocês acreditam que um jornalista publicou uma foto minha com o Príncipe Petros e agora o mundo glorioso acha que estamos namorando?

– Que foto é essa, Jesus? – indagou Nina, rindo. – Vocês estavam se agarrando, dando um beijo...?

– A gente não tava fazendo *nada*! O máximo era a mão de Petros, que estava no meu ombro. Eu tinha me assustado com a máquina fotográfica, e ele tentou me acalmar. Vocês precisam ver, a máquina parece uma arma!

– E eles pensam que estão juntos por causa de uma mão no ombro? Duvido! – Sol deu dois tapinhas na cama. – Quero ver essa foto, aposto que vocês estão se olhando de um jeito romântico...

– Não viaja, Sol, não tem nada disso. Minha cara tá bem estranha porque eu tava assustada, e nós nem nos olhávamos! Acontece que aqui as pessoas não têm o costume de demonstrar afeto em público, então, pelo simples fato de estarmos juntos "casualmente", o povo já supôs isso. Mas o pior ainda está por vir: tá todo mundo megafeliz com o nosso "relacionamento", acham que com uma pessoa do mundo glorioso eu serei capaz de aprender a cultura daqui. E pior: estão adorando que o futuro rei será de Amerina e não do mundo "comum", como falam. O ajudante de governo quase disse: o povo amou a troca do Dan pelo Príncipe Petros.

– Peraí, uma foto fez com que todo mundo acreditasse que você e Petros vão se casar? – Nina finalmente deu a devida importância ao assunto.

– Exato!

– Que exagero!

– Gente, acorda – disse Sol. – Vocês nunca leram uma revista de fofoca, não? Nunca viram o que esse povo inventa pra atrair leitor? A Lisa é uma celebridade aqui, eles vão aproveitar qualquer coisa, inclusive falsas especulações. E você disse que o povo ficou feliz, não foi? Então aproveita! Ultimamente só sai coisa ruim sobre você. Pelo menos a sua imagem foi usada pra algo positivo dessa vez.

– O problema é que os ajudantes de governo querem se apegar a isso. Eles deram a ideia de eu fingir um relacionamento com o Príncipe Petros, daí as pessoas me aceitariam como futura rainha e a coroa estaria protegida com os Guilever.

– Meu Deus, você vai entrar em um jogo político! – Sol colocou a mão na boca.

– Não faça eu me sentir mais suja, Sofia – pedi. – Minha mãe disse que não preciso dizer com todas as letras que estamos juntos, basta passar mais tempo com ele e deixar que tirem fotos. Não tenho que confirmar nada.

– Realmente, o povo já mostrou que não precisa de muita coisa pra especular –comentou Nina.

– Por que o Príncipe Petros fez com que o povo mudasse de opinião em relação a você de repente? – questionou Sol.

— Porque eu não fui criada no mundo mágico, e ele, além de governar, seria capaz de me ensinar a cultura daqui. — Bufei impaciente. — O povo confia mais no Príncipe Petros do que em mim, e o fato de estarmos juntos faz com que passem a confiar mais em mim também.

— É como se viesse um estrangeiro querendo ser presidente do país. A gente não ia gostar tanto disso, seria estranho, a cultura seria diferente da nossa... mas ficaríamos mais tranquilos se ele governasse junto com alguém do Brasil. Seria menos grave — comparou Nina.

— Mas a Lisa não é estrangeira, ela nasceu aqui em Denentri e é parecida com a rainha mais importante deles! — argumentou Sol. — Acho que eles só estão sendo manipulados pelos jornais...

— Verdade, tem isso — concordou Nina.

— Enfim, se fingir o namoro é o jeito de defender a coroa da tal família Coronel...

— Doronel — corrigi Sol.

— Sim, Doronel. Mas se é o jeito, então acho que você deveria tentar.

— Além do mais, você não tá fazendo mal a ninguém e, mesmo que não esteja realmente namorando o Príncipe Petros, vai precisar passar tempo com ele pra fingir, logo vai aprender sobre a cultura. Aliás, você já tem aprendido bastante, daqui a pouco vão perceber seu avanço e um dia não vai mais precisar fingir nada, eles já vão te aceitar como rainha mesmo sem estar com ele — disse Nina, otimista.

— Ou você pode se apaixonar pelo príncipe e realmente se casar com ele — romantizou Sol. — Assim você esquece logo o Dan.

— Sol! — censurou Nina.

— O quê? — ela confrontou. — Nós três sabemos que ela ainda não superou.

– Isso não quer dizer que eu não esteja tentando – falei séria. – De qualquer forma, não vou usar o Príncipe Petros pra esquecer o Dan, isso seria injusto. Vou apenas deixar que tirem algumas fotos e fim de papo! Isso se ele topar a farsa...

– E quando você vai falar com ele? – perguntou Nina.

– Não sei... Não faço ideia de como começar esse assunto. Nós acabamos ficando amigos, mas não tenho toda essa intimidade com ele. Os ajudantes até se ofereceram pra conversar com Petros, mas acho que eu ia me sentir pior ainda se eles cuidassem disso.

– É verdade – concordou Sol. – Acho que você deveria ser franca, abrir o jogo. Conta dos Coronel...

– Doronel, Sol – ri ao corrigir minha amiga pela segunda vez.

– Isso, Doronel... – ela riu também.

– A Sol tem razão, Lisa – disse Nina. – Conta da ameaça dessa dinastia, fala que o povo gostou de ver vocês dois juntos e que os ajudantes de governo propuseram isso. Se deixar explícito que a ideia não é sua, talvez sinta menos vergonha.

– É, vou tentar...

– Por que não vai agora? Bom que você já tira esse peso logo. Se eu te conheço bem, vai ficar remoendo isso até a morte – sugeriu Nina.

– É, você me conhece bem.

– Ótimo, você vai lá e nós vamos embora, estamos aqui há tempo demais. Eu dei a desculpa de que tô na casa da Sol, e a Sol deu a desculpa de que tá na minha casa. Vai ser um problema se nossos pais cruzarem as informações.

Eu me despedi das minhas amigas e fui procurar meus pais para avisar que iria até o reino de Amerina, mas não precisei encontrá-los, pois, assim que saí do corredor dos quartos, Clarina me disse que o Príncipe Petros estava na sala de recepção, me aguardando. Afe, menos tempo para me preparar.

— Olá, Princesa Alisa — ele fez o gesto de cumprimento. — Desculpe-me aparecer sem avisar...

— Imagina!

— É que eu precisava dizer que não tenho nada a ver com o que foi publicado neste jornal — ele mostrou a foto. — Não disse nada ao jornalista, eles concluíram sozinhos estas mentiras.

— Eu sei, jamais passou pela minha cabeça que você teria dito algo a eles! — eu o tranquilizei. — Sei que apenas se aproveitaram da foto para especular... Pode ficar tranquilo, Príncipe Petros.

Ele sorriu, agradecido, e então ficamos sem nenhum assunto. Petros foi para me explicar que não tinha nada a ver com a matéria, eu acreditei nele. E agora? Ficaríamos que nem bobos olhando um para a cara do outro sem nada para falar? Que vergonha!

— Bem... então é isso... — ele estava sem graça como eu.

Eu precisava começar o assunto logo, senão nunca teria coragem. Tinha que aproveitar que Petros estava ali, na minha frente.

— Espera, preciso falar com você — disse de uma vez. Ele me olhou, curioso, e aguardou que eu continuasse. Não continuei.

— Sim? — Petros me instigou a falar.

Olhei ao redor para saber se havia alguém ali. Embora não tivesse, eu sabia que muitos funcionários do castelo passavam pela sala o tempo todo, de modo que chamei Petros para um lugar mais reservado, e ele me acompanhou com uma interrogação enorme no rosto.

— Bem... – comecei assim que fechei a porta.

Petros ficou um pouco desconfortável com a porta fechada, mas eu não poderia arriscar que ouvissem o que iríamos conversar. Precisava ser confidencial ou o plano iria por água abaixo.

— Essa matéria, mesmo sendo mentira, repercutiu de uma forma positiva... As pessoas agora acham que, por estarmos juntos, eu sou capaz de governar.

Petros balançou a cabeça, mostrando que já sabia do efeito que a matéria tinha causado. Ótimo, agora eu deveria ir direto ao ponto.

— Então os ajudantes de governo se reuniram ontem comigo e deram uma ideia... – parei por um momento. Eu seria capaz de falar aquilo?

— Qual ideia? – Ele estava curioso.

— Querem que a gente... finja um namoro pra espantar a ameaça da família Doronel – falei de uma vez só, antes que desistisse.

— O quê?

— Eu sei! É uma ideia horrível! Também acho! Mas é que se eu não falasse com você, eles falariam, então preferi que essa proposta viesse de mim. Não precisa aceitar, basta dizer que não quer. Desculpa ter te colocado nessa situação.

— Não, Princesa Alisa. – Petros balançou a cabeça como se eu tivesse interpretado errado sua reação. – É que eu não sei o que é um "namoro".

— Ah! Namoro é como um cortejo, eles querem que a gente simule um envolvimento amoroso – expliquei achando graça.

— Mas os ajudantes acham que adiantaria? – ele perguntou sem o menor sinal de choque. Petros não estava surpreso com a proposta?

– Eles pensam que as pessoas vão gostar mais de mim se eu estiver com alguém do mundo glorioso – falei de forma monótona. Como aquilo era ridículo! Eu queria que gostassem de mim pelo que sou, não por causa de um namoro.

– Não é que eles não gostem de ti, Princesa Alisa – disse Petros, percebendo que aquilo me afetava. – Tu sabes que há uma parcela de manipulação no que está acontecendo. Tu és uma pessoa incrível, e eu farei o que for preciso para manter a tua família com a coroa. O governo dos Guilever tem sido excelente desde a primeira geração e, se depender de mim, isso não vai mudar.

– Obrigada, Príncipe Petros.

– Ao teu dispor. – Ele não aguentou e fez uma reverência. Logo em seguida, deu aquele sorriso que mostrava todos os dentes de um jeito moleque. – Bom… já que nós iremos oficialmente nos cortejar… proponho que deixemos a porta aberta. Não é de bom-tom termos tanta privacidade assim…

Petros abriu a porta, parecendo mais tranquilo depois.

– Ai, vocês são tão antiquados… – brinquei. – Pelo menos não teremos que ficar aos beijos em público pra fazer todo mundo acreditar que você é meu namorado. Esse conservadorismo serve pra alguma coisa…

– Aos beijos? As pessoas do teu mundo ficam aos beijos em público?

– Sem o menor pudor.

– Queria um dia visitar esse lugar, me parece tão estranho…

– Posso te levar lá. Agora vamos passar bastante tempo juntos, não é, *namorado*?

De onde tinha tirado tanta ousadia, meu Jesus? Minutos antes eu morria de vergonha só de pensar em propor aquela

ideia insana, e agora eu já estava toda atiradinha a ponto de chamá-lo de namorado?
— Isso mesmo, *namorada* — ele entrou na brincadeira.
— Falei certo, né?
— Falou — respondi achando graça.

CAPÍTULO 22

Mundo mágico

— Procurar os jornalistas não é o mais indicado. Precisamos fazer com que acreditem que fomos pegos juntos de surpresa, como aconteceu naquele dia – argumentei.

Petros e eu refletíamos sobre as melhores estratégias para o plano. Desde o dia em que fiz a proposta, ele não parecia tão incomodado com a situação quanto eu. Pelo visto, o príncipe já estava habituado a essa vida de mentiras da realeza.

Tive a ideia de forjarmos um piquenique perto de onde meus pais fariam uma transmissão ao vivo; seria sobre o evento de esportes que aconteceria em Denentri nas próximas semanas. Eu não sabia muito bem sobre o evento, mas imaginei que fosse tipo as Olimpíadas. Também não existia piquenique no mundo mágico, então tive que explicar para Petros como funcionava.

— As pessoas comem no chão?! – ele perguntou alarmado.

— Sim, sobre uma toalha.

— Isso não é estranho?

— Não, é romântico nos filmes.

— Eu acho melhor colocarmos os alimentos em uma mesa de jardim...

— Tudo bem... Não quero alarmar o povo nem mostrar nenhum "despreparo cultural". — Petros percebeu meu tom brincalhão e rimos juntos.

Pedi ao pessoal da cozinha para preparar algumas coisinhas, e Quena ficou feliz quando expliquei o motivo. Tive o ímpeto de dizer que o encontro era apenas um teatro, mas segurei a minha língua. Fazer aquilo direito incluía manter segredo do pessoal do castelo também — por mais que eu não estivesse contente com isso...

— O que é, Clarina? — perguntei enquanto ela me ajudava a escolher um vestido apropriado. Eu a conhecia bem, se estivesse tudo normal, estaria falando sobre qualquer outro assunto. No entanto, minha cuidadora estava completamente calada, como se não quisesse deixar palavras escaparem.

— Por que combinaste um encontro com o Príncipe Petros bem no dia em que teus pais farão um pronunciamento? Haverá muitos jornalistas, é provável que farão ainda mais especulações sobre vós...

— Clarina... — O que eu iria responder? Mentir para ela seria tão difícil... — Preciso que guarde um segredo a sete chaves.

— Sete chaves? — ela estranhou.

— É uma expressão do meu mundo. Significa que não pode dizer isso a ninguém, nem à pessoa em quem você mais confia no universo!

— Estás me assustando, *printese*.

— Os ajudantes de governo querem que eu simule um cortejo com o Príncipe Petros — fui direta.

— Oh! — ela ficou surpresa. — E tu aceitaste?

— Não tive muita opção.

— Por que querem isso?

— Porque pensam que assim todo mundo vai gostar de mim.

— Pensando por esse lado... é uma boa ideia. Não que eu ache que tu precisas disso para ter aprovação. Sei que cedo ou tarde verão como tu és capaz. Mas simular o cortejo faz com que as coisas aconteçam mais rápido.

— Os jornais estavam me atacando muito... Acho que os ajudantes de governo viram que esperar não era uma boa opção.

— Não queria ver-te fazendo algo contra o teu desejo, *printese*. Mas parece que assim é como funciona com a família real...

— Todo mundo tem que fazer coisas que não quer às vezes... — dei de ombros, resignada; já estava mais acostumada à ideia.

— Tens razão — ela finalizou a conversa e me ofereceu um vestido azul-claro de cetim.

Fui até a área externa do castelo, onde Petros estava sentado à mesa, cercado de várias delícias da cozinha de Quena.

— Hmmm... isso parece bom — tentei soar natural. Aquela situação era um pouco embaraçosa, mas eu tinha fé de que me sairia bem.

Petros sorriu daquela forma encantadora. Ele usava uma calça preta formal demais para um piquenique e uma blusa vermelha com dois botões abertos — o que o deixava bem charmoso. Esperava uma bermuda e uma blusa mais descontraída, mas a verdade é que estávamos o mais casual que os cargos de príncipe e princesa permitiam — afinal, nós sairíamos nos jornais.

– Olá, namorada. – Ele se levantou de forma educada e fez o gesto de cumprimento.

– Olá, namorado – repeti a brincadeira.

Era uma glória não precisar trocar beijos para a simulação. Eu não sei se seria capaz de tanto.

– Ainda não passou nenhum jornalista por aqui – ele informou.

– Minha mãe disse que vão começar a chegar daqui a pouco.

Petros fez que sim com a cabeça e me convidou a sentar a seu lado.

– Permita-me elogiar teu vestido – ele falou sorrindo.

– Também gostei muito do seu traje – tentei ser simpática e comecei a rir internamente por ter usado a palavra "traje". Estava pegando aquele jeito pomposo de falar.

Ele sorriu com os olhos em forma de agradecimento e depois disso eu não sabia mais como agir. Não era a primeira vez que ficávamos um na companhia do outro, mas era a primeira vez que interpretávamos o papel de casal. Nenhum assunto vinha em minha mente, bem diferente do dia em que dançamos no salão. Tinha sido tão natural interagir com ele, tão espontâneo. Agora tudo parecia falso e armado demais, o que nos deixava travados.

– Já experimentou o *hirej* que Quena faz? É delicioso! – eu quebrei o gelo ao sentir o aroma da comida.

– Nunca comi um *hirej*, mas sempre ouço maravilhas... – ele estudou o sanduíche com curiosidade.

– Nunca? – Meu queixo caiu. – Talvez seja a comida mais gostosa do mundo mágico, quero dizer, do mundo glorioso.

– Hmmm, e tu já experimentaste toda a culinária de Amerina para dizer isso? – Petros usou um tom enciumado e semicerrou os olhos.

— Não toda... – Dei de ombros sorrindo. – Mas, do que já comi, nada ganha de *hirej*.

— O povo de Ásina ficaria orgulhoso por saber disso, porém creio que não seria de bom-tom mencionar tua preferência.

— Por quê?

— Os outros reinos poderiam ficar com ciúme.

— Tipo você? – Mordi os lábios provocativa e depois ri.

— Não há ciúme de minha parte – Petros colocou a mão em seu peito e abriu a boca, como se estivesse ofendido, mas o fato de estar segurando um sorriso entregava a brincadeira.

— Sei... Não lembro de você ter feito esse mesmo discurso quando escolhi usar um vestido vermelho na minha cerimônia.

— Porque fizeste uma boa escolha. É uma bela cor.

— Você sabe mesmo ser imparcial – falei irônica. – Vai experimentar ou não?

— É claro, deixaste-me curioso.

Esperei que Petros pegasse um sanduíche, mas ele não o fez. O príncipe olhou para o vinho que estava servido em uma taça e depois olhou para mim. Continuei sem entender qual era a dele, então peguei um *hirej* e o ofereci a ele.

— Pra você saber se é bom precisa comer – falei o óbvio.

— Hmmm... bem... – Ele pareceu um pouco envergonhado e, antes de pegar o sanduíche, olhou mais uma vez para a taça de vinho. – Tu precisas beber o vinho antes que eu me alimente.

Petros desviou os olhos, tímido, e assim eu me lembrei das aulas de cultura com a professora Zera, tinha um lance desses mesmo...

— Mas isso não é só com o rei ou a rainha da dinastia?

— No caso, como estamos em Denentri e tu és a futura rainha, e como tua mãe não está presente, devo esperar até que tomes um pouco do vinho – explicou Petros. – É descortês não aguardar que bebas.

– Tudo bem – eu concordei, pegando a taça. Beberiquei o conteúdo e por pouco não cuspi de volta, que gosto horrível!

– Está tudo bem, Princesa Alisa?

– Sim... hmmm... não tô acostumada a beber vinho. A beber, na verdade. Sou menor de idade no meu mundo, então ainda não posso tomar nada alcoólico.

– Compreendo – ele assentiu e finalmente experimentou o sanduíche.

Enquanto Petros avaliava o sabor da comida, eu pensei na questão cultural do vinho. Uma coisa era aprender nas aulas, outra bem diferente era ver acontecendo na prática. Talvez não me esquecesse mais desse detalhe agora que o vivenciara.

– Tens razão, é bastante apetitoso.

– Eu disse – falei sem modéstia.

– Mas creio que há pratos ainda melhores em meu reino.

– Então tô aguardando o convite do piquenique em Amerina pra você ter a chance de me impressionar.

– Pois bem, acertarei os detalhes com as cozinheiras e mando trazer informações para ti. – Ele falou num tom animado enquanto apontava para mim com um sorriso. Petros parecia uma criança que havia acabado de ser desafiada.

Fiquei grata pelo clima de timidez ter acabado e passei a curtir mais a companhia. Petros era legal e nosso papo não era forçado nem entediante, talvez não fosse tão difícil manter aquela farsa. Porém, no meio de uma conversa cheia de risadas e brincadeiras que estabelecemos depois do assunto "comida", fomos interrompidos pelo ataque dos fotógrafos e suas "armas". Sabia que estávamos ali por causa deles, mas tinha me distraído com o papo de Petros e me esquecido do motivo original do nosso piquenique.

– Vós vos cortejais? – Um jornalista perguntou com uma expressão triunfante.

Simulei a minha melhor cara de susto, e Petros se levantou e me ofereceu o braço, na intenção de me acompanhar até a área interna do castelo.

Assim que passei pela porta, comecei a rir da nossa cena de "fuga". Até parece! Se soubessem que estávamos lá apenas esperando por eles...

– Resta esperar para saber qual foto será a capa de amanhã... – falei.

– A pior, podes ter certeza – ele riu comigo.

– Obrigada por... por tudo isso – eu disse.

– Imagina, princesa. Estou ao seu dispor – Petros falou simpático e fez o gesto de "quero-te bem".

Imitei-o imediatamente, e ele sorriu para mim daquele jeito encantador.

CAPÍTULO 23

Mundo mágico

— E a festa da Iara, hein? — Sol puxou o assunto. Estávamos no meu quarto em Denentri; as duas tinham dormido comigo na noite anterior.

— Vai ser muito boa!

— Hmmm... — comentei sem muito interesse.

Iara assistia a algumas aulas comigo e era gente boa. Ela ia dar uma festa na casa do pai pra comemorar os 16 anos. O problema é que uma de suas melhores amigas era a Bruna, a nova namorada do Dan, e, como estava evitando contato, tinha decidido não ir.

— Ih, já até sei o que vai dizer. — Nina revirou os olhos. — Não tem dessa... você vai com a gente!

— Não me obriguem a ter esse encontro indesejado. Tudo o que eu menos quero é ver a felicidade do casalzinho mais insuportável do Ruit e a expressão de ódio do Dan quando me olha. Pelo amor de Deus, me deixem evitar mais sofrimento. Eu tô me saindo tão bem tentando esquecê-lo!

— Ô, amiga... — Nina falou com uma cara entristecida. Ela queria contra-argumentar, mas não sabia como.

— Não é evitando que você vai superar, Lisa. Você precisa encarar e mudar aquilo que sente sempre quando vê o Dan — olhei para Sol, desconfiada. Ela tinha tirado aquilo de um livro de autoajuda?

— Ai, gente, fugir parece tão mais agradável.

— E outra: a casa é enorme, você não vai ser obrigada a ficar no mesmo ambiente que os dois o tempo todo — argumentou Sol.

— Vamos nos divertir, Lisa! — Nina tentou seu tom mais persuasivo. — Diz que vai, amiga! Você precisa de coisas animadoras na sua vida! E vamos dançar a noite inteira!

— Quem disse que eu não tenho coisas animadoras na minha vida? Eu tô adorando essa minha temporada em Denentri.

— Mas precisa adorar ficar no outro mundo também, senão você não volta nunca mais. — Sol fez drama.

Fui convencida pelo argumento sem sentido de Sol. Eu queria dançar numa festa típica do outro mundo; os bailes reais não eram tão animados assim. E também não poderia deixar o Dan influenciar a minha vida social.

***

Mundo normal

Mamãe logo permitiu que eu dormisse na casa da Nina e fosse à festa, mas segurou meu queixo antes de falar:

— Escuta aqui, mocinha, não quero a senhorita se sentindo mal pelo Dan e a nova namorada. — *Até a minha mãe?* — Escolhe a roupa que você mais ama, passa a maquiagem do jeito que gosta e só sai da casa da Nina quando estiver se sentido *a* poderosa.

Mamãe jogou os ombros para trás, levantou o nariz e desfilou pelo meu quarto na intenção de me mostrar como eu deveria fazer.

— Você é linda e especial, filha, não é um garoto que vai te derrubar. Aproveita e beija muito. — Ela piscou, e eu ri. — O que foi? É sério! Faz quanto tempo desde o último beijo que deu?

Eu não queria nem pensar no meu último beijo, tinha sido naquela sacanagem do Caio, e eu precisava muito esquecer o episódio.

— Eu só quero beijar uma única pessoa, mãe...

— Epa, epa, epa! Alerta melancolia! Nada disso, Alisa, supera esse menino! Você ainda vai conhecer muita gente na sua vida! E por falar nisso... — Minha mãe fez uma cara insinuante — E o príncipe que tá fingindo ser seu namorado? Não rolou nem um beijinho?

— Não.

— Que namoro mais caído, desse jeito ninguém vai acreditar!

— Eles não precisam de tanto pra acreditar. Acham que estamos namorando pelo simples fato de sairmos juntos, é engraçado até.

— Ah, mas você pode aproveitar e acabar namorando de verdade, não?

— Não — respondi. Que mania de querer me empurrar! — Eu não gosto dele.

— Tá, tudo bem, não é só um namorado que pode fazer alguém feliz. Então vai, dança muito, curte e depois me conta como foi — ela falou antes de pegar a chave do carro para me levar à casa da Nina.

Segui o conselho da minha mãe e escolhi o vestido que eu mais amava. A maquiagem deixei por conta da Nina; sabia fazer o básico, mas ela era *expert*. Para o cabelo, segui as dicas dela. Nina passava bastante creme para definir os cachos, mas, assim que o cabelo começava a secar, ela abaixava a cabeça, colocava os dedos no couro cabeludo e balançava o cabelo para gerar volume. Ficava lindo nela e, como eu estava no "projeto volume", balancei bastante o meu cabelo também.

Olhei no espelho e curti muito a imagem que vi. Em Denentri, a maquiagem costumava ser mais leve e os vestidos sempre longos demais. Ali eu usava uma sombra preta esfumaçada, rímel, delineador, lápis de olho, além de um batom bem vermelho e um pouco de *blush*. Meu vestido era acima do joelho, sem manga (mas não tomara que caia), preto, com flores de renda até a cintura e uma saia mais rodada. O cabelo estava bem alto, cheio de cachos e jogado para o lado direito. Eu estava insegura por sair com ele tão volumoso, mas precisava confessar que tinha gostado muito.

— Acho que vocês fizeram um bom trabalho — falei para as minhas amigas. Nós três estávamos gatíssimas (e sem um pingo de modéstia).

— Agora eu é que tô com medo de ficar sozinha! Vocês duas solteiras podem muito bem dar um perdido... — falou Nina.

— A garota mais simpática e querida do Ruit com medo de ficar sozinha... — Revirei os olhos de brincadeira.

O pai da Nina disse que estava pronto para nos levar, então fomos em direção ao carro. O caminho era bem curto, Nina morava perto do pai da Iara. Assim que estacionamos o carro já era possível ouvir o som bem alto vindo da casa.

Meu coração palpitou quando me lembrei de quem eu encontraria na festa, mas fiz um esforço espetacular para não deixar que aquilo me atingisse.

A decoração estava incrível e havia comida e bebida espalhadas por todos os cantos. O primeiro andar tinha uma piscina enorme com várias luzes refletidas e um jardim lindo. Tinha uma churrasqueira no canto e diversos salgados e petiscos sendo servidos no balcão ao lado. Uma escada nos levava a um terraço coberto, onde ficava a pista de dança, globos de luz e o DJ.

– Que chique! – comentou Nina, surpresa. – Se é assim aqui fora, imagina dentro da casa!

– Eu era uma das melhores amigas da Iara quando éramos mais novas e já vi por dentro. É deslumbrante! – contou Sol.

– É engraçado e estranho ao mesmo tempo lembrar que a Sol não é nossa amiga desde sempre, não é, Nina? – comentei.

– Aham! E isso só aconteceu porque ela se meteu em alguma confusão com a colega de quarto dela no oitavo ano... – Nina deixou a frase no ar.

Nosso sonho era saber o que havia acontecido dois anos atrás que fez com que o Ruit resolvesse colocar a Sol no nosso dormitório.

– Você nunca vai contar o que aconteceu? – instiguei a loirinha.

– Já disse que foi só uma coisa boba de oitavo ano! – respondeu Sol um pouco nervosa.

Como se não bastasse esconder o motivo, ela também ficava estranha toda vez que tocávamos no assunto. Nossa curiosidade só aumentava. Nina e eu trocamos um olhar desconfiado, mas não insistimos.

— Que bom que vocês vieram! — Iara veio nos abraçar e cortou o assunto de vez. Ela estava bem bonita em um vestido azul.

— Parabéns! — nós três falamos juntas enquanto entregávamos os presentes.

— Obrigada! Fiquem bem à vontade, viu? Os garçons estão servindo tudo, mas podem pedir ali na cozinha, caso queiram alguma coisa. Espero que gostem da festa!

Quando estávamos indo para uma mesa, passamos por Dan e Bruna, que se abraçavam carinhosos. Não consegui me mover ou tirar os olhos deles, apenas fiquei estática, sentindo cada parte do meu corpo reagir àquela cena. Meu coração perdeu alguns compassos e minha garganta ardeu de ciúme, enquanto a respiração se tornava mais rápida e o estômago doía de nervoso.

Que ódio! Era eu que deveria receber aquele beijo no pescoço, escutar sabe-se lá o quê ao pé do ouvido e sorrir feliz, tocar aquele cabelo bagunçado lindo e, principalmente: eu era quem deveria beijar aqueles lábios macios e convidativos.

Mas era com ela que Dan estava.

Passar tanto tempo em Denentri e deixar de vê-los foi uma maneira muito eficaz de enganar a minha cabeça. Com todas as preocupações da realeza, meu namoro falso e as aulas extras, tive a impressão de que estava próxima do sucesso, que rapidamente Dan faria parte de um passado que não me incomodava mais. No entanto, bastou vê-lo para entender que ainda precisaria de muito esforço para conseguir. Eu ainda o amava com todo o meu coração e me doía amargamente ser obrigada a confessar aquilo, mesmo que mentalmente. Eu me esforcei para engolir o choro que ameaçava surgir e cerrei o punho inconscientemente ao tentar me segurar. Quando ele me viu, seus olhos passearam do meu pé até a minha cabeça, e Dan não conseguiu esconder o deslumbre – é, eu estava bonita. Pelo menos isso.

Mas assim que nossos olhares se cruzaram, sua expressão de sempre, aquela cheia de ódio, voltou, e eu desviei. Não era obrigada àquilo.

– Ignora, amiga – pediu Nina. – Quer dançar? Vamos dançar!

Concordei tentando me contagiar com a empolgação de Nina. Eu tinha ido àquela festa para me divertir e era isso que faria. Mesmo percebendo que meus sentimentos em relação a Dan não haviam mudado tanto, eu não tinha aceitado o fracasso, apenas descoberto que precisaria lutar mais. Fiz o esforço de não deixar aquilo me abalar, e assim nós três fomos para o meio da pista e dançamos como se não houvesse amanhã. No início, meu olhar caiu no casalzinho algumas vezes, mas fui diminuindo a frequência até conseguir me esquecer dos dois. Fechei os olhos, concentrando-me na batida da música, e deixei meu corpo seguir o ritmo.

– Obrigada por me convencerem a vir! – gritei para as duas, já que a música estava bem alta.

– Eu sabia que valeria a pena! – respondeu Nina.

Ela tinha razão. Fazia tempo que não me divertia tanto dançando, e essa era uma das coisas que eu mais amava fazer – ao nosso modo, devo enfatizar. O estilo de dançar de Denentri era muito formal. Não sei quanto tempo passei ali. Estava me sentindo tão bem comigo mesma que mal percebia as músicas sendo trocadas. Só aterrissei quando um garoto se aproximou e começou a dançar comigo. Ele era alto, negro e tinha o cabelo cheio de cachos. Era bem bonito.

Minhas amigas piscaram para mim e depois voltei minha atenção ao garoto. Ele estava nitidamente dando em cima de mim, mas eu não tinha a mínima habilidade para flertar, então, não soube o que fazer. Trocamos algumas palavras e descobri que seu nome era João Vítor e que era primo da Iara. João, como ele me incentivara a chamá-lo, disse que eu era bonita e que estava me observando dançar havia algum tempo. Ai, Jesus, em que situação eu estava! Mas também, né, quem mandou ser uma tonta quando se trata de interação social?

Continuamos dançando por algum tempo até que o João se aproximou para me beijar. Ele me encarou por alguns segundos, como se estivesse pedindo permissão para seguir em frente, e então eu coloquei as mãos em volta do pescoço dele e o beijei. Não tive uma explosão de sentimentos do mesmo jeito que acontecia quando beijava o Dan, mas consegui me divertir e tirar o Caio do posto de "último beijo". Dançamos e ficamos o resto da festa, e eu nem me lembrei da minha clássica política de só ficar com quem eu gosto. O importante é que eu estava me divertindo e ponto-final.

Dan não estava curtindo muito a cena, mas quer saber? Que bom! Lógico que eu não ficara com o João para fazer ciúme para ele, mas tinha gostado muito de finalmente mostrar para o Dan que a minha fila também andava e que eu já o tinha superado — mesmo que não fosse verdade.

— Meu Deus, o que eu fiz? — perguntei chocada para as minhas amigas quando nos encontramos no banheiro. — Gosto de um menino, estou oficialmente namorando outro e fico com o primeiro que me aparece e que, no caso, não é nenhum dos dois anteriores.

— Assanhada! Eu vou tirar uma foto e vender pros jornais de Denentri! — zombou Sol. — Brincadeira, amiga, você não fez nada de errado. Na verdade, você só tá se divertindo, tá mais do que certa!

– Além de que na vida real, fora dos jornais, você tá solteiríssima! – disse Nina.

– Quebrei a minha regra de não ficar com desconhecidos – lembrei.

– Aprende com a Katharine Hepburn, fofa: "se você obedece a todas as regras, acaba perdendo toda a diversão" – Nina citou a atriz que tanto adorava. – Agora bora voltar pra pista e dançar pelo menos mais umas vinte músicas.

– Você é impossível! – falei, e a minha amiga me soprou um beijo.

No fim, as duas tinham razão, não tinha crime nenhum em aproveitar a vida. Então criei uma nova regra: ser feliz.

CAPÍTULO 24

Mundo mágico

— Aaah!!! – gritei quando uma pedra atravessou a janela e caiu no chão do meu quarto.

— Calma, *Printese* Alisa! É só uma *preni* – disse Clarina com naturalidade e foi pegar o objeto.

— O que é isso?

— As *prenis* sempre levam e trazem recados para alguém.

— E como funciona? – perguntei sem entender aquela pedrinha marrom.

— Se ela não se abriu quando tu a tocaste, então é uma *preni* particular. Tu deves estar sozinha para receber o recado. Com a tua licença – ela disse antes de sair do quarto.

Quando Clarina fechou a porta, surgiu um holograma do Príncipe Petros bem na minha frente. Fiquei em estado de choque enquanto a imagem falava.

"Ei, namorada, estás bem?", perguntou Petros com aquele sorrisinho simpático. "Hoje vão acontecer umas filmagens com os atletas que representarão Amerina naquele evento esportivo, estás lembrada? O que achas de passearmos por perto? Assim pode acontecer de 'acidentalmente' sermos pegos juntos", ele deu uma gargalhada gostosa. "Convido-te também para almoçar aqui no castelo antes de irmos ao local, aproveito para apresentar-te um pouco da culinária de Amerina. O que me dizes? Ficarei esperando por tua resposta!", Petros fez o sinal de despedida e sua imagem sumiu.

Precisei de dois segundos para entender tudo o que havia acontecido. Que jeito legal eles tinham de se comunicar! Uma vez minha mãe comentou que enviaria um recado para os reis de Áfrila, mas não citou como aquilo acontecia. Era fantástico!

– Clarina! – chamei, e ela abriu a porta rapidamente. – Que bizarro isso!

– Bizarro? – Ela se mostrou preocupada. – Quem te mandou a *preni*? O que há de bizarro?

– Não, Clarina... É só uma expressão. Quer dizer que achei superlegal!

– Ah, sim – ela disse aliviada. – Tu queres responder? Posso mandar buscar uma *preni*.

– Sim, e preciso da sua ajuda. Não sei como gravo um recado.

– Dá-me um minuto, já retorno – falou Clarina, e saiu do quarto mais uma vez.

Enquanto ela ia buscar uma *preni* para mim, reproduzi mais uma vez o recado do Príncipe Petros. Aquilo parecia cena de um filme de ficção científica! Eu me atentei melhor aos detalhes: Petros estava em pé e dava para ver todo o seu corpo, a mão esquerda estava no bolso de uma calça cinza enquanto a direita gesticulava harmoniosamente. Ele parecia ainda mais alto e, ao fundo, era possível ver a bandeira de Amerina, uma escrivaninha e alguns livros flutuando próximos à parede. Quando Clarina voltou, o holograma de Petros sumiu, e imaginei que era por causa do lance do "recado particular".

— Segura a *preni*, diz para quem deve ir o recado e se queres que seja confidencial — ela me instruiu. — E então fala o que desejas.

— Obrigada, Clarina.

— Vou me retirar para que tenhas privacidade.

— Não! Pode ficar aqui, você já sabe de tudo mesmo. O recado era do Príncipe Petros, ele tava me convidando pra um passeio no reino de Amerina.

— Hmmm... — Clarina não conseguiu evitar uma expressão sugestiva. — Tens estado muito com o príncipe nos últimos dias, sempre há um encontro...

— Não começa! — falei rindo. — Somos namorados de mentira, precisamos manter a pose. Aliás, sempre vamos a lugares cheios de fotógrafos e jornalistas, então são encontros teatrais.

— Tudo bem, se tu dizes... — ela falou sarcástica. No fundo, Clarina parecia torcer para aquele namoro sair da ficção e ir para o campo da realidade.

Gravei uma resposta positiva para Petros e, seguindo as ordens da minha cuidadora, mandei a pedra ir até o príncipe. Que engraçado era dar comandos a uma pedra!

Assim que cheguei ao castelo de Amerina, fui recebida com muita felicidade. Os funcionários só faltavam beijar os meus pés, e eu atribuí aquele carinho todo ao fato de estar "namorando" o príncipe do reino deles.

É, aquele plano estava mesmo funcionando.

— Fico feliz que tenhas aceitado meu convite, Princesa Alisa — disse Petros assim que surgiu na sala onde eu o esperava.

Achei graça no tom formal que ele havia usado por causa dos funcionários em volta e foi aí que percebi que nós dois havíamos criado certa intimidade longe dos olhares das pessoas. Se estivéssemos sozinhos, ele chegaria com um sorriso debochado e diria "oi, namorada", sem nenhuma cerimônia.

— Eu jamais recusaria, Príncipe Petros — respondi cheia de etiquetas, porém, por dentro, me achando uma piada.

Uma das funcionárias deixou escapar um "que adoráveis" para sua colega ao lado e, embora eu tenha decidido fingir que não havia escutado, acabei soltando um riso baixo. Petros percebeu, mas manteve a pose.

— Antes de irmos ao salão de refeições para o almoço, gostaria de convidar-te a me acompanhar até a sala de reuniões. Preciso terminar de acertar alguns detalhes do nosso projeto para os idosos — ele disse, e eu estranhei. Pelo que me lembrava, já havíamos definido tudo.

— Claro, Petros — respondi, e ele arregalou os olhos. Fiquei sem entender.

— Queira me acompanhar, *Princesa* Alisa — Petros deu ênfase na palavra e imaginei que talvez estivesse jogando uma indireta.

Será que chamá-lo só pelo nome era íntimo demais? Mesmo que fosse, seria ótimo deixar escapar que tínhamos intimidade, dava mais credibilidade ao nosso "cortejo", não?

Petros me ofereceu o braço e seguimos até a sala de reuniões. Quando entramos, ele empurrou a porta, mas deixou uma fresta aberta. Ri daquilo.

— Então eu não posso te chamar de Petros?
— Isso mostra intimidade.
— E nós não temos intimidade?
— É porque, para todos os efeitos, nós nos cortejamos, Alisa — ele falou, provando que tínhamos, sim, intimidade para usar só o nome.

— Então! Para as pessoas temos ainda mais intimidade, não?

— Quando duas pessoas se cortejam, não podem mostrar isso em público.

— Calma, então não pode beijar, não pode abraçar e também não pode mostrar intimidade no jeito de falar?

— Não é que não pode... é que não é apropriado.

Semicerrei os olhos achando aquilo muito absurdo, e ele riu da minha cara de desentendida.

— Vê bem, se não nos cortejássemos oficialmente, não haveria tantos problemas, mas, como acham que nós somos um casal, então devemos ser cautelosos.

— Isso não faz o menor sentido! Perto das outras pessoas os casais devem demonstrar menos intimidade do que dois amigos, por exemplo?

— Sim — ele respondeu sem o menor estranhamento.

— Que cultura... diferente! — eu falei, para evitar o termo "estranha". — Todo mundo sabe que um namoro requer intimidade! Então por que fingir que não?

— É assim que funciona, principalmente para nós, que temos títulos reais — ele deu de ombros.

Apesar de ter estranhado aquilo, comecei a pensar em quantas coisas bizarras havia na cultura do outro mundo. No Brasil, arrotar é falta de educação, mas há lugares onde isso é bem-visto. Há países em que se comem coisas que eu acho bem nojentas, e imagino que muitos também devam estranhar a culinária brasileira... Cada lugar tem seus próprios hábitos culturais e, se eles tinham o costume de esconder a intimidade, o certo a fazer era seguir os hábitos deles e evitar mais matérias negativas sobre o meu "despreparo cultural".

— Bem, chamei-te aqui para dizer que minhas irmãs não sabem que este é um cortejo falso — explicou Petros. — Achei melhor não revelar, Glina é ainda muito novinha, e Sária poderia acabar contando a uma de suas cuidadoras...

— Tudo bem. Obrigada por avisar, *Príncipe* Petros — dei ênfase na palavra para fazer graça. Eu sabia que ele me instruíra a evitar intimidade somente em público, mas não pude resistir.

— Então vamos, *Princesa* Alisa? — ele me convidou rindo.

Na mesa estavam os reis e as duas princesinhas. Era curioso como elas eram a perfeita mistura dos pais. A rainha tinha a pele negra bem escura e os cabelos crespos, enquanto o rei era branco e tinha o cabelo liso. Sária e Glina eram negras de pele clara, misturando os tons dos pais, e tinham cabelos cacheados. Já Petros tinha puxado muito mais à mãe com sua pele escura e os cabelos crespos, mas alguns traços eram do pai, como os olhos cor de mel.

— Meus pais mandaram cumprimentos a vocês — falei depois de fazer o sinal de "olá" a todos.

— Que amável, repassa os nossos também — respondeu a rainha, simpática.

— Sim, é claro — disse o rei forçando um sorriso.

Havia algo estranho naquele homem, não saberia dizer o que exatamente, contudo ele me deixava intrigada. Tentei comer sem me dirigir a ele e mantendo a pose do namoro falso com as irmãs de Petros. Conversei qualquer assunto com a Princesa Sária para me distrair e me levantei rapidamente assim que Petros me convidou para o passeio que havia programado. Eu só queria sair de perto daquele homem.

***

Petros me levou ao andar de baixo do castelo e nós pegamos o que as pessoas desse mundo chamavam de *bariã*, o carro do mundo mágico. Era diferente do que eu estava acostumada, mas tinha a mesma função.

Aquele *bariã* de Petros só tinha dois lugares e parecia um disco voador pequeno e terrestre. Ele contou que havia *bariãs* de outros tamanhos e com mais lugares, só que ele gostava de passear sozinho pelo reino, então havia pedido uma versão compacta.

– Com quantos anos as pessoas podem dirigir? – eu quis saber.

– Assim que atingem a maioridade.

– Que legal! – falei animada. Eu adoraria poder dirigir aos 15 anos.

– Em seu mundo a maioridade é diferente, não é mesmo?

– No meu país é 18.

– O que é um país? – indagou Petros, e eu fiquei algum tempo pensando em como explicar.

O mundo mágico era como uma representação do planeta Terra – ou o contrário, ninguém sabe. Não havia continentes, e sim reinos, não havia países, e sim vilas. O problema é que tudo no mundo mágico era menor, não dava para dizer que o Brasil era como se fosse uma vila do reino de Amerina. Tentei explicar aquilo a Petros e fiquei sem saber se ele havia captado ou não, apesar de ter assentido.

– Aqui é o lago de Monteréula – ele apontou para a paisagem após um tempo. – Tem esse nome por causa de uma garota que gostava de vir todos os dias pentear os cabelos enquanto observava os peixes do lago. Um dia, ela sumiu misteriosamente, ninguém sabe o que aconteceu, e o lago recebeu seu nome.

– Que jeito triste de batizar um lago... – eu comentei.

– Mas ela tinha motivos para vir todos os dias, esse lugar é muito lindo!

Havia várias árvores coloridas em volta, e a água refletia a beleza ao redor.

– É mesmo.

– Você tem certeza de que algum *paparazzo* vai nos encontrar aqui?

– Algum o quê?

– Algum jornalista, fotógrafo – corrigi.

– Ah, sim, claro! Aquele caminho leva até o lugar onde os atletas estão. – Ele apontou para a estrada atrás de nós. – Então com certeza nos verão aqui.

– Isso tá tão engraçado! Não são os fotógrafos que correm atrás da gente, a gente é que corre atrás deles.

– E ainda fazemos parecer que são eles que nos encontram.

– Somos ótimos atores – eu falei, e Petros concordou. – Não que seja muito difícil simular um relacionamento aqui...

– Tu estranhas tanto o cortejo à moda do mundo glorioso, gostaria de saber como funcionam as coisas no mundo comum. Como os casais se cumprimentam, por exemplo?

– No meu país, pelo menos, eles se tocam; às vezes se abraçam e às vezes dão selinhos.

– Selinhos?

Refleti por um instante sobre como explicar a ele.

– Olha, vou te mostrar – falei colocando a mão em frente à boca de Petros e beijei as costas da minha mão, como se tivesse dado um selinho nele. – Isso é um selinho. Só que sem a mão, é claro. As bocas se juntam de verdade.

Petros não prestava mais atenção à minha explicação, seus olhos estavam arregalados e todo o seu corpo enrijecido.

– O que foi?

– Hmmm... não... nada...

– Você tá sem graça? – perguntei, e me arrependi. Se ele estava tímido, ficaria ainda mais depois da minha pergunta.

– É que... – Petros não conseguiu continuar.

– A gente não se beijou de verdade, eu coloquei a mão! – eu tentei me explicar. – Foi só pra mostrar o que é um selinho. Me desculpa por ter te deixado envergonhado.

– Tu és mesmo muito diferente – ele falou um pouco mais relaxado.

– Com "diferente" você quer dizer "esquisita"? – brinquei para aliviar o clima.

– Sim – ele respondeu rindo. – Mas não te ofendas, esquisita no sentido de engraçada.

– Se a gente estivesse fingindo que estava namorando no meu mundo, você não ia se sair bem.

– Por quê?

– Porque a gente ia precisar de bastante contato físico pra ser convincente. Tipo se beijar de verdade em público.

– Isso me parece insanidade!

– Cultura é mesmo uma coisa curiosa. Você acha umas coisas estranhas, e eu acho outras...

– O que mais tu estranhas aqui no mundo glorioso?

– O jeito de vocês falarem... Mas nisso eu sei que os estranhos somos nós. – *Como é que se explica o "você" pra alguém?* – Lá onde eu moro, a gente usa "você" pra falar com uma pessoa, como se fosse o tu, mas conjuga na terceira pessoa, que é "ele/ela".

– É verdade! Tu dizes: "você gosta", por exemplo, e a conjugação do verbo na segunda pessoa é "gostas".

– É que "você" veio de "vossa mercê". Faz sentido dizer: "vossa mercê gosta". Só que o pronome foi só diminuindo.

Virou "vossemecê", depois "vosmecê" e então "você". Mas hoje a gente ainda diminui mais usando "ocê" e "cê". Daqui a pouco a palavra some – falei rindo.

– Aprecio muito quando tu contas sobre o outro mundo... Tudo é tão diferente.

– Também gosto de aprender sobre vocês, só acho meio chato esses moralismos todos. Odeio usar vestidos tão longos, queria muito colocar um short! Seria uma ótima pedida para esse passeio, por exemplo.

– O que é um short?

– É como uma calça curta que bate aqui mais ou menos – falei mostrando o comprimento dos shorts.

– Parece ser um pouco... revelador.

– Mas são bem melhores.

– Se bem que roupas mais curtas seriam bem mais agradáveis num dia quente – ele falou como se aquilo tivesse passado pela sua cabeça pela primeira vez.

Fiquei imaginando como Petros seria mais feliz se usasse uma bermuda. As roupas dos homens do mundo mágico também não eram grandes coisas.

– Talvez tu possas influenciar o mundo glorioso com a tua cultura.

– É, quem sabe quan... – interrompi minha linha de raciocínio quando alguns fotógrafos começaram a passar e a nos fotografar.

– Vós confirmais o cortejo entre os dois? – um jornalista tentou.

– Vós estais sendo vistos juntos diversas vezes, há um envolvimento amoroso? – Outro quis saber.

– Príncipe Petros, tu abandonarás o trono de Amerina para se casar com a Princesa Alisa? – Um terceiro jornalista chegou para fazer a pergunta.

Mais uma vez, Petros e eu fugimos sem responder. Entramos no *bariã* e começamos a rir quando nos afastamos o suficiente.

– Por favor, que escolham uma foto legal! Tô cansada de me ver bizarra nas capas dos jornais!

– O que é isso, Alisa... tu és muito bela, tua imagem jamais se torna ruim.

– Você tá sendo gentil – disse. – E mentiroso.

– É claro que não! – ele me olhou de lado com uma expressão um pouco ofendida, e eu fiquei desconcertada com o elogio.

De volta ao castelo, o rei me convidou a passar o resto da tarde com eles, mas, como estava cismada com ele, eu me esquivei com uma desculpa qualquer e tratei de retornar logo a Denentri.

Assim que cheguei ao castelo, Clarina foi a primeira pessoa que encontrei.

– *Printese* Alisa! – Ela escancarou um sorriso ao me ver. – Como foi o passeio?

– Foi ótimo. – Fui sucinta, pois estávamos na sala, cercadas de funcionários.

– Fico feliz. Vossos pais foram agora mesmo ao templo para serem abençoados pelos deuses, não desejais acompanhá-los?

– Ah, é claro! Tô mesmo precisando de umas bênçãos – brinquei.

Fui até o templo e participei daquele ritual comum de Denentri em que todos devíamos colocar os nossos poderes em um *titoberu* antes de entrar. Segui as ações dos meus pais e dei uma piscadinha para a deusa de Denentri. Quem sabe ela não me ajudava a conquistar de vez o povo do mundo mágico?

CAPÍTULO 25

Mundo normal

— P alhaço! – mamãe gritou para a Bia, que fazia uma mímica na sala. – Não?

"*Papai Noel!!!!*", gritei mentalmente, pois não podia falar. Mímica era o nosso jogo preferido. O papai e o Bê eram de um time, e eu, a Bia e a mamãe éramos de outro. Só que, como tínhamos uma a mais, a cada rodada uma deveria ficar calada. Por isso, apesar de saber a resposta, só minha mãe podia falar.

— Não acredito que a Lisa sabe e você ainda não! – disse Bia, brava, ela odiava perder, principalmente porque o Bê ficava insuportável quando ganhava.

— Epa, epa, mímica tem que ser feita em silêncio! – falou papai.

— Ah, já sei! Papai Noel! – ela finalmente adivinhou.

— Isso, mãe! – Bia a abraçou contente e depois fez uma cara desafiadora para o Bê. Ri da cena. – As garotas dominam!

Em seguida, era a vez de papai, e rolei de rir de sua tentativa de fazer o Bê adivinhar "cambalhota". Na minha vez, fomos interrompidos pela campainha. Abri a porta e me assustei ao ver dois policiais.

– Pode chamar os donos da casa, por favor? – um deles pediu.

– Mãe! Pai! – chamei-os ainda assustada.

– Boa tarde, senhores. Estamos fazendo uma busca nesse bairro e temos autorização para entrar em todas as casas – a policial informou mostrando um papel.

– O quê? – Minha mãe se alarmou. – Não tem ninguém na minha casa!

– Por favor, senhora, é importante. Foi detectado há alguns meses poderes especiais sendo utilizados nessa região. Por questões burocráticas, houve uma demora pra sair a autorização de busca nas residências. O que vamos fazer é olhar a sua casa e conferir os atestados médicos de que todos os moradores pertencem ao mundo normal.

– Deixe-os entrar – disse meu pai, baixinho.

Mamãe abriu o portão, contrariada e com medo. Sabia que aqueles policiais procuravam por mim e fiquei aflita, mas me lembrei de que o meu exame fora falsificado quando fui adotada. Se eles fizessem apenas o que disseram que fariam, eu estaria a salvo.

Os policiais entraram e mamãe foi buscar a documentação. Enquanto isso, eles revistaram cada metro quadrado da nossa casa e depois conferiram os exames médicos.

– Obrigada por terem colaborado com a busca. É muito importante para o Norte se manter livre de rebeldes sulistas. Nós vamos encontrar quem quer que esteja nos perturbando – ela prometeu, tentando nos tranquilizar, sem fazer ideia de que essa fala só nos deixaria mais tensos. – Se essas buscas não funcionarem, encontraremos uma nova maneira.

A dupla saiu e minha mãe só relaxou quando fechou a porta de casa.

– Isso é por sua causa? – ela quis saber, e eu concordei com a cabeça.

– Eu usei os meus poderes aqui antes de saber que o Norte tinha tecnologia para identificar quando magia era utilizada.

– Isso existe?

– Sim… E o pior é que o Sul comprou essa tecnologia e também está à minha procura.

– Mas no Sul tem magia, ué! Por que estariam atrás de você se é natural terem poderes mágicos?

– Porque o meu poder não se parece com o deles, não é do mundo meio-mágico, é bem mais forte. Sou a pessoa mais poderosa do meu mundo, imagina o que os meus poderes significam pro Sul!

Mamãe segurou meu rosto com as duas mãos, apavorada.

– Filha! Você não tá protegida nem no Sul nem no Norte. Pelo amor de Deus, Alisa, você precisa tomar cuidado! Precisa ficar com… – ela parou quando percebeu o que estava prestes a dizer. – Precisa ficar com a sua família biológica. Só lá estará protegida das pessoas que estão atrás de você.

– A sua mãe tem razão, Lisa. – Papai entrou no assunto. – Talvez seja melhor você vir menos pra cá, até a poeira abaixar.

– Calma, gente! Ninguém vai fazer nada contra mim, eu sei me proteger, tem uma mestra me treinando – eu tentei tranquilizá-los. – Tudo vai ficar bem. A única coisa que eu peço a vocês é que tomem cuidado com o portal que eu criei pros dois! Ele não pode cair nas mãos de ninguém desse mundo, nem do Norte nem do Sul.

– É claro, filha – concordou papai.

– No mais, podem ficar tranquilos. Tudo vai ficar bem e não vão me encontrar.

Estava um tanto assustada; temia muito ser descoberta pelas duas regiões do Brasil. Mas, apesar disso, tentei sorrir e demonstrar uma segurança que eu não tinha.

Trio parada dura

Lisa
Vocês acreditam que tô sendo procurada no Norte também??

Nina Soares
Como assim?

Lisa
Policiais entraram na minha casa! Vasculharam tudo e pediram os exames que garantem que eu e os meus irmãos somos normais

Sol Voltolini
Que isso, amiga! E agora?

Lisa
Agora não sei, mas foram embora depois que minha mãe mostrou o meu exame falso

Nina Soares
Você precisa tomar ainda mais cuidado, não pode usar mesmo os seus poderes! Nem no Sul nem no Norte!

Lisa
É, eu sei

Sol Voltolini
Podemos falar de coisa boa? A lara disse que o João tá pedindo o seu número, Lisa!

Nina Soares
Hmmmmm...

Lisa
Zero chance pra ele, gente, foi mal

Sol Voltolini
Por quê??? Você não disse que ele é legal?

Lisa
Ele é legal, mas...

Sol Voltolini
Mas não é o Dan, já sei

Lisa
Sol, tá ficando chato você jogando verdades na minha cara o tempo inteiro!!!

Nina Soares
Por que você não sai com o João? Talvez seja mesmo bom pra você. Ele não tá apaixonado nem nada assim! E não é pecado se divertir, Lisa!

Lisa
Gente, eu mal tenho tempo pra administrar um namoro falso junto com as minhas tarefas de princesa! Vocês ainda querem que eu acrescente mais um garoto na história?

Sol Voltolini
Por falar em namoro falso, a quantas anda isso aí?

Lisa
Tá indo bem.
As pessoas estão acreditando, eu não tô precisando mentir e todo mundo me ama agora!

Nina Soares
Mas não rola nada entre vocês?

Lisa
Nadinha. Nós dois somos só amigos, de verdade.
E nem é só da minha parte,
Petros também não parece investir em mim.

Sol Voltolini
Tem certeza? Lá no mundo mágico as coisas funcionam de outro jeito... Às vezes ele tá super dando em cima e você, tonta, nem percebe

Lisa
Ai, não coloca minhocas na minha cabeça, Sol!!
Ele é só meu amigo!

Sol Voltolini
Você também dizia isso do Dan... kkkk

Lisa
☹

Sol Voltolini
É brincadeira!! Parei!!

Lisa
Eu sei que estão insistindo tanto nisso porque querem que eu supere logo o Dan, mas não fiquem preocupadas, sério! Essa temporada em Denentri tá sendo muito boa pra mim, eu tô bem! Agora parem com essa ideia de que preciso de um homem pra ser feliz!

Nina Soares
Tá bom, você tem razão! Então vamos sair!
Se existem duas pessoas de que você precisa pra ser feliz, essas pessoas somos eu e a Sol!

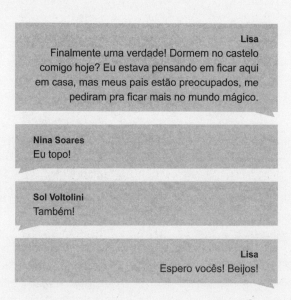

Ri mais uma vez do nome que a baranga da Sol tinha dado àquele grupo e me lembrei do outro que ela também havia nomeado. "Quinteto Fantástico" era o que continha nós cinco, mas desde que o Dan tinha terminado comigo, ninguém mais falava nada ali. Como as coisas podiam ter mudado tão rápido?

CAPÍTULO 26

Mundo mágico

— Alisa Guilever, isto é inaceitável! – minha mãe exclamou muito brava enquanto apontava para a capa de um jornal.

Meu queixo caiu com a foto estampada ali. Era do momento exato em que eu fingira dar um selinho no Príncipe Petros, mas o pior de tudo era que, pelo ângulo, não dava para ver a minha mão, parecia que estávamos mesmo nos beijando.

E a legenda era ainda mais terrível: "Princesa Alisa passa dos limites no lago Monteréula".

— Sua mentirosa! – gritou Sol. – Você disse ontem que eram só amigos!

— Como assim escondeu que tinha beijado o príncipe bonitão?

Não dei ouvido às duas, apenas encarei as feições indignadas da minha mãe. Ela nunca tinha me dado um sermão. Claro que levar bronca era algo péssimo, mas, apesar de saber que estava muito ferrada, encontrei espaço, lá no fundo, para ficar feliz com a situação. Eu havia conhecido a minha mãe biológica no início do ano, e todas as broncas que tinha levado na vida, até então, foram da Catarina e do Rodolfo, e às vezes da vovó Angelina. Era a primeira vez que Âmbrida usava sua autoridade de mãe para me corrigir. De certa forma isso mostrou que a nossa relação de mãe e filha já estava bem íntima a ponto de ela fazer o que as mães adoram: chamar o filho por nome e sobrenome para mostrar toda a sua indignação.

— Alisa, tu és a futura rainha de Denentri, esse tipo de comportamento é inadmissível. Sei bem que foste criada em outra cultura, mas pensei ter sido bem clara a respeito de demonstrações públicas de afeto! — Ela apontou para o jornal. — Olha o problema que tu criaste para a própria imagem! E pior: para a imagem da nossa família!

— Mãe, eu não tava beijando o Príncipe Petros — tentei argumentar, mas sabia que era em vão. Até eu era capaz de acreditar que estávamos nos beijando naquela foto. — Deixa eu me explicar, por favor. Nós estávamos conversando sobre diferenças culturais, e Petros me perguntou como os casais do meu mundo se cumprimentam. Então coloquei a mão de forma que sua boca fosse tampada e beijei as costas da minha própria mão. Foi super-rápido, e as nossas bocas nem se encostaram, eu juro.

— Tu precisas entender que a verdade não importa, Alisa, o que importa é o que a fotografia diz. E esta deixa bem claro que vós passastes dos limites em público.

— Desculpa, mãe, não foi a minha intenção.

— Quero que pares de fingir o cortejo com o Príncipe Petros — ela sentenciou.

— Pensei que isso estivesse ajudando — eu falei sem entender.

— Não mais! — Minha mãe encerrou o assunto e saiu da sala em que estávamos.

– Ai, como eu sou burra! – Enterrei meu rosto nas mãos e lamentei. – É claro que ia ter um fotógrafo escondido tirando o máximo de fotos possível!

– Um selinho é tão problemático assim? – quis saber Sol.

– Lembra que nem no casamento os noivos se beijaram? Calcula a reação do povo ao ver essa foto nos jornais!

– Nossa, amiga, em que confusão você se meteu – comentou Nina.

– Nem fala! Eu preciso ir em Amerina e pedir desculpas. Ai, coitado dele, deve tá morrendo de vergonha! Às vezes eu me esqueço de que aqui é o mundo mágico e de que têm outra cultura! Com essa coisa de fingir que estamos namorando, Petros e eu acabamos ficando amigos, então fiz uma encenação do que seria um selinho, achei que estaria tudo bem, mas ele ficou super sem graça na hora. Imagino que agora deve tá querendo se enterrar no primeiro buraco! Eu preciso ir lá!

– Sabe o que é pior? A reportagem não fala que foi você quem beijou o Príncipe Petros, que foi você quem tomou a iniciativa e, mesmo assim, o título da matéria é: "Princesa Alisa passa dos limites". Por que você é a única que passou dos limites se, tecnicamente, o beijo era correspondido? O mundo mágico é tão machista quanto o nosso? – problematizou Nina, e isso era a cara dela.

– É difícil dizer... Tá rolando uma tentativa de tomar o poder da minha família, então eles tentam ao máximo acabar com a minha imagem. Pode ser uma mistura de machismo e golpismo, mas pode ser só uma tentativa de derrubar os Guilever...

– Agora, se fosse uma situação similar no nosso mundo, a gente não teria dúvida nenhuma – comentou Nina. – Você seria xingada de tudo quanto é nome, falariam que você não "se deu valor", enquanto o povo usaria o famoso argumento "mas homem é assim mesmo, né?" pra livrar o cara. Sua foto ia rodar em todos os grupos, a internet faria várias piadinhas sobre você e quase nenhuma sobre ele, você teria que excluir suas redes sociais pra parar de receber ofensas e passaria a evitar sair de casa. Seria um clássico linchamento virtual. Quantas vezes a gente viu isso, né?

— Aqui não tem internet, mas tô imaginando o linchamento que o mundo glorioso tá querendo fazer comigo por causa dessa imagenzinha chata aqui... Preciso me desculpar com o Petros! A gente se vê mais tarde, tá?

— Ei, Lisa, espera! Por que você não usa seus poderes pra tirar a foto dos jornais?

A ideia era muito boa, mas, quando fui falar com a minha mãe, ela foi taxativa: "De forma alguma. Isso fere a liberdade de expressão". Não importava se a foto fazia parecer algo irreal, a fotografia em si não era falsa, então não havia nada que pudesse ser feito. Os conselheiros do governo fariam reuniões para decidir a melhor estratégia, e só restava me desculpar com Petros.

Deixei as minhas amigas no castelo e fui até Amerina para me encontrar com o príncipe. Quando cheguei à sala de visitas, os olhares dos funcionários não eram mais alegres como antes, ninguém ali parecia querer beijar os meus pés. Muito pelo contrário, eles tinham expressões cheias de julgamento e crítica.

— Por favor, me perdoa — pedi assim que Petros veio me receber. — Nunca tive a intenção de te prejudicar.

— Eu sei, Princesa Alisa — ele falou compreensivo.

— Ainda não sei o que estão falando sobre você por aí, mas imagino que não sejam coisas boas.

— Do jeito que falas, parece que apenas a minha imagem foi difamada, quando, na verdade, os jornais estão aproveitando para mostrar que tu não serves para reinar – ele falou cheio de dedos. – É quase como se tivessem se esquecendo de que eu também estou na fotografia. Não houve um comentário sequer sobre a minha incapacidade de governo, e eu também sou um futuro rei. Eles apenas focam em ti, é inacreditável.

– Você sabe que eles querem a minha cabeça, né... Vão fazer de tudo pra conseguir.

– A sua cabeça? O que dizes, Princesa Alisa? Tens recebido ameaças?

– Não, não! É só uma expressão! Quero dizer que eles estão se esforçando muito pra destruir a minha imagem.

– Ah, sim...

– Enfim, Petr... Príncipe Petros, eu vim aqui para me desculpar e também para dizer que a minha mãe achou melhor a gente... – Olhei em volta na intenção de ver se alguém nos ouvia – parar de simular o cortejo. Eu sei que tava funcionando bem, mas estraguei muito as coisas. Além disso, acho melhor poupar a sua imagem.

– Imagina, Alisa – ele se aproximou e tocou a minha mão.

Achei estranho: a) ele ter me chamado apenas de Alisa ali na sala; b) seu toque físico; c) sua feição decepcionada com o que eu havia anunciado.

– Entendo que não tiveste a intenção de me prejudicar, não penses que estou chateado contigo, de maneira alguma! Também sei o que realmente aconteceu naquele lago, foi apenas uma brincadeira tua, os limites não foram ultrapassados como diz o jornal. Quero-te muito bem, Alisa – Petros fez aquele gesto típico. – E, confesso, nosso cortejo falso estava me agradando... Passar tempo contigo é prazeroso, tu és engraçada e amável, fico desapontado com a decisão da rainha.

Ai, meu Deus, será que Nina tinha razão? Será que Petros estava dando em cima de mim? E, se estivesse mesmo, o que eu deveria fazer? Pensando de maneira prática, namorá-lo de verdade seria ótimo para o futuro do mundo glorioso. De qualquer forma, eu seria pressionada a me casar quando assumisse. E fora que governar ao lado de alguém criado naquela cultura deixaria as pessoas felizes, além de tornar o meu trabalho mais fácil. Mas é lógico que o meu cérebro não deixaria nada de prático acontecer. Muito pelo contrário, ele cismava em me proibir de me envolver com qualquer garoto por causa de um motivo bem inconveniente: meu coração ainda era de Dan. Era irritante assumir isso, contudo, não conseguia mentir para mim mesma. Cinco meses haviam se passado, e eu continuava presa àquele garoto que lançava expressões cheias de fúria quando seus olhos caíam em mim.

E eu me sentia uma tonta por isso.

Por que eu não conseguia usar meu lado racional? Por que não conseguia seguir o que era melhor para mim? Por que eu ainda ficava pensando em como o motivo do fim do meu relacionamento tinha sido injusto? Só queria saber qual parte de "bola pra frente" meu cérebro não conseguiu compreender! E palmas para mim, eu tinha conseguido acabar com dois relacionamentos em apenas cinco meses. Devia ser algum tipo de recorde.

Em relação a Petros, decidi ser simpática e me despedi dizendo que poderíamos continuar sendo amigos como antes, mas longe de máquinas fotográficas, é claro. Eu realmente queria manter sua amizade, só que havia ficado um pouco cismada com o jeito como ele havia me tratado. Se Petros gostava de mim, eu não poderia ficar alimentando algo e dando esperanças a um sentimento que eu sabia que não seria correspondido.

Será que a história estava se repetindo, afinal?

CAPÍTULO 27

Mundo mágico

Não havia Natal no mundo mágico, mas eles tinham uma festa religiosa na passagem do ano. A professora Zera me ensinou o significado e como eu deveria agir no ritual que contava com todas as famílias reais.

Assim, foi fácil me dividir nas festas de fim de ano. No Natal, fiquei com minha família normal; no Ano-Novo, com minha família mágica, o que me fez perceber que, em relação às comemorações, viver entre três mundos não me daria tanto trabalho. Até uma data de aniversário diferente para cada família eu tinha!

O "escândalo" do lago Monteréula havia acontecido no final de dezembro, e eu passei janeiro inteiro tentando refazer a minha imagem de boa menina. Os ajudantes de governo escreveram uma nota sobre as minhas diferenças culturais que não serviu de muita coisa, eu comecei a frequentar mais eventos e a estar mais presente naquelas cerimônias que recebiam a população no castelo. Nesses momentos, eu tinha uma ideia bem nítida do quanto o povo me desprezava.

As pessoas me lançavam olhares zangados e não faziam a menor questão de ser simpáticas comigo.

– Pobre Rainha Âmbrida, não merecia uma vergonha assim. Olha bem para suas feições, é evidente a humilhação que está passando pelo que a Princesa Alisa fez. – Um homem comentou com sua esposa sem perceber que eu estava perto.

– E nós também não merecemos uma desonra dessas, meu marido! A Princesa Alisa não teve um pingo de pudor, imagina o que será de nós se formos um dia governados por ela! Pelos deuses!

Eu me afastei para não escutar mais o que aquele casal dizia, mas não adiantou muito; sempre haveria alguém para me atacar de alguma forma. Em meio a tanto ódio, uma menina mais ou menos da minha idade foi capaz de dizer algo que me fizesse bem:

– Vossa Alteza – ela falou se curvando duas vezes. A garota era um pouco desajeitada e isso a tornava engraçada e fofa. – Vim aqui para dizer-vos que não vos deixeis abalar pelo que o povo diz. Vejo em vossos olhos que sois uma pessoa boa e comprometida. Eu confio em vós e sei que sereis uma excelente rainha.

A menina falava rápido, parecia bastante nervosa por estar conversando comigo.

– Obrigada, de coração. Faz tempo que não ouço palavras positivas assim. Tá todo mundo meio desacreditado – respondi emocionada, ela não fazia ideia do quanto eu precisava daquilo.

– Por favor, não abandonai o trono, princesa. As pessoas darão valor ao vosso governo quando assumirdes, eles só estão sendo manipulados. Vós sois semelhante à Rainha Andora, vossas diferenças culturais não podem fazer com que se esqueçam disso! Ainda tereis muitos anos para aprender nossa cultura antes de governar, e eu sei que tudo dará certo! – ela sorriu.

– Obrigada! – Tive o ímpeto de abraçá-la, mas me lembrei de que aqui as pessoas não costumavam fazer isso. – Qual o seu nome?

– Tess. Quero dizer, é Tessa. Tess é só o meu apelido. Mas podeis me chamar como quiserdes. – A menina atropelou as palavras.

– Obrigada pelo carinho, Tess, foi muito importante ouvir isso. – Dei uma piscadinha, e ela fez aquele sinal de "quero-te bem".

A garota falando aquilo com tanta certeza e admiração me fez ignorar os olhares tortos e as frases ofensivas que recebi das outras pessoas. Ter alguém de fora que confiava em mim deixou um sorriso em minha boca pelo resto do dia. Eu não desistiria do trono – mesmo que o mundo glorioso inteiro desejasse isso.

Ao meu lado, o rosto da minha mãe mostrava o que o casal havia notado: a humilhação. Queria tanto ter uma ideia genial para resolver a situação, mas tudo em que conseguia pensar envolvia magia – e minha mãe havia deixado bem claro que não podíamos interferir na liberdade de expressão do mundo glorioso.

– Eu sei que já falei isso mais de mil vezes, mas me perdoem – implorei aos meus pais quando a cerimônia acabou. – Não fazia ideia de que uma coisa tão boba fosse resultar nesse problemão.

– Tu erraste e de modo algum posso tirar a responsabilidade de ti. – Minha mãe disse séria.

Esse episódio da foto me fez perceber que Âmbrida e Honócio podiam ir de extremamente doces a absurdamente rígidos. Hora nenhuma passaram a mão em minha cabeça ou tentaram aliviar o meu lado, muito pelo contrário, eles constantemente me faziam perceber o tamanho da minha responsabilidade e como era importante manter uma reputação impecável. Confesso que queria que tivessem me dado colo no lugar de sermão, uma vez que eu já estava sendo atacada o suficiente, porém entendi que esse era o papel dos dois, afinal estavam me criando não para ser uma pessoa comum, mas para assumir um trono e governar um mundo inteiro.

— No entanto, sou obrigada a reconhecer que todos somos passíveis de falhas. O que diferencia as pessoas é a forma de corrigi-las. Sei que não tens passado os melhores momentos de tua vida agora, no entanto, continuas firme no teu propósito de te tornar uma rainha exemplar, ainda que isso signifique ter que ouvir falas desagradáveis e receber olhares inconvenientes.

— Além de muito, *muito* ódio — eu completei, e ela sorriu sem mostrar os dentes enquanto assentia levemente.

— Sim. Eu bem sei que tem sido difícil e tu tens conquistado ainda mais a minha admiração por tua coragem, querida.

— De fato, minha Alisa, reconhecemos teu esforço — concordou meu pai.

— É bom ouvir "querida" e "minha Alisa", isso demonstra que o lado doce de vocês tá começando a dominar o rigoroso — eu brinquei, e eles riram.

— Repreender-te é nossa obrigação como reis, mas também somos teus pais e por isso estamos aqui para dar suporte. — Meu pai passou o braço ao redor de mim e beijou o alto da minha cabeça. — Não penses em momento algum que estamos contra ti. A correção também é uma forma de demonstrar amor.

— Então não há dúvidas de que vocês me amam *muito* — zombei.

– Nunca houve. – Minha mãe colocou a mão no coração, e eu repeti o gesto.

– Eu também amo vocês – falei sincera. – Sinto muito mesmo por tê-los desapontado. E podem deixar que farei o possível e o impossível para reparar o meu erro. Serei mais uma governante Guilever exemplar.

– Não tenho a menor dúvida disso – disse minha mãe.

– Tampouco tenho eu – concordou meu pai.

Os dois falavam com tanta certeza no olhar, no tom, na postura, que abri um sorriso enorme. Eles confiavam em mim e isso era um combustível e tanto.

– Gostarias de dançar um pouco comigo, com teu pai e com tua irmã? – Âmbrida sugeriu de repente. – Sei que tuas aulas recomeçarão depois de amanhã e por isso voltarás a morar em teu colégio, então, que tal uma despedida? Creio que vamos nos divertir bastante juntos!

– O convite já estava aceito antes mesmo de você propor! – Fiquei alegre com a ideia. – Aproveitar os últimos momentos com vocês é o que eu mais quero.

– Aconselho-te a escolher uma roupa mais confortável – ela orientou, olhando para o vestido que eu usava, mais formal por causa da cerimônia.

– Certo! E a gente se encontra no salão? – perguntei eufórica. Aquilo certamente animaria a noite.

– Em dez minutos. – Minha mãe concordou com a cabeça e tocou meu rosto carinhosamente.

– Levo Blenda pra se trocar também – eu avisei. – Vamos trocar de roupa pra depois ficarmos com papai e mamãe no salão, pequena? Você gosta de dançar, não é?

– Pois eu adoro! – Ela bateu palmas com elegância.

– Vamos ver quem chega primeiro? – instiguei-a. Ela arregalou os olhos e abriu a boca, mostrando toda a satisfação.

Saímos em disparada para o quarto da minha irmã, ignorando os olhares assustados de alguns funcionários pelo caminho. Talvez aquela conduta não fosse esperada de duas princesas, mas não liguei. O importante era ouvir a gargalhada gostosa da princesinha.

– Qual roupa você quer? – Abri o armário para lhe dar opções, e Blenda escolheu um vestido verde. O tecido era leve e a roupa não era pomposa. Parecia ideal.

– Acho que você fez uma boa escolha pra minha despedida, parece confortável.

O rostinho de Blenda mudou completamente. O sorriso que se espalhava por toda a face murchou e a pequena uniu as sobrancelhas, assumindo uma expressão triste.

– O que foi? Não quer mais esse?

– Tu vais partir?

Meu coração se comprimiu quando entendi o que havia deixado Blenda triste. Agachei-me de frente para ela e coloquei as mãos em suas bochechas.

– Vou continuar vindo todos os dias, não fique triste.

– Mas não morarás mais no castelo?

– Tenho que voltar pro meu colégio, minhas aulas vão começar.

– Se tens professores e uma mestra por que vais ao colégio?

– Porque também preciso aprender as coisas do outro mundo.

– Eu não gostaria que tu fosses. Sentirei tua falta, Alisa. – Ela fez um biquinho, e talvez um soco doesse menos do que aquilo.

– Ô, princesinha... – Abri os braços para ela e esperei que se aproximasse. – Estarei aqui sempre, não precisa ficar assim. E quando tiver férias de novo, voltarei pra cá correndo.

Deitada em meu ombro, ela assentiu delicadamente. Então eu a afastei para beijar suas bochechas gostosas.

– Então vamos? Acho que dançar vai te reanimar!

– Tudo bem...

Ajudei Blenda a trocar o vestido e depois fomos até o meu quarto para que eu fizesse o mesmo. O semblante da minha irmãzinha continuava exibindo tristeza, e eu faria qualquer coisa para mudar aquela situação, inclusive deixá-la ganhar outra corrida. Um sorriso renasceu em seu rostinho, já era um começo.

No salão, minha mãe anunciou que nos ensinaria os passos da música tradicional da família Guilever. Primeiro ela e meu pai nos mostraram como era, e Blenda já tinha uma leve noção do que fazer. A coreografia era bem elaborada e, como tudo era novo para mim, talvez ficássemos a noite inteira até que eu aprendesse a dançar.

– Não me olhes assim tão assustada. – Minha mãe riu. – Rapidamente assimilarás os movimentos.

– Não sei se posso concordar. – Eu ri.

– Vamos, minha Alisa, nos acompanhe – disse meu pai antes de a música recomeçar.

Blenda pegou a primeira sequência de passos antes de mim, e eu precisei de mais algumas tentativas até conseguir fazer os movimentos em conjunto. O esforço foi recompensado quando dançamos o início da música de frente para o espelho e a perfeita harmonia me emocionou. A dança era o símbolo da relação que havíamos construído nesses últimos meses. Seria difícil reduzir a frequência no castelo como era antes. Eu já amava Âmbrida, Honócio e Blenda com todo o meu coração.

– Estás chorando, minha princesa? – Minha mãe tocou meu rosto e depois me puxou para um abraço.

— Talvez — respondi tímida.

— Creio que estás, sim! — Blenda apontou para mim, como se estivesse me entregando.

— Tô feliz por esse momento. No início do ano passado, quando cheguei aqui e descobri toda a verdade, fiquei muito assustada e, se pudesse, provavelmente teria fugido de vocês. — Meus pais riram comigo. — Achei que não tivesse espaço no meu coração para amar mais uma mãe, um pai e uma irmã, mas estava redondamente enganada.

Minha voz falhou na última palavra, e respirei fundo enquanto enxugava as lágrimas.

— Ver a nossa união com essa dança foi muito simbólico pra mim, porque, embora eu tenha ficado treze anos distante, agora sinto que aqui também é o meu lugar.

— Minha Alisa, tu não sabes o quanto me alegra ouvir isso — minha mãe falou sem conseguir evitar a emoção também. — Pensei que tu precisarias de anos para se sentir da família, principalmente porque, como disseste, no início teu maior desejo era fugir. No entanto, tu te mostraste disposta a te relacionar conosco e a aprender nossa cultura. Sei que estás no caminho certo, querida, pois evoluíste muito nos últimos meses, o que me deixa muito orgulhosa.

— Não há nada que apague da memória os treze anos longe de ti, mas temos unido nossos laços cada vez mais forte — completou meu pai, também se deixando levar pela emoção.

— Eu sinto isso também, pai. Vocês me ensinaram muita coisa. Sério, não fazem ideia do quanto quero seguir o exemplo de vocês quando me tornar rainha. Se eu tiver metade da competência que têm, estarei feliz.

Eles trocaram um olhar emocionado e Blenda abraçou a minha perna. Passei os dedos pelos cabelos da minha irmãzinha e sorri.

– Obrigada. – Coloquei a mão no coração e depois abracei minha família.

– Voltemos a dançar? – pediu Blenda. – Não estávamos chorando enquanto dançávamos...

– Tens razão, minha princesinha! Alisa não sumirá novamente. Na verdade, continuará frequentando o castelo todos os dias, logo, não há por que chorarmos, não é mesmo? – Âmbrida passou os dedos pelo rosto, decidida a transmitir segurança para minha irmã, mas ambas sabíamos que toda aquela emoção era menos pela volta ao Ruit e mais pela alegria que a nossa união representava.

– Dancemos, então! – Meu pai ergueu os braços abrindo um sorriso e fez com que a música voltasse a tocar.

Não sei por quanto tempo ficamos ali, porém, medindo pela quantidade de passos errados, esbarrões, beijos, abraços e gargalhadas, posso apostar que foram várias (e felizes) horas.

CAPÍTULO 28

Mundo mágico

No dia seguinte, meu primeiro pensamento foi que em breve minha vida entre três mundos voltaria a todo vapor. A ansiedade me tomou, principalmente ao me lembrar da chegada da vovó. Ela guardava um segredo importante, eu podia sentir isso. O que será que esteve fazendo no último ano? O que era tão importante a ponto de ela precisar ficar longe da gente por tanto tempo?

Outra coisa que me deixava ansiosa era voltar a viver no mesmo ambiente que o Dan. Com certeza eu daria um jeito de não frequentar nenhuma aula com ele; de qualquer forma, sabia que, querendo ou não, esbarraria com o "casal vinte" pelos corredores do Ruit. Que saco! Pensei que a temporada em Denentri me desintoxicaria daquele garoto, mas pelo visto não. Minha tristeza também não vinha exclusivamente por causa do fim do nosso relacionamento. Dan e eu fomos melhores amigos por nove anos, poxa! Não era só o meu namorado que fazia falta, o meu amigo também. E andar pelo colégio sabendo que ele me odiava e que não era capaz de confiar na minha palavra era de partir o coração.

– O que há, *printese*? – Clarina se aproximou quando viu a expressão entristecida em meu rosto.

– O que a gente faz quando racionalmente sabe o que é melhor pra si mesma, mas não consegue se livrar de sentimentos ruins?

– Tu falas do que está acontecendo aqui no reino ou sobre o garoto do outro mundo?

– Sobre o Dan... Eu queria tanto me libertar da falta que sinto dele, Clarina!

– Escuta, *printese*, nem sempre a vida parece justa e boa para nós, mas é preciso encará-la acreditando que tudo melhorará. Nada dura para sempre, nem mesmo o sofrimento. Às vezes isso pode servir para fortalecer a relação dos dois.

– Não existe possibilidade de o Dan voltar a falar comigo, você precisa ver o jeito como ele me olha.

– Tu não sabes o dia de amanhã, *printese*. Tu pensas de acordo com os fatos atuais, mas nada sabes sobre o futuro. Além disso, por mais que não haja reconciliação, tu não sofrerás desse modo eternamente. Sei que aprenderás a deixar o ocorrido no passado e voltarás a abrir teu coração para novas pessoas. Quero que sejas muito feliz. – Ela sorriu e fez aquele gesto de "quero-te bem".

– Obrigada, Clarina. – Repeti o gesto e sorri.

Um sino, que funcionava como uma campainha, tocou em meu quarto, e Clarina foi até a porta para abrir.

– Há uma visita para a Princesa Alisa. – Um funcionário do castelo avisou.

– Pede que aguarde um momento, por favor – respondeu minha cuidadora, e a porta se fechou.

Então Clarina se virou para mim, avaliou meu rosto e falou com um ar preocupado:

— Se não quiseres ir, posso pedir que a visita volte mais tarde.

— Não, tudo bem. Odeio deixar alguém me esperando — falei, me recompondo e já seguindo para o salão de visitas.

— Oi, ex-namorada. — Petros ficou em pé e brincou quando entrei na sala em que ele me esperava.

— Oi, ex-namorado. — Sorri com sua presença, eu sentia a falta dele.

— Vim para saber como estás — ele falou, dócil. — Imagino que a questão da fotografia ainda te entristeça.

— É, eu tô sendo crucificada pelo mundo glorioso inteiro.

— Sinto muito por ter te levado ao lago.

— O quê? Não! De jeito nenhum! Fui eu que te beijei, lembra?

— Não foi um beijo… — ele falou com um sorriso torto no rosto.

— Não é o que a foto mostra.

— Tu vais superar este momento, Alisa, vais reconquistar teu povo. Daqui a algum tempo ninguém mais se importará com a fotografia, pois todos verão como és capaz.

— Obrigada. Só espero que isso não demore muito porque agora tá bem difícil.

— Gostaria de convidar-te para um passeio, porém sei que não podemos ser vistos juntos… — Petros colocou as mãos no bolso e uniu as sobrancelhas, revelando uma expressão triste.

— A gente pode fazer um lanche no jardim, o que acha? Não tem fotógrafo nenhum por aqui hoje.

– Ter a tua companhia é sempre muito prazeroso, jamais recusaria o convite. – Petros tombou a cabeça um pouco para a direita em um gesto cortês e sorriu.

– Então vamos!

Eu também achava a companhia de Petros agradável, ele me divertia com o seu senso de humor e com as diferenças culturais, além de me ensinar muito sobre o mundo glorioso.

– Soube que não passarás mais tanto tempo em nosso mundo... – Ele puxou o assunto enquanto íamos em direção ao banco do jardim.

– É que as minhas aulas vão recomeçar amanhã, então, eu preciso voltar a morar no meu colégio. Mas vou continuar vindo aqui todos os dias do mesmo jeito, ainda tenho muita coisa pra aprender.

– Imagino como deve ser complicado viver entre duas famílias e um colégio.

– É bastante. O mais difícil é atender às expectativas de todos. Sinto que muitas vezes acabo falhando, embora tente ao máximo acertar. Não quero deixar ninguém chateado e com isso acabo me chateando.

– Estás vivendo sob muita pressão – ele falou compreensivo. – Mas pensa: tu abririas mão de alguma parte da tua vida tripla? Gostarias de abandonar qualquer um dos mundos?

– Jamais – respondi sincera.

– Então tu fazes tudo isso mais porque queres do que pelos outros, senão já terias te livrado de algumas coisas...

– É verdade... – assenti sutilmente. Pensando bem, Petros tinha razão.

– De qualquer forma, espero que tudo se alivie para ti. – Ele se aproximou mais de mim e tocou o meu ombro. Com esse ato, meu coração gelou porque, graças à Sol, eu estava atenta a qualquer atitude do príncipe para tentar entender se ele realmente estava dando em cima de mim ou se estava sendo apenas legal. – Acredito que tu lidaste muito bem, apesar de achares que tua vida está uma bagunça.

– Você acha?

– Pensa bem: no ano passado tu descobriste algo de muita relevância e viste tua vida sofrer muitas modificações – ele começou, e eu concordei de imediato. Bota modificações nisso! – Apesar de tudo, tens te adaptado rapidamente à nossa cultura, à tua família, às tuas tarefas e responsabilidades... Talvez tenhas a impressão de não teres feito tantos avanços porque tens sofrido todos esses ataques dos jornais, contudo, posso garantir que, sem tal influência negativa, estarias comemorando neste momento.

– Meus pais disseram o mesmo, mas talvez todos estejam sendo legais só pra me dar apoio.

– De forma alguma, Alisa. – Ele ficou sério e negou com a cabeça. – Digo sinceramente.

– Então vou acreditar. Obrigada, Petros.

– Não por isso.

Seus olhos vagaram distantes e ficamos em silêncio por algum tempo. Fitei o chão e comecei a pensar no quanto os passeios com Petros me fariam falta. Sua voz de veludo e seu jeito calmo de conversar traziam um ar sereno, uma paz.

Um cheiro forte de *hirej* me alcançou quando uma brisa passou por mim, e sorri para Quena, que trazia uma bandeja com o meu sanduíche preferido e duas taças de vinho.

– Com licença, *Printese* Alisa, *Printese* Petros. – Quena nos reverenciou. – Fiz a refeição predileta da *printese*, mas se vós desejardes, posso preparar outro prato.

– Absolutamente – Petros negou, simpático. – Esse sanduíche fez sucesso com meu paladar.

— Fico grata por saber disso. — Quena sorriu lisonjeada e saiu depois de deixar a comida na mesa.

Minha boca se encheu d'água com aqueles sanduíches, mas, antes de atacá-los, me lembrei do lance do vinho. Eu deveria beber um pouco para que Petros pudesse se sentir confortável para comer comigo.

— Dessa vez eu não vou me esquecer — falei enquanto segurava a taça e dava um gole.

— Vês como evoluíste? — Petros também pegou a sua e a ergueu em minha direção, como se brindasse a mim.

— Aprender as questões culturais é bem mais simples na prática — falei.

— É uma lástima que em breve teus afazeres da vida tripla não permitirão mais nossos "piquetiques" educativos.

— Piqueniques — corrigi rindo. — E sim, é verdade.

— Mas creio que parte de ti se alegra por voltar a frequentar teu colégio, estou enganado?

— Não. Eu gosto muito de lá. Tudo bem que costumava gostar mais quando...

...quando o "quinteto fantástico" ainda era inseparável e Dan não lançava olhares cheios de ódio em minha direção, quando não era obrigada a vê-lo namorando outra garota pelos corredores do colégio, quando não estava sendo perseguida por sei-lá-quem que havia detectado minha magia...

— Quando as coisas eram um pouquinho diferentes — resumi sem querer alugar o ouvido de Petros com as minhas lamentações.

Ele estudou meu rosto por um tempo, parecia tentar se decidir se perguntava mais sobre o assunto ou não.

— Nada é eterno — disse Petros por fim, e seu tom demonstrava certo incômodo, mas não fui capaz de entender o motivo. — Tudo ficará bem, Alisa.

— Eu espero.

Petros olhou os sanduíches em cima da mesa e mudou de expressão.

— Não penses que me esqueci da promessa de apresentar-te a culinária de Amerina. Já almoçaste uma vez no castelo, mas ainda precisamos de um banquete completo com as nossas delícias. Em breve Quena passará a trazer novos pratos prediletos.

— Eu jamais me esqueceria de uma promessa que envolve comida.

A gargalhada dele me contagiou e, enquanto ríamos juntos, a brisa bateu mais uma vez, o que atrapalhou o meu cabelo. Petros tirou os cachos que deturpavam minha visão e os posicionou gentilmente atrás da minha orelha. Seu rosto, a poucos centímetros do meu, me fez soltar um riso nervoso, então sua mão escorregou um pouco para baixo e seus dedos tocaram o meu pescoço, enquanto o polegar acariciava minha bochecha.

Ele vai te beijar!!!!, meu cérebro gritou.

Ai, meu Deus, o que eu faço? Deixo que ele me beije ou recuo?

Várias perguntas dispararam em minha mente, e o fato de Petros estar bem próximo tornava muito difícil encontrar as respostas. Eu queria um beijo dele? Eu gostava dele? Já tinha superado o Dan pelo menos um pouquinho? Estava pronta para partir para outra? O que aconteceria depois que nos beijássemos? Agiríamos estranho? E se eu me arrependesse? E se...

Não tive tempo de bombardear mais perguntas. Uma funcionária do castelo passou ao nosso lado com um olhar de reprovação e, quando Petros também percebeu, tratou de se afastar.

— Perdoa-me, agi de maneira imprudente. — Ele olhou para baixo e ajeitou a gola da blusa com uma expressão desconfortável.

— Pelo menos não era nenhum fotógrafo, senão eu seria definitivamente expulsa do mundo glorioso e deserdada pela minha família — tentei usar um tom brincalhão, mas Petros não captou a piada na minha voz, ele permaneceu sério e seu constrangimento acabou me contagiando.

Desviei o olhar para a minha roupa e, segurando as bordas do meu vestido, ajeitei a saia mesmo sem nenhuma necessidade aparente. Petros se levantou de repente como se o banco estivesse pegando fogo e sua expressão era a mais sofrida do universo.

— Em momento nenhum tive a intenção de ofender-te, Princesa Alisa! Por favor, peço que me perdoes! — Ele gesticulou com as mãos de um jeito nervoso e falou tudo rápido demais.

De onde tinha vindo aquilo?!

— Ahn? — Franzi a testa e me levantei do banco também para encará-lo melhor. Por que Petros havia se exaltado tão de repente? — Olha só, tá tudo bem, não tinha ninguém aqui pra tirar uma foto nossa. Além do mais, não aconteceu *nada*, não tem por que eu estar ofendida.

Seu semblante se tornou confuso e Petros encarou a saia do meu vestido. Voltei o olhar para a mesma direção, tentando encontrar algo de errado em minha roupa.

— Ai, meu Deus, já entendi. — Tampei a boca com a mão e gargalhei alto.

O príncipe semicerrou os olhos e era provável que estivesse me achando uma esquisita. Voltei a me sentar no banco quando percebi que não conseguiria explicar para ele; a crise de riso era mais forte do que eu.

Compreendi a reação de Petros quando me lembrei do dia em que estava estudando as lições da professora Zera em uma das mesas da área externa do Ruit. Dan tentava estudar Física, mas, a todo momento eu o interrompia para contar alguma curiosidade da cultura do mundo mágico.

"*...se eu estiver conversando com alguém e segurar a saia do meu vestido com as duas mãos quer dizer que tô sendo ofendida pela pessoa ou que a conversa tá insuportável*", eu havia dito ao Dan.

"*Por quê?*", ele perguntara.

"*Sabe quando as mulheres levantam a saia do vestido pra subir ou descer as escadas? Às vezes também fazem isso quando estão só andando mesmo, pra não sujar o vestido... Então, se eu faço isso no meio de uma conversa, parece que tô me preparando pra sair de perto da pessoa...*"

Apesar de ter estudado aquilo, eu havia me esquecido totalmente, e esse foi o motivo da reação exagerada do príncipe.

— Não segurei a saia do vestido porque tava ofendida, fica tranquilo — expliquei quando consegui me controlar. — No meu mundo não tem isso, e aí acabei fazendo sem perceber.

Voltei a rir, mas dessa vez ele me acompanhou.

— Ah! — Petros suspirou agradecido e se sentou no banco outra vez.

— Tá aí outro hábito do mundo glorioso do qual não vou me esquecer — brinquei. — Você é bom pra ensinar, vou trocar a professora Zera por você! Tudo bem que a sua metodologia sempre envolve susto e confusão, mas, até agora, foi a mais eficiente.

— Gosto de como transformas situações embaraçosas com humor.

– Fala sério, você não acha engraçado quando esse tipo de coisa acontece? O susto que levou quando eu coloquei as mãos na saia do vestido foi impagável! Um olhando pro outro sem entender nada também foi ótimo...

– É, tens razão. – Petros deu o braço a torcer. – Choques culturais são cômicos.

Petros começou uma sequência de perguntas sobre o outro lado do portal, e eu tentava sanar todas as suas dúvidas. Era engraçado ver a mistura de abalo, curiosidade e estranhamento que seu rosto revelava, parecia até uma criança ouvindo uma história fantasiosa antes de dormir.

– Com licença, *Printese* Alisa. – Clarina se aproximou e interrompeu o momento em que eu contava a Petros sobre a divisão entre o Sul e o Norte no Brasil e nos outros países. – *Printese* Petros.

– Olá. – O príncipe fez o sinal de cumprimento quando ela o reverenciou.

– Está quase na hora de tua partida, *printese*, e tu me pediste para avisar – minha cuidadora disse séria, e eu a encarei sem entender. – Tu deves preparar tuas coisas e despedir-te de tua família.

Eu havia entendido errado ou Clarina estava me expulsando?

– Hmmm... – murmurei sem entender a intenção dela, mas sua expressão fechada me fez pensar que talvez houvesse algo que Clarina não quisesse falar na frente de Petros. – Obrigada por me avisar.

– Aproveitarei a deixa e regressarei a Amerina, Princesa Alisa – anunciou Petros com certo pesar. – Agradeço a companhia. Espero que tenhas aproveitado a estadia no mundo glorioso e que possamos fazer "piquetiques" mais vezes.

– Obrigada por tudo, de verdade. – Sorri e tive o ímpeto de abraçá-lo, mas me contive.

– Não há o que agradecer – ele falou sincero e fez uma mesura.

Acompanhei Clarina para dentro do castelo, e o príncipe se teletransportou.

– O que foi? – perguntei a ela.

– Uma funcionária passou pelo jardim, viu os dois numa situação íntima e foi logo fofocar com os outros. – Clarina colocou a mão na cintura e fez uma expressão incomodada. – Por isso decidi chamar-te, não gostaria de ver essa fofoca chegar aos ouvidos de teus pais.

– Situação íntima? – Achei graça. – É normal vocês aumentarem tudo aqui? Não é possível, estávamos conversando e lanchando apenas!

Clarina me advertiu com o olhar e se aproximou para dizer baixinho:

– Conta-me: *Printese* Petros iria te beijar ou não se a funcionária não tivesse passado? – Sua expressão continuava rígida e, pelo tom que Clarina usara, ela já sabia a resposta e não tinha gostado nem um pouco.

– É provável que sim – fui sincera.

– *Printese*! – Sua boca se abriu em um "o" surpreso. – Estimo-te muito, por isso gostaria de pedir mais prudência quando o assunto é a tua reputação.

– Obrigada por seu cuidado comigo, mas me conta uma coisa: como vocês namoram aqui? Na boa! Não pode beijar em público, não pode beijar no jardim, não tem beijo nunca?

Clarina corou um pouco, desfez a pose rígida e se permitiu rir.

– Tu dizes cada coisa... – Ela balançou a cabeça.

– E vocês têm cada uma...

CAPÍTULO 29

Mundo meio-mágico

— Um bom filho a casa torna... – disse Nina ao olhar para a placa que continha os dizeres "Bem-vindos de volta ao Colégio Ruit" em tons de azul e amarelo, as cores oficiais da escola.

— As férias passaram muito rápido – choramingou Sol. – Mas também tô feliz por voltar. Senti falta de ficar com vocês todos os dias.

— Que fofa! – Eu abracei a minha amiga. Também havia sentido.

Enquanto íamos em direção à ala feminina, Dan passou por nós. Ele estava diferente; o cabelo precisava de um corte urgente e aquele projeto de barba também merecia um trato. A pele marrom estava mais escura, ele devia ter passado parte das férias com os Krenak, o povo da família materna. Dan costumava ficar horas ouvindo histórias na beira do rio com seus parentes.

A única coisa que permanecia ali, tão horrível quanto antes, era o olhar de ódio quando eu entrava em seu campo de visão.

— Ouvi dizer que ele e a Bruna terminaram – fofocou Sol, ela sempre sabia de tudo.

— Quem disse isso? — perguntei interessada.

— Eu tenho minhas fontes... — A loirinha fez charme.

— Mas essas "fontes" são confiáveis?

— Totalmente.

— Lisa, não se encha de esperanças... — alertou Nina com uma expressão triste. — Desculpa ter que te dizer isso, mas...

— Não, eu sei, tá tudo bem. Não posso agir como se o término fosse fazer com que o Dan voltasse correndo pra mim. Ele ainda me odeia.

— Pensa pelo lado positivo, ele é o novo recordista agora — Sol tentou brincar. — Apesar de ter levado algumas semanas a mais pra acabar com dois relacionamentos, ele ganhou de você porque os dois eram reais.

— É verdade... — ri da minha amiga.

Depois de deixarmos as coisas no dormitório, fomos à secretaria tentar organizar nossos horários e marcar interesse nas aulas extras optativas. O colégio liberava o primeiro dia de aula para isso e para desfazer as malas e arrumar os dormitórios. Nina, Sol e eu conseguimos nos matricular juntas em várias turmas, o que foi ótimo. Deixamos uma janela na quinta-feira à tarde por causa do movimento negro e Nina também se planejou para continuar frequentando as aulas de futebol, uma de suas maiores paixões.

Quando as duas começaram a olhar as matérias optativas, fiquei mais de fora. Eu não queria me inscrever em nada que não fosse obrigatório para poder conseguir conciliar as aulas com meus compromissos no mundo mágico. O problema é que essa não era uma desculpa que eu poderia dar, então ficaria sem argumentos quando alguém do colégio me chamasse para "conversar sobre o meu futuro". O Ruit era bastante renomado e tradicional, todos sabiam que ali estavam os melhores alunos da região. Por isso, eles sempre incentivavam a gente a frequentar aulas extras optativas – assim estaríamos mais bem preparados para as provas das universidades. Como eu não me inscrevi em nada no ano passado e também não pretendia fazer isso naquele ano, já poderia esperar um puxão de orelha. Só desejava que ele não viesse da senhorita Guine, a supervisora insuportável.

– Lisa, como estão as coisas em Denentri? – quis saber Nina.

– Já não estavam boas, e agora que eu voltei pra cá, imagino que estejam piores...

– Eu não entendo isso! – comentou Sol. – Eles te amavam antes! Só sabiam falar que você era igual a Andora. Qual foi? O povo se esqueceu disso?

– Eles perceberam que eu fui criada em outro mundo, além de estarem sendo manipulados por uma família que tá ansiosa pra voltar ao poder.

– Como os jornais podem influenciar tanto as pessoas? – lamentou a loirinha.

– Não sei como o povo estaria reagindo às minhas gafes culturais sem a interferência dos Doronel, o que eu sei é que eles aumentam tudo e pintam uma imagem horrível de mim, como se eu não estivesse nem aí pro mundo mágico...

– Vocês precisam dar um jeito nisso.

– A gente tava dando... O namoro falso com o Príncipe Petros era muito útil. Enquanto se mostravam mais abertos em relação a mim, por causa do príncipe, eu mostrava que tinha competência para ser princesa e futura rainha. Fui a vários eventos, cuidei de projetos, só que, claro, fiz questão de estragar tudo e de deixar a situação ainda pior do que antes. Parece que o povo do mundo mágico não se esquece das coisas com facilidade...

– Calma, Lisa... – Nina afagou meu braço.

– Às vezes eu fico pensando que deveria ir de vez pro mundo mágico. Eu não sei como é o sistema educacional deles, porém a ideia seria terminar o Ensino Médio, ou qualquer outro nome que eles deem, numa escola de lá e me empenhar cem por cento do tempo em me tornar uma figura querida. Acho que me dividir tanto acaba interferindo na minha vida em cada mundo. No fim das contas, sou insuficiente pro Norte, proSul e pro mundo mágico... – desabafei. – Por outro lado, não sei se consigo abrir mão de qualquer parte da minha vida. Quando as coisas estão fervendo num lugar, eu tenho outros dois pra me acolher. E só me restam dois anos aqui no Sul. O certo seria eu ir pro primeiro mundo de uma vez, já que o diploma do Ruit não fará a menor diferença quando eu for rainha, mas... Eu moro aqui desde os 6 anos! A maior parte da minha vida foi nesse colégio, nesse mundo. Não quero perder os últimos anos com vocês.

– Também não quero que você vá. – Sol fez beicinho. – E só de você lembrar que nos restam apenas dois anos juntas, eu já sinto vontade de chorar.

– Credo, gente! Nada disso! Como assim? Nós passamos as férias grudadas! Quando a gente se formar, vamos continuar nos encontrando. Nós temos um portal só nosso, Sol, podemos ver a Lisa sempre, além de descolar banquetes deliciosos. – Nina piscou; as duas adoravam a culinária do mundo mágico tanto quanto eu. – Eu sei que não vai ser a mesma coisa e que vamos sentir falta de dividir o dormitório, mas, do jeito que vocês falam, parece trágico demais!

– É verdade, chega de conversa deprê. Vamos deixar o choro pra formatura – falei.

– Pelo menos vamos passar esse ano grudadinhas no dormitório e fora dele também! – Sol apontou para os nossos horários.

– Sim! Acho que nunca estivemos em tantas aulas juntas – comentei.

— Nós arrasamos! — Sol deu pulinhos.

— Vai dar até pra enjoar da cara de vocês duas. — Bufou Nina de brincadeira.

— Sol, vamos tirar essa chata das nossas turmas — brinquei.

— E do nosso dormitório. — Ela cruzou os braços.

— Infelizmente vocês vão ter que me aguentar — Nina ergueu os ombros e as sobrancelhas, como quem diz "não posso fazer nada". — Já era, já escolhemos as turmas, e também não podemos trocar de dormitório, lembram? Quero dizer, não sem um motivo forte.

Sol fez uma cara impaciente para a indireta de Nina.

— Qual é, Solzinha, a escola não ia permitir que você trocasse de dormitório por causa de "uma coisa boba de oitavo ano". Conta pra gente, vai?

— Tem três anos que convivemos com essa curiosidade, eu não aguento mais! — Uni as duas mãos e fiz a minha melhor cara de pidona.

— Vocês tão com fome? — ela desconversou descaradamente. — Vamos lanchar?

— Não sem antes nos contar o que aconteceu. — Nina segurou os braços dela e aguardou.

— Nós somos suas melhores amigas, por que você esconderia isso da gente?

Sol ficou quieta, olhou através do espaço que havia entre mim e Nina e se fixou em um ponto qualquer do final do corredor. Eu sabia que não estava olhando para nada em especial, a loirinha parecia se recordar de algo. Ela ficou alguns segundos concentrada e, por um momento, pensei que fosse nos contar tudo. Comecei a me lembrar das várias hipóteses que havia criado com a Nina, será que alguma delas estava correta? Mas quando os olhos de Sol se encheram de lágrimas e ela nos deu as costas de uma maneira brusca, fiquei sem reação.

— O que aconteceu? — eu cochichei enquanto observava Sol correr.

— Não faço ideia. — Nina parecia tão surpresa quanto eu. — Mas não vamos mais tocar nesse assunto.

— Nunca mais — concordei com ela.

***

Queria ter ido atrás da minha amiga para consolá-la e dizer que estava tudo bem, que a gente não iria mais se meter naquela história aparentemente traumática, no entanto, Nina me segurou.

— Você conhece a Sol, eu conheço a Sol. E ambas sabemos que ir atrás dela vai ser a pior coisa do mundo

— Mas Nina... — tentei argumentar, embora soubesse que minha amiga estava certa.

— Vamos arrumar nossas coisas e, se ela der abertura mais tarde, nós nos desculpamos.

Concordei e segui com a Nina até o nosso dormitório. Eu tinha plena certeza de que a loirinha não iria nos dar qualquer abertura, era a cara dela fingir que nada tinha acontecido. Qual seria o motivo daquilo? Eu não conseguia imaginar!

— Por que será que ela não confia na gente, Nina? — externei uma de minhas dúvidas.

— Ah, Lisa, é difícil dizer... Ao mesmo tempo que ela é faladeira, espontânea e extrovertida, a Sol é fechada e na dela, já reparou? Tem algo nessa história que faz com que ela não se sinta confortável em falar, pode não ter nada a ver com a gente... Só nos resta esperar até que ela esteja pronta.

— Tem razão — assenti e abri a porta do dormitório.

Nina foi direto para a frente do espelho conferir alguma coisa e pareceu insatisfeita com a própria imagem, então ela inclinou a cabeça para baixo e só aí entendi que começaria seu ritual. Toda vez que achava seu cabelo baixo demais, ela se colocava nessa posição e começava a passar os dedos pela raiz, na intenção de dar mais volume à cabeleira. Segui seu exemplo e dei uma batidinha nos meus cachos também, agora que eu me sentia muito mais segura em deixar meu volume natural.

— Ai, que preguiça... — reclamei quando meus olhos caíram na mala enorme ao lado da cama. Eu ainda precisava colocar tudo no armário.

— Isso que dá ter milhões de empregadas à sua disposição por tanto tempo. Você já tá mal-acostumada — ela implicou, e depois voltou a estimular seu cabelo.

— Sendo bem sincera? Você tem toda razão. — Minha amiga caiu na risada, ela não esperava que eu fosse concordar com o deboche. — Até pra escolher o que vou vestir Clarina se antecipa...

— Eu consigo visualizar essa cena... A Clarina é muito fofa. — Nina levantou a cabeça para conferir sua imagem mais uma vez, e o sorriso escancarado da minha amiga mostrou a força que aquele pequeno ritual dava para sua autoestima. Nina se sentia poderosa.

— Demais! Minha mãe acertou na mosca na hora de escolher minha cuidadora. Ela me ensina muito sobre o mundo mágico e me salva de poucas e boas também... Inclusive, nem contei, mas ontem ela teve que inventar uma desculpa pra me tirar de um piquenique com Petros porque uma das funcionárias foi fofocar pro povo do castelo, ela chegou contando que tinha me visto num "momento íntimo" com o príncipe, acredita nisso?

— Momento íntimo? — Os olhos de Nina se arregalaram, a boca se abriu em um sorriso e ela se sentou na cama para escutar a história.

— Tá, vou confessar, nós quase nos beijamos. — O queixo da Nina caiu, e eu não aguentei segurar o riso.

— Você é uma pessoa horrível, como não me contou isso antes?

— Aconteceu ontem, Nina, a notícia ainda tá fresca! — Ela olhou pra cima, como se tentasse decidir se estava mesmo fresca ou não.

— Tá, então conta direito.

— Petros me chamou pra um piquenique e foi meio que uma despedida, já que agora meu tempo vai ficar bem mais curto... Daí nós ficamos conversando, rindo, lanchando...

— Sei. — Nina deu um sorrisinho cúmplice.

— Até que pintou um clima, ele segurou o meu rosto e eu tive certeza de que iríamos nos beijar.

— E você queria?

— Não sei. — Fui sincera.

— E aí?

— E aí que a tal funcionária passou por nós, ele recuou se desculpando e ficou aquele clima pesado e sem graça, sabe? — Minha amiga concordou com a cabeça. — Depois tivemos um pequeno choque cultural e conseguimos fazer com que a conversa voltasse a fluir, até sermos interrompidos por Clarina.

Nina mordeu os lábios, pensando sobre o que eu havia contado, e depois deu seu veredito:

— Ele é fofo, eu apoio — ela piscou e se levantou da cama, indo em direção à mala. — Se você estiver pronta, é claro.

— Ainda preciso descobrir isso.

— Não tenha pressa. — Nina deu de ombros enquanto guardava umas blusas na gaveta.

Chequei as horas e fiz um cronograma mental das minhas tarefas do dia. Ainda precisava ir ao castelo para meu treino com a mestra Louína, terminar de organizar meu guarda-roupa, selecionar qual capa de caderno iria usar para cada matéria do Ruit e anotar minha rotina semanal na agenda.

Troquei algumas mensagens com a minha mãe Catarina — ela andava um pouquinho carente, já que eu tinha passado menos tempo em casa nos meses de férias – e então finalmente criei coragem para desfazer minha mala.

Quase uma hora depois, a loirinha surgiu e, como era de se esperar, suas feições não davam o menor indício do que havia acontecido.

– Vocês acreditam que finalmente vai sair o cinema do colégio? – Um sorriso se abriu em seu rosto, e eu olhei Nina de relance. – Não eram só boatos!

– Quem te falou? – Minha amiga quis saber.

– Eu tenho minhas fontes – Sol repetiu a frase de mais cedo e soprou um beijo.

– Como você descobre tanta coisa? – questionei.

Era incrível que uma pessoa tão desatenta quanto Sol fosse capaz de conseguir tanta informação. Quando queríamos saber alguma coisa, bastava procurar Sofia Voltolini; ela sempre estava a par de todas as fofocas.

– Vou ter que repetir? – ela riu, se jogando em sua cama.

– Tá, já sabemos que você tem suas fontes, fofa, agora queremos mais detalhes – disse Nina, impaciente.

– Se eu contar, elas deixam de ser *minhas* fontes.

Olhei sua expressão insolente e semicerrei os olhos como se fosse conseguir arrancar a verdade da loirinha.

– Você não vale nada. – Joguei nela a blusa que eu estava prestes a guardar, e ela devolveu o ataque com a almofada que ficava em cima da cama.

– Mas e aí, quando vamos começar a frequentar o cinema? – quis saber Nina.

– Isso eu não sei – respondeu Sol.

– Ah, então suas "fontes" não são tão boas assim... – provocou Nina.

– Vocês são tão invejosas!

– E você é tão misteriosa! – falei.

— Faz parte do meu show! — A loirinha jogou os cabelos para o lado.

— Ai, eu não aguento. — Nina colocou as duas mãos na cabeça teatralmente. — Ô, Sofia, por que você não vai arrumar suas coisas em vez de ficar deitada na cama se achando a rainha do Nilo?

— Não quero nem tocar nessas roupas! — Sol fez uma cara angustiada. — Eu devo ter engordado uns dez quilos nessas férias, não é possível! Praticamente *nada* serve em mim.

Ela se levantou, foi até o espelho e começou a observar o próprio corpo.

— Vou entrar numa dieta brava que a minha madrasta me mandou, vocês vão ver!

— Não tem nada de errado em não ter a cinturinha e a barriga chapada dessas modelos magérrimas, Solzinha — tentou Nina. — Seu corpo é lindo! E não dê ouvidos a quem disser o contrário, principalmente sua madrasta gordofóbica.

— Você é tão mãe, Nina. — Sol foi até ela e apertou suas bochechas. Ri concordando. Nina às vezes falava como se tivesse uns 50 anos, não só pelas palavras, mas pelo tom e pelas expressões que usava.

— Então você deveria me ouvir.

— Faça como eu, Sol, nunca falha — sugeri. Os conselhos da Nina eram sagrados para mim.

— Agora deixa disso e arruma suas coisas pra gente ir almoçar. — Nina bateu uma mão na outra para apressá-la.

Sol parou um segundo para pensar, depois olhou sua mala cheia de roupas e criou a ilusão de um armário perfeitamente organizado.

— Pronto — ela deu um sorriso sem-vergonha, e eu ri.

CAPÍTULO 30

Mundo mágico

Não estava muito empolgada para o treinamento com a mestra Louína e torci para que ela tivesse cancelado a aula quando me teletransportei para o castelo. Não demorou muito para ter me arrependido desse pensamento. Os fatos que se sucederam vieram para provar que, se eu pensava que já tinha problemas o suficiente, eu não sabia nada sobre a vida. Tudo sempre pode piorar.

Funcionários andavam de um lado para o outro e diziam frases em tranto rápido demais para que eu conseguisse entender. A movimentação incomum me deixou angustiada.

— O que tá acontecendo? — perguntei para Clarina assim que a encontrei.

— *Printese*! — Os olhos da minha cuidadora estavam úmidos, e ela não conseguia encontrar as palavras.

— Clarina! O que houve? — Minha respiração começava a ficar tão ofegante quanto a dela. Algo sério tinha ocorrido, e eu precisava saber o quê. — Clarina, pelo amor de Deus, fala logo.

— Eu não sei como contar isso, *Printese* Alisa... Houve um... ataque no castelo... enquanto tua família estava no templo para o ritual.

— O que aconteceu com eles? — perguntei quando lágrimas se formaram em meus olhos.

— Ninguém sabe — respondeu Clarina aos prantos. — Eles foram levados e quem fez isso deixou um bilhete estranho, dá a entender que... que...

— Que o quê? Fala, Clarina!

— Quem fez isso deu a entender que mataria tua família...

Não suportei ouvir aquelas palavras. Minhas pernas fraquejaram e fizeram com que eu caísse no chão. O desespero me tomou de uma forma como nunca havia acontecido. Era a minha família!

— *Printese*! *Printese*! — gritou Clarina. — Alguém me ajuda, por favor!

Várias pessoas me cercaram, mas não vi quem eram. Só pude distinguir a voz de Vernésio, um dos ajudantes de governo.

— Cuidai muito bem da *printese* — ele falou com um tom que deixava transparecer sua tristeza e preocupação.

Quena colocou um copo em minha mão e obedeci quando ela mandou que eu bebesse. Não fazia ideia do que era, tinha um gosto estranho, mas tomei tudo.

— O exército real está atrás de Âmbrida, Honócio e Blenda — informou Vernésio.

— Eu não posso ajudar com os meus poderes?

— Já chamamos vossa mestra, ela nos auxiliará.

— E os poderes dos meus pais? Eles não conseguiram se defender? Meus pais são os reis mais poderosos do mundo glorioso!

– Tua família estava fazendo o ritual para os deuses – ele disse entristecido. – Os poderes estavam armazenados no *titoberu*.

– Quem fez isso escolheu o momento certo para atacar! – gritei. Minha fúria crescia a cada palavra. – Sabiam dos horários dos rituais e aproveitaram a oportunidade de pegá-los indefesos! Alguém aqui de dentro do castelo pode ter ajudado!

– Estamos investigando tudo.

– E os livros sobre a vida dos meus pais e da minha irmã? Deve estar escrito neles pra onde levaram os três!

– Os livros sumiram também.

– Quem fez isso? Quem fez isso? – perguntei colocando a mão no rosto.

– Nós vamos descobrir. O importante agora é manter as buscas antes que os sequestradores façam o que prometeram.

– O que estava escrito no bilhete?

– Que suas vidas não seriam poupadas.

– Como isso foi acontecer, Vernésio? Como vocês não foram capazes de proteger as pessoas mais importantes do mundo glorioso? Responda! Por que foram tão incompetentes?

– Alteza, acalmai-vos, por favor. Havia guardas do lado de fora do templo. Tua família entrou sozinha, como sempre faz, vós sabeis, participastes do ritual nos últimos meses. Mas eles demoraram demais e, quando os guardas entraram para conferir, todos tinham desaparecido.

– Eu quero o mundo glorioso *inteiro* atrás dos meus pais e da minha irmã – cuspi as palavras. – Todos os exércitos. Todos os reinos. Quero que revirem cada casa, cada floresta... TUDO! Ouviu?

– É claro.

– Ótimo.

– Mais uma coisa, Alteza, vós tereis guardas convosco por todo tempo que estiverdes no mundo glorioso. Acredito que os sequestradores queriam levar-vos também, pensaram que encontrariam toda a família reunida, mas vós não estáveis, então levaram os três apenas.

– Sim.

– Alisa? – Louína entrou na sala com uma expressão que eu traduziria como "eu sinto muito".

Eu me levantei do chão e me preparei para seguir cada simples ordem que ela me desse. Não importaria o que Louína tentaria comigo para achar a minha família, eu apenas a obedeceria.

– Mais uma coisa, Vernésio – falei. – Descubra quem são os Doronel, com certeza foram eles.

– Já estamos providenciando isso, Alteza. Há mais uma informação a vos dar – ele falou meio em dúvida. – Sei que o sequestro acabou de ocorrer, mas... se não localizarmos os reis em vinte e quatro horas, vós sereis coroada rainha de Denentri.

– O QUÊ?!

– O trono não pode ficar vago.

– Mas eu tenho 16 anos!

– Já atingistes a maioridade para nossas leis.

– Eu ainda não tô preparada pra isso!

– Tereis vários ajudantes de governo para auxiliar-te.

– O povo me odeia...

– Vós sois a única Guilever restante.

– Isso não é conversa pra agora. Nós vamos encontrar minha família antes disso – eu acabei com aquele pingue-pongue de argumentos.

– Espero que sim – ele falou.

– E então? – Olhei na direção da mestra Louína. – Quais são as instruções?

— Acompanha-me — ela disse, e eu a segui até a sala de treinamento.

Quatro guardas enormes vieram atrás de mim, e a única coisa que eu conseguia fazer era implorar a todos os deuses possíveis que me tirassem daquele pesadelo.

***

Passei as horas seguintes fazendo tudo o que Louína mandava. Ela me ensinou cinco feitiços diferentes para tentar encontrar a minha família e outros dois para descobrir quem havia feito aquilo, mas nada foi útil.

— Esta situação lembra a do teu desaparecimento — ela falou com o olhar distante. — Nada se podia fazer para descobrir onde tu estavas ou quem estava por trás de tudo...

— Eu não sou a pessoa mais poderosa do mundo glorioso? Como os meus poderes não conseguem vencer quem quer que tenha feito isso?

— Tu és, Alisa, mas o autor desse crime levou também os *titoberus* de teus pais e de tua irmã. É provável que tenha usado os poderes de tua família para conseguir não deixar rastros.

— Então faça com que o mundo glorioso inteiro me dê seus poderes, vou ficar mais forte que qualquer um e conseguirei encontrar meus pais e minha irmã.

— Tu não aguentarias. Não sei como a pessoa que fez isso conseguiu lidar com tanta magia em mãos...

— Princesa Alisa — Vernésio entrou na sala. — Já ordenamos que todos os exércitos iniciem as buscas nos reinos, também reforçamos a busca pelos Doronel e, quando começamos a investigação para saber quem daqui do castelo ajudou os sequestradores, três funcionários desapareceram.

— Traidores! – bufei.

— Agora tivemos a notícia de que vossa irmã Denna fugiu com a princesa de Amerina.

— FUGIU?

— Não sabemos como isso foi acontecer.

— "Não sabemos"? Minha família some e vocês "não sabem", duas presas fogem e vocês também "não sabem"? Que tipo de segurança existe nesse castelo?

— Há muito tempo não há problemas no mundo glorioso, *printese*. Exceto pelo vosso desaparecimento, é claro. É a primeira vez em muitas décadas que algo assim acontece. Creio que não há ataques dessa magnitude desde a Grande Crise.

— Isso não é desculpa para incompetência – falei, realmente muito brava.

— Eu sei, *printese*, sinto muito. Estamos fazendo o possível.

— Quero que investiguem em livros, pessoas com conhecimentos antigos, qualquer coisa... Quero que descubram como a minha irmã conseguiu esconder de todos os detalhes sobre o meu desaparecimento. Pode ser que os sequestradores tenham feito o mesmo, pois nada do que eu tentei com a minha mestra funcionou pra encontrar meus pais!

— Certo.

— Mais alguma notícia pra me dar, Vernésio?

— Estamos pensando o que seria melhor para a vossa proteção. Como correis perigo aqui, talvez a saída mais segura seja vós permanecerdes apenas no outro mundo, depois da coroação, é claro.

Quando foi mesmo que eu ouvi algo parecido? Ah, foi quando meus pais normais descobriram que eu estava sendo perseguida pelo Norte e pelo Sul. Ótimo, mais uma perseguição para a minha lista, agora não havia um mundo sequer onde eu estivesse protegida.

– Eu vou ser coroada e logo em seguida vou fugir?

– Denna sabe criar portais para o mundo comum – lembrou Louína. – E se ela for atrás de Alisa?

– Essa questão foi levantada, mas pensamos que, ainda assim, é mais seguro. Ela não saberá onde encontrar a princesa no mundo comum, ao passo que sabe exatamente onde ela se encontra aqui no glorioso – explicou Vernésio.

– Eu não posso ficar sem notícias! Fora que eu também quero ajudar nas buscas. Posso deixar um portal para que Clarina ou alguém mande me chamar se houver algo que eu possa fazer ou se tiverem uma novidade...

– Não, *printese*, não queremos que deixeis maneira de encontrar-vos.

– Eu não vou conseguir ficar sem saber o que tá acontecendo aqui!

– Podemos combinar um horário para que ela venha receber informações – propôs uma das ajudantes de governo que estava ao lado de Vernésio. – Algo rápido para a *printese* se atualizar.

– Tudo bem... – concordou Vernésio. – Vamos definir o melhor horário.

***

Eu me deitei em minha cama e deixei cair cada mísera lágrima que segurara o dia inteiro. Não me importei com aqueles guardas dentro do meu quarto, apenas deixei a tristeza falar mais alto.

Não havia nem completado um ano desde que reencontrara minha família biológica, e eu já os tinha perdido!

Aquilo era tão injusto! Passamos treze anos separados e, quando finalmente temos a chance de ficar juntos, a vida faz isso com a gente! Como eu andaria pelos cômodos daquele castelo sabendo que meus pais e minha irmã não estavam mais lá? Como eu me tornaria rainha sem poder contar com o apoio deles?

— Lisa! — A voz de Nina soou do outro lado da porta.

Balancei a cabeça para um dos guardas na intenção de permitir a entrada dela.

— Ô, minha amiga! — Ela veio correndo me abraçar.

Eu me aconcheguei em seu abraço e chorei mais.

— Eu sinto muito, Lisa, muito mesmo! Eu queria poder te dizer algo que melhorasse a situação, mas…

— Obrigada por estar aqui, eu precisava de um colo agora — interrompi sua fala.

— Você tava demorando muito, imaginei que tivesse acontecido algo de errado.

Nós duas nos deitamos em minha cama, e Nina me confortou enquanto eu desabava em lágrimas.

E assim ficamos por um longo tempo.

CAPÍTULO 31

Mundo mágico

— Entrego em tuas mãos o poder de todo o mundo glorioso — disse Louína.

Quando a coroa foi colocada em minha cabeça, meu estômago deu um nó. Ao redor, uma fileira de uns quinze ajudantes de governo presenciava o momento. Em nenhuma das minhas imaginações eu havia cogitado uma coroação daquele jeito. Como o perigo me rondava o tempo inteiro, o evento não podia ser público, então o povo só saberia o que aconteceu a partir da matéria e das fotos que estampariam os jornais. Era a primeira coroação privada da história.

— Obrigada — agradeci à mestra Louína.

— Tu estás mais preparada do que pensas — ela disse de uma maneira... estranha? Louína nunca tinha sido gentil comigo, e agora dizia uma frase agradável acompanhada de um possível sorrisinho genuíno?

— Vossa Majestade. — Vernésio fez uma reverência e todos os presentes o acompanharam.

Majestade? Era esse o novo tratamento que eu receberia? Ainda nem tinha me adaptado a "Alteza"!

Era como se um vendaval estivesse passando por mim desde o momento da Celebração do Ruit, o dia que dera início a todas as turbulências. A descoberta do grande segredo da minha vida. O envolvimento com meu melhor amigo. A confusão de viver entre três mundos. A perseguição do Norte e do Sul. O ódio do mundo mágico. A armadilha de Caio. A decisão de assumir o governo e o esforço para estar apta ao cargo. O namoro falso. O pseudobeijo que estragou tudo. O sequestro da minha família. Uma coroa de rainha aos 16 anos.

Rainha.

Aos 16 anos.

Como minha vida havia mudado tanto? Cada mudança brusca parecia me jogar de um canto ao outro sem o menor pudor. Nada mais era estável, nada mais acontecia devagar. Era como se eu estivesse em cima de uma esteira programada para aumentar a velocidade a cada minuto. Eu tinha duas opções: correr mais rápido ou cair.

Pensava que essas coisas só aconteciam no livro de História, como naquele capítulo em que D. Pedro II se torna imperador do Brasil aos 14, nunca imaginei que isso pudesse acontecer comigo na vida real. Mas, pelos meus pais e pela minha irmã, eu precisava me manter firme e decidida. Não importava se tinha apenas 16 anos, eu assumiria o trono com a responsabilidade digna de uma Guilever. E para minha surpresa, havia mais um fato em comum com a História do século XIX. Eu faria exatamente o que a Coroa portuguesa fez para escapar de Napoleão Bonaparte: fugiria para o Brasil.

***

Ao sair da coroação, dei de cara com as minhas amigas; Sol mordia os lábios e Nina andava de um lado para o outro. O que elas estavam fazendo ali no mundo mágico no horário da aula?

— O que foi? — perguntei assustada.

— A senhorita Guine tá atrás de você — respondeu Sol.

— Porque eu matei aula hoje? Como ela já sabe? O dia nem terminou, minhas faltas ainda nem caíram no sistema!

— Não é por isso, Lisa. Quero dizer, agora deve ser por isso *também* — falou Nina.

— Como assim?

— A gente tava na aula, e ela nos chamou. Menti que você se sentiu mal no café da manhã e por isso voltou pro quarto, daí ela ficou brava e disse que você sabe muito bem que quando ficamos doentes devemos ir à enfermaria. Então ela disse que a diretora Amélia queria nos ver com urgência, mandou eu e Sol te buscarmos no quarto e irmos direto pra sala da diretora.

— Nós três? — me preocupei.

— Sim, e o Marco me mandou uma mensagem dizendo que ele e o Dan também foram chamados.

— O quê?!

— A gente precisa ir rápido, antes que a senhorita Guine nos procure de novo — apressou Sol.

— Tá, tá bom, deixa só eu tirar essa roupa — falei, indo até Vernésio para avisá-lo.

— Vinde ao mundo glorioso às 20 horas para se informar. Esperaremos na sala de recepção — ele instruiu, e eu concordei. — Caso não haja nenhum dos seguranças vos aguardando, voltai imediatamente para o mundo comum.

— Certo.

— Não vos inquietai, Majestade, nós cuidaremos de tudo por aqui.

O grupo de ajudantes de governo me reverenciou de um jeito mais dramático, e eu torci muito para estar vivendo um sonho. Ou melhor, um pesadelo. Eu bem que podia acordar agora e descobrir que não passava de invenção do meu cérebro.

— Queria te pedir uma coisa – falei baixinho com mestra Louína quando me dei conta de que aquilo era realidade, não importava o quanto eu esfregasse os olhos.

— Sim?

— Eu sei que os meus pais confiam muito nos ajudantes de governo, mas tenho medo de que algum deles esteja envolvido no sequestro. Você poderia, por favor, cuidar para que sejam investigados também? Inclusive Vernésio.

— Por que eu sou a pessoa a quem pedes isso?

— Porque é uma das únicas em que confio de verdade – respondi.

Ela girou a cabeça um pouco para a direita e semicerrou os olhos.

— Não deverias confiar em ninguém.

— Tá se entregando?

Louína me encarou por longos segundos, e eu sustentei o olhar. Não me importava o que ela dissesse, eu sabia que era uma das pessoas mais leais à família Guilever. Apesar de toda a rabugice, não tinha como duvidar disso.

— Já investiguei cada pessoa deste castelo, Alisa. Não te preocupes, todos os ajudantes são fiéis. Mas erras em não desconfiar de mim, tu não me conheces profundamente, não podes te dar ao luxo de confiar em uma intuição.

Louína estava irritada, ela queria muito que eu desconfiasse dela. Mesmo que a nossa relação não fosse a melhor do mundo, podia sentir que ela nunca iria querer o mal de qualquer Guilever.

— Posso confiar em você? — perguntei, cedendo às suas investidas e usando um feitiço que ela havia me ensinado para obrigar alguém a dizer a verdade.

— Sim — ela respondeu.

— Você teve algum envolvimento no sequestro dos meus pais?

— Não.

— Seria capaz de fazer mal a um Guilever?

— Não.

— Ótimo — sorri. — Foi investigada. E eu provei que estava certa.

— Não sejas refém da intuição, ela erra. Tua mãe e teu pai confiavam em Denna.

Caramba. Louína não era brincadeira.

— Agora vai para o mundo comum e só volta no horário marcado — ela ordenou.

CAPÍTULO 32

Mundo meio-mágico

— O que será que aconteceu? — perguntei enquanto íamos em direção à sala da diretora. — Eu não aguento mais problemas! Sério, já deu!
— Por que ela chamaria os cinco? — quis saber Nina.
— Nós vamos descobrir agora.
Sol apontou para a porta da diretora. Lá dentro estavam Dan e Marco com expressões tão surpresas quanto as nossas. A tensão no ar era quase palpável.
— Bom, chamei vocês aqui para uma conversa muito séria. Aproveitei as férias para limpar minha sala e jogar fora papéis antigos. — Ela parou por um tempo, e o meu cérebro gritava: "Tá, e daí?". — E então eu encontrei isso em um lugar muito bem guardado, só eu tinha acesso.
A diretora apontou para uma pasta preta e depois nos entregou-a. Quase caí para trás ao abrir. Era uma espécie de diário de investigação. Tudo o que a diretora pôde descobrir sobre o nosso desaparecimento estava lá. Cada detalhe de conversas com as últimas pessoas que estiveram com a

gente, o depoimento da bibliotecária, que não se lembrava de termos saído da biblioteca. Havia muitas anotações, fruto de uma longa investigação.

— Depois de ler várias vezes, percebi que o meu cérebro estava bloqueado e, a cada vez que eu tentava me lembrar de quando fiz esses documentos, eu instantaneamente pensava em outra coisa. — Ela semicerrou os olhos. — Por eu ser diretora, tenho maneiras de me livrar de feitiços que me atingem, vocês já deviam imaginar isso, afinal, eu coordeno um colégio enorme cheio de alunos com dons.

Comecei a balançar minha perna, em um ato de desespero. Ao meu lado, Nina estava tão aflita quanto eu.

— Só que uma magia forte foi utilizada, e eu não consegui me livrar de tudo, continuo sem me lembrar do que aconteceu nessas duas semanas. — A diretora voltou a falar. — É por isso que vocês foram chamados aqui. Onde estavam?

Amélia encarou um a um. Eu não sabia o que fazer.

— Aqui no colégio é que não era! Apesar de os cinco terem presença em todas as aulas, vocês não estão em nenhuma filmagem nesse intervalo de tempo! E olha que chequei em diversas câmeras! — A voz da diretora se tornava mais alta a cada frase, e ela gesticulava bastante. — Eu não entendo como fizeram isso se o poder de nenhum de vocês permite apagar a memória! Como isso aconteceu, hein? Falem!

Nós nos olhamos, desesperados, sem saber como reagir. Havíamos sido pegos pela diretora! Como iríamos nos safar?

— Se não falarem, os cinco serão expulsos.

Dan me olhou com ainda mais ódio, e eu era capaz de traduzir sua expressão: "Além de tudo, eu ainda serei expulso por sua culpa? Eu odeio você, Alisa Febrero!".

Apesar de saber que não deveria usar meus poderes no mundo meio-mágico e no normal, aquela era uma emergência, eu precisava fazer algo! Era melhor não parar o tempo de novo, isso assustaria muito as autoridades, já que era um feitiço muito elaborado. Escolhi algo simples que Louína havia me ensinado outro dia. Bastava uma frase para confundir a mente de uma pessoa e fazer com que ela se esquecesse das últimas horas da sua vida. Sabia que aquilo não resolveria o problema por completo, mas seria o bastante até eu pensar em algo melhor.

– *Beri Teri Aba* – falei movendo as mãos em direção à diretora Amélia.

Mas quando um alarme tocou dentro de sua sala e eu não vi o menor sinal de confusão mental no rosto da diretora, percebi que estava *muito* ferrada.

– Você? – ela perguntou, se levantando. Sua expressão era de choque. – Essa sala tá protegida contra qualquer magia, e esse alarme foi programado para soar não quando *qualquer* dom fosse utilizado aqui dentro, mas quando...

Amélia girou a cabeça levemente para a direita e me encarou.

– ...quando houvesse um poder tão forte quanto o da pessoa que as autoridades estão procurando.

– Diretora... – eu comecei, na tentativa de me explicar.

– Antônia, Sofia, Marco e Daniel, queiram se retirar da minha sala, por favor. – A diretora apontou para a porta sem conseguir tirar os olhos de mim, o queixo caído com o susto.

Nina me olhou com medo, ela provavelmente estava pensando a mesma coisa que eu: a diretora iria me entregar. Dan foi o primeiro a sair, ele parecia aliviado por ter se safado e não demonstrava o mínimo de empatia pela minha situação.

– Então, Alisa... – ela retomou quando todos saíram.

– Por favor, diretora Amélia, eu suplico, não me entrega – implorei.

— Isso não é possível.

Amélia trancou a porta de sua sala, depois pegou o celular e digitou um número.

— Você precisa vir aqui agora — ela falou ao telefone sem tirar os olhos de mim um segundo. — Encontrei a pessoa que está procurando desde o ano passado.

— Não... — falei baixinho, ela não podia fazer aquilo comigo!

— Na minha sala — Amélia me ignorou. — Venha ver com seus próprios olhos.

— Por favor, me deixe sair daqui, eu prometo que jamais botarei os pés no Sul novamente. Eu não sou uma ameaça! — gritei desesperada.

— Então o que você é? — ela perguntou ao se aproximar de mim. — Porque eu vi a sua caixa na Celebração, Alisa! Você não tinha poder algum! O que aconteceu? Como arrumou uma magia tão grandiosa?

— Eu não posso contar.

— Tem a ver com isso, não é? — Ela apontou para a pasta preta da investigação.

— Já que estamos falando sobre segredos, por que não começa me contando sobre a venda de tecnologia do Norte pro Sul? Ou então sobre os problemas pelos quais o Sul tá passando e que estão sendo abafados pelo governo? — tentei distraí-la e ao mesmo tempo descobrir algo que queria havia meses. A melhor defesa é o ataque.

— O quê? — Amélia se assustou. — Como você sabe disso?

Dei de ombros, irônica.

— O que mais você sabe?

A forma como ela fez a pergunta me deu plena certeza de que havia mais, muito mais! Aquilo sobre os problemas sulistas e as relações econômicas com o Norte parecia uma pequena parte de um segredo bem maior.

– Eu sei de tudo! – blefei.

Nos filmes e nas novelas sempre tem aquela pessoa que mente ao dizer que já sabe de algo para conseguir informações, então, é claro que eu usaria a minha modesta capacidade de atuação para descobrir o segredo que a diretora Amélia escondia.

– Tudo sobre o Norte e o Sul – completei.

– Como? Ambos os governos fazem de tudo para manter as aparências da divisão!

Aparências da divisão? O que ela queria dizer? O mundo não estava realmente dividido como pensávamos?

– Fala! Como descobriu? Foi sua avó Angelina que te contou?

– Minha avó? – perguntei perplexa. – Como você a conhece? E como ela poderia me contar alguma coisa? Minha avó é nortista!

– Bem, então você não sabe de tudo… – ela comentou, e houve um barulho do outro lado da parede falsa. – Mas vai saber agora.

No dia da Celebração, a diretora Amélia tinha me levado até a sua sala e me mostrado a sala secreta que guardava as caixas de todos os alunos do Ruit, então não me assustei quando ela moveu um relógio e a sala girou. O que me deixou realmente assustada foi ver *quem* havia aparecido.

– Vovó? – levantei-me em um ato impulsivo. O que ela estava fazendo ali?!

– Alisa? – Vovó também parecia chocada. – Amélia, você disse que quem estava aqui era…

– É ela, Angelina. O alarme soou quando a Alisa tentou usar magia.

– Você tá querendo dizer que a pessoa por quem eu procurei durante todo esse tempo é a minha neta?

– Sim, tem onze meses que você coloca investigadores atrás de uma pessoa que mora bem ao lado da sua casa.

Vovó colocou a mão na cabeça e começou a andar de um lado para o outro.

– Alisa, quem é você? Como pode possuir um poder que não aparenta ser do mundo meio-mágico? – Ela me encarou séria.

– Não! Primeiro você precisa me contar o *seu* segredo. Nós combinamos que você me contaria quando chegasse. Eu também preciso saber muitas coisas! Começando pelo que você tá fazendo aqui no Sul e como assim esteve me procurando por todo esse tempo? Colocou investigadores atrás de mim? Primeiro, conta pra mim quem *você* é, depois a diretora Amélia vai me contar o segredo sobre essa falsa divisão entre o Norte e o Sul, e então eu falo o que querem saber.

– Você disse que sabia de tudo! – disse a diretora.

– Eu blefei, só sei sobre a venda da tecnologia e sobre os problemas do Sul porque escutei um cara conversando com você no estacionamento – revelei, e o queixo dela caiu. – Eu conto pra vocês quem eu sou depois que me falarem *tudo*.

– Tudo bem... – Vovó se deu por vencida. – Amélia, você não ligou para mais ninguém, certo?

– Só você sabe sobre a Alisa.

– Os meus funcionários têm acesso a esse alarme? Há alguma possibilidade de alguém descobrir sobre ela?

– Nenhuma – garantiu Amélia.

– Então temos todo o tempo do mundo para conversar.

– Angelina, você não acha que, antes de revelarmos tantas coisas, deveríamos descobrir como a Alisa conseguiu esse poder?

– Não adianta – eu cortei. – Eu só abro a minha boca quando souber de tudo.

Com uma troca de olhares, elas aceitaram minha exigência. Pelo visto, tinham *bastante* interesse na minha origem, o que me deixou ainda mais curiosa; parecia grandioso o que elas tinham a dizer.

Considerando tudo, eu estava entre três segredos que poderiam mudar a minha vida: a história por trás das relações entre o Sul e o Norte; e a verdadeira identidade da minha avó; e o desaparecimento da minha família mágica.

A vovó e a diretora não eram capazes de resolver as questões do mundo mágico, mas pelo menos era hora de começarem a dar respostas para os milhares de perguntas que eu queria fazer sobre este lado do portal.

– Sou toda ouvidos – anunciei às duas, que se sentaram para começar a contar.

EPÍLOGO

Mundo mágico
Três meses depois

Petros

Eu estava perdidamente apaixonado pela Rainha Alisa, mas não conseguia me declarar. Aliás, havia várias coisas que eu não sabia como dizer a ela, e isso fazia de mim um egoísta. A cada momento em que a via sofrer pelo garoto do mundo comum, eu tinha o ímpeto de revelar-lhe toda a verdade, mas Alisa passaria a odiar-me se eu contasse o que evitei por tanto tempo. E era difícil abrir mão de uma pessoa tão especial quanto a rainha.

Durante o período em que estivemos simulando um cortejo, eu alimentava a esperança de que ela pudesse mudar o que sentia em relação a mim e finalmente se desvinculasse do amor pelo garoto Dan. Mas quem eu pretendia enganar? Os sentimentos de Alisa por ele eram tão intensos quanto os meus por ela.

Esconder o segredo por tanto tempo deixava transparecer todo o meu individualismo. E eu me pegava imaginando a expressão desapontada que estamparia o rosto de Alisa quando descobrisse o que guardei por meses. Os deuses sabem que, embora as minhas atitudes não tenham sido nobres, eu apenas tinha a intenção de conquistá-la. As pessoas erram por amor, não erram?

– Em que estás pensando? – perguntou meu pai ao entrar em meu quarto.

– Apenas alguns dilemas da vida...

– Acredito que tenhas questões mais importantes para cuidar – ele criticou. – Tu deverias estar com a Rainha Alisa, que tem governado o mundo glorioso inteiro, é provável que tenha se sentido agitada nos últimos meses...

A fala de meu pai merecia um tom de quem lamenta os últimos acontecimentos, no entanto, ele não conseguia esconder certa satisfação. Desde o desaparecimento dos reis e da princesinha, meu pai estava estranho. Ele não havia se chocado como o resto da família e não se mostrava tão comovido, exceto quando dava entrevistas para os jornais. No geral, parecia bastante interessado no reinado de Alisa e insistia diariamente para que eu me aproximasse dela ainda mais.

– Tu és o responsável pelo desaparecimento dos reis de Denentri? – eu fui direto. Se meu pai estivesse envolvido, eu precisava saber.

Ele me encarou com seriedade e uma expressão ofendida, a pele branca atingindo um tom de vermelho.

– Como me acusas de algo tão sério, Petros?

– O que fizeste para me unir à Rainha Alisa no ano passado foi indigno e tu sempre quiseste que um dos teus filhos governasse o reino de Denentri...

– Agora tu chamas a minha atitude de indigna? Lembro-me bem de que meses atrás tu não havias reprovado o que fiz. Sabes que não terias a mínima chance com a Rainha Alisa se não fosse por mim.

Irritei-me. Eu queria que ela me amasse naturalmente, sem a interferência de meu pai.

– Não concordas comigo? Achas que Alisa sequer olharia para você se eu não tivesse feito com que o garoto do mundo comum a odiasse?

– Não foi bem assim! Ele havia brigado com ela! – eu argumentei.

– Ah, Petros, não sejas ingênuo! Tu bem sabes que iriam fazer as pazes rapidamente se eu não tivesse interferido.

No mesmo dia em que Alisa contara que havia discutido com o garoto Dan, ela citou o nome do personagem glorioso ao qual ele era conectado, o que levou meu pai a uma busca obsessiva para achar um jeito de mantê-lo longe de Alisa. Não demorou muito para que encontrasse uma forma de controlar as emoções de Dan por meio de Guio Pocler sem precisar sair do nosso mundo. Como era a primeira vez que meu pai tentava algo assim, não houve certeza de que o feitiço havia funcionado.

– Não há como saber se foi por causa do que fizeste ou se ele de fato nunca a perdoou.

– Não sejas tolo. Ambos sabemos a verdade, o garoto foi do amor ao ódio porque *eu* me esforcei para que isso acontecesse, *eu* fui o responsável por fazer com que ele a repudiasse e não suportasse trocar mais uma palavra com Alisa. Apenas aceita que não és amado pela rainha.

– Mas ela ainda irá me amar.

– É assim que gosto de ouvir-te falando. Neste momento, deverias estar em Denentri pedindo a Rainha Alisa em casamento. Tu sabes que os conselheiros estão pressionando-a para se casar e tu és a única pessoa em quem ela seria capaz de confiar agora.

— Não posso me casar com ela sabendo que não seria assim se tu não tivesses enfeitiçado o garoto. Não posso viver uma vida escondendo isso da rainha, caso ela venha a se tornar minha esposa.

— Se tu contares à rainha, ela te odiará para sempre e jamais será tua esposa. Esquece isso e casa-te com Alisa. Tu és do mundo glorioso, és um príncipe! O garoto é do mundo comum, não sabe nada sobre nossa cultura, sobre nosso povo, como ele seria capaz de governar? Tu, ao contrário, és a pessoa ideal para o cargo. Nosso mundo precisa de ti, Petros.

— E se um dia ela descobrir?

— Ela não vai descobrir.

— Pode acontecer, no entanto.

— Preocupa-te com o casamento, depois disso não há mais o que fazer. Reis não podem se separar.

— Tu ages como se o mais importante fosse o trono! Eu quero que a Rainha Alisa me ame mais do que desejo governar o mundo glorioso.

— Então *faz* com que ela te ame – ele disse rispidamente.

— Mas...

— Esquece essa história do garoto comum! – Meu pai quase gritou. – Já faz quase um ano que ele rompeu o cortejo com a Rainha Alisa, agora é passado. Teu objetivo deve ser um só: fazer com que teu envolvimento amoroso com a rainha seja o mais forte que ela já viveu.

— Tu estás certo – concordei por fim. Eu amava Alisa e lutaria por ela.

— É claro que sim.

Minha atitude não era a mais louvável, mas meu pai tinha razão: casar-me com ela seria o melhor para o mundo glorioso, então eu me apegaria a esse pensamento toda vez que a minha consciência insistisse que o certo seria contar-lhe a verdade.

— Mas eu preciso saber: tu sequestraste os reis para que eu me casasse com Alisa e governasse Denentri?

Meu pai não era um homem cruel, não seria possível que tivesse feito algo assim para me ver no poder de Denentri! Ou seria? Estudei sua expressão diante da minha pergunta, contudo, não consegui decifrá-la. Então usei meus poderes sem que ele pudesse perceber para fazer com que falasse a verdade.

— Não, eu não sou o responsável pelo sequestro da família real de Denentri, jamais faria isso — ele disse. — Não posso crer que suspeitaste de mim.

— Perdoa-me — falei arrependido.

— Eu só quero que governes o reino de Denentri pois penso que é o melhor para o mundo glorioso. Tu foste criado dentro de nossa cultura e sabes como governar. Creio que se assumires o reino junto com Alisa, nosso mundo voltará a se estabilizar — ele se aproximou e tocou meu ombro. — Também sei que és apaixonado por ela há muito tempo e desejo tua felicidade, meu filho. Não desperdiça a chance de casar-te com a mulher que amas!

— E então o que tu fizeste com o garoto Dan jamais será revelado? Ele permanecerá odiando Alisa para sempre?

— A estabilidade do nosso mundo é mais importante que um simples cortejo, Petros — ele fez pouco-caso do romance. — E em breve Alisa não vai se lembrar mais do garoto, pois será apaixonada por ti.

Suas palavras criaram um alvoroço em mim. Eu desejava tanto ser correspondido por Alisa que só essa ideia já me provocava boas emoções. Precisava encontrar-me com ela naquele mesmo instante para seguir o conselho de meu pai.

Será que Alisa aceitaria meu pedido?

AGRADECIMENTOS

Os personagens deste livro vivem em minha mente desde 2009, quando comecei a primeira versão do que hoje é a trilogia. Ao longo dessa caminhada, muitas pessoas foram imprescindíveis para esta história!

Sou muito grata à minha prima Lorena, com quem divido minhas ideias desde novinha. Aos meus pais, Luciene e Valentim, e ao meu namorado Lucas, que me dão todo apoio do mundo. Às minhas famílias Rocha e Ferreira por tanto amor e parceria.

Às leitoras beta da primeira versão do livro: Mariana Cardoso, Sarah Paixão, Julia Valadares, Aline Salvador e Angélica Pina. Aos meus leitores, que pedem novas histórias com todo entusiasmo e me dão motivação para continuar escrevendo. Aos meus alunos, que me inspiram com ideias, piadas, histórias e são um grande laboratório para a criatividade. A todas as pessoas que trabalham nas escolas onde palestro; os projetos mirabolantes com os meus livros me deixam de queixo caído, obrigada!

Aos meus amigos da época da escola, da faculdade, do trabalho, do mercado editorial e a todos os grupos que vibram comigo a cada conquista e me dão força para seguir. Em especial, agradeço às escritoras do Quilombinho: Lorrane Fortunato, de quem me tornei amiga por causa de *Entre 3 mundos*, Olívia Pilar e Solaine Chioro; vocês me fazem acreditar num futuro negro.

À minha agente Taissa Reis e a todos da agência Três Pontos, vocês são demais! Ao pessoal do Grupo Autêntica, que me dão suporte e acreditam no meu trabalho. E às pessoas que apoiam e lutam pela literatura nacional, obrigada!

A você que acabou agora de ler *Entre 3 segredos*: obrigada por embarcar nesta aventura com a minha Alisa. Ainda há muito para descobrir e *Entre 3 razões* vem aí para desenrolar esse novelo!

Com todo amor dos três mundos,

Lavínia Rocha

Este livro foi composto com tipografia Adobe Garamond Pro e
impresso em papel Off-White 70 g/m² na Formato Artes Gráficas.